Günter von Lonski
Elend!

Im Verlag CW Niemeyer sind bereits
folgende Bücher des Autoren erschienen:

Das letzte Lied
Tödlicher Wind
Mord auf dem Schützenfest
Bittere Medizin
Eis!
Teufelskralle

Bibliografische Information der Deutschen Nationalbibliothek
Die Deutsche Nationalbibliothek verzeichnet diese Publikation in der Deutschen Nationalbibliografie; detaillierte bibliografische Daten sind im Internet abrufbar über http://dnb.ddb.de

www.niemeyer-buch.de

Der Umschlag verwendet ein Motiv von shutterstock.com
open door … PavelShynkarou 2013
Druck und Bindung: AALEXX Buchproduktion GmbH, Großburgwedel
Printed in Germany
ISBN 978-3-8271-9460-2

Günter von Lonski

Elend!

Marike Kalenbergers 3. Fall

CW Niemeyer

Der Roman spielt hauptsächlich in allseits bekannten Stätten von Hannover, doch bleiben die Geschehnisse reine Fiktion. Sämtliche Handlungen und Charaktere sind frei erfunden.

Über den Autor:

Günter von Lonski wurde 1943 in Duisburg-Laar geboren. Er studierte an der Hochschule der Künste in Berlin. Seit 1981 schreibt er Romane, Krimis, Jugend- und Kinderbücher, Hörspiele, Kurzgeschichten, Glossen, Satiren und Schulbuchbeiträge. 2010 erhielt er den Rolf-Wilhelms-Literaturpreis der Stadt Hameln. Günter von Lonski ist verheiratet, hat zwei Kinder und lebt in der Nähe von Hannover. Er ist außerdem Autor von bereits drei erschienenen Weserbergland-Krimis „Das letzte Lied", „Tödlicher Wind" und „Bittere Medizin", in denen der akribische Journalist Hubert Wesemann ermittelt - spannend, unterhaltend, mit einem Schuss Humor und Ironie. „Elend!" ist nach „Mord auf dem Schützenfest" und „Eis!" der dritte Hannover-Krimi aus der Feder von Günter von Lonski.

Mehr über Günter von Lonski und seine Aktivitäten erfahren Sie unter www.vonlonski.net

Alt werden ist natürlich kein reines Vergnügen. Aber denken wir an die einzige Alternative.

Robert Lembke

EINS

Den Stier bei den Hörnern packen! Kalenberger hat sich diensttauglich gemeldet. Polizeidirektion Waterloostraße. Sie steigt in den Fahrstuhl. Kriminalfachinspektion 1. Fachkommissariat für Mord- und Totschlag. 1.1 K. Den Stier bei den Hörnern packen. Ein Lieblingsspruch ihres Vaters. Kalenberger zittern die Hände. Trotzdem muss sie lachen. Ihr Vater kannte Paul Nisalski nicht. Erster Kriminalhauptkommissar und ihr Vorgesetzter. Eher etwas für den Hundefänger - bei dem mickrigen Erscheinungsbild. Verwaltungsmensch. Immer das Große und Ganze im Blick. Hatte ihr während ihrer Abwesenheit E-Mails geschickt und sich nach ihrem Gesundheitszustand erkundigt. Direkt nach der Schießerei am Raschplatz jeden zweiten, dritten Tag, dann noch einmal in der Woche und schließlich jeden zweiten Montag im Monat. Termin auf dem Onlinekalender.

Vierte Etage. Ob sie erwartet wird? Den Stier bei den Hörnern packen! Die Fahrstuhltür öffnet sich. Der helle Flur, ein junger Mann schiebt sich an ihr vorbei, stellt sich in den Fahrstuhl. Die Tür schließt sich hinter ihr.

Bevor sie den Stier bei den Hörnern packt, will sie erst einmal in ihr Büro. Wer hat ihren Platz eingenommen? Noch zwei Türen, noch eine …, sie wird erwartet. Von Paul Nisalski mit einem Blumenstrauß. Preisgruppe vier, runde Geburtstage. Dahinter ihr ehemaliger Kollege Urs Obanczek, das Deckenlicht spiegelt sich auf seiner Glatze. Verlegenes Lächeln. Neben ihm Daria. Sie kann sich nicht mehr zurückhalten, schiebt

Nisalski mit seinem Blumenstrauß zur Seite und nimmt Kalenberger in die Arme. „Herzlich willkommen", flüstert sie ihr ins Ohr.

Nisalski hüstelt. „Auch von mir ein herzliches Willkommen. Arbeit liegt schon auf dem Schreibtisch!" Er hält ihr die Blumen unter die Nase. Daria nimmt ihm die Blumen ab. „Leider keine Zeit mehr. Termine." Und Nisalski ist raus.

„Du kannst dich gleich an deinen angestammten Platz setzen!" Daria nimmt eine Vase aus dem Schrank und stellt sie zusammen mit den Blumen auf den Schreibtisch. „Ich hab meine Sachen schon rübergebracht. Zwei Türen weiter! Man sieht sich!"

Jetzt ist Kalenberger mit Obanczek allein. Sie zieht ihre Jacke aus, hängt sie in den Schrank, sie setzt sich an ihren Schreibtisch, schaut Obanczek an.

Obanczek lächelt verlegen. „Alles wieder in Ordnung?"

„Wie man's nimmt."

„Als wärst du nie weg gewesen!"

„Dann wollen wir den Stier mal bei den Hörnern packen!"

„Hab ich ganz vergessen, ist aber frisch!" Obanczek angelt unter den Tisch und stellt eine Mineralwasserflasche auf den Tisch. „Ohne Kohlensäure!"

Kalenberger lächelt. Sie will etwas Nettes sagen: „Sammelst du noch Lippenstifte?"

„Hab ich doch nie oder hast du sie schon einmal gesehen?" Obanczek kneift Kalenberger ein Auge zu.

Sie ist angekommen. Kalenberger greift nach der dünnen Mappe auf ihrem Schreibtisch. Obanczek steht auf, nimmt die Vase mit den Blumen und geht zur Tür. „Vase ohne Wasser bringt doch auch nichts!"

Kalenberger schlägt die Mappe auf. Überfliegt den Inhalt. In der *Seniorenresidenz am Hermann-Löns-Park* ist Chiara Napolitani verstorben. Mit dreiundachtzig Jahren. Ihre Tochter behauptet, es sei Mord gewesen.

Noch bevor sie die restliche halbe Seite gelesen hat, greift sie zum Telefon, wählt eine gespeicherte Nummer.

Nisalski!

„Wollen Sie mich ver... ver... lächerlich machen? Eine Dreiundachtzigjährige stirbt in einer Seniorenresidenz und ihre Tochter behauptet, es war Mord? Gibt es keine amtliche Stelle, die in der Seniorenresidenz die Todesursache feststellt?"

„Liebe Frau Kalenberger ..."

„Und Ihren Blumenstrauß können Sie auch gleich abholen lassen!"

„Liebe Frau Kalenberger ..."

„Ich bin nicht Ihre *liebe Frau Kalenberger,* ich bin Kriminalhauptkommissarin, oder hat sich in der Zwischenzeit etwas daran geändert?"

„Frau Hauptkommissarin, ich habe Ihnen ganz bewusst den Fall zugeteilt. Heikel, sehr heikel! Da kann nur jemand mit Fingerspitzengefühl ..."

Die Tür zum Büro wird vorsichtig aufgeschoben.

„Auf einmal habe ich Fingerspitzengefühl? Haben Sie das aus meiner Personalakte?"

Die Tür wird wieder zugezogen.

„Es wäre schön, wenn Sie die Akte bis zu Ende lesen würden, bevor Sie lospoltern. Die alte Dame hieß ..."

So schnell ist Kalenberger – nach einem kurzen Blick in die Akte – noch nicht: „Chiara Napolitani!"

„Das war ihr Künstlername. Mit richtigem Namen hieß sie Claudia Hartwich! Da können wir die Angabe ihrer Tochter nicht so einfach ablegen."

„Tochter?"

„Inga-Maria Scheffel."

„Sagt mir was", murmelt Kalenberger.

„Na also, und entschuldigen brauchen Sie sich auch nicht. Machen Sie einfach Ihre Arbeit!"

Das Telefongespräch ist beendet. Die Tür geht wieder auf, Obanczek kommt mit der Blumenvase herein, stellt sie auf Kalenbergers Schreibtisch, grinst. „Ich freu' mich richtig, dass du wieder da bist!"

„Nur nicht zu früh!" Kalenberger nimmt ein Papiertaschentuch aus ihrer Handtasche und legt es unter die Blumenvase. Sie ist bis zum Rand mit Wasser gefüllt.

„Damit du nicht so oft laufen musst", meint Obanczek.

„Wieso ich?"

Adél steht am Spülbecken und kratzt den angebrannten Reis von gestern aus dem Topf. Als sie aufgewacht ist, war da niemand. Kalenberger hatte einen Zettel auf den Tisch gelegt: *Einen schönen Tag. Koch was Leckeres! M.* Sie hat ihren ersten Tag im K1.

Adél liebt ihre Freiheit. Tun, was sie will, niemandem gegenüber Rechenschaft ablegen, wohin sie geht. Aber Kalenberger finanziert sie. Von der Sozialhilfe allein kann sie nicht leben. Scheiße! Adél pfeffert die Spülbürste in die milchige Brühe. *Koch was Leckeres!* Will sie das? Will sie das so?

Sie mag Kalenberger, fühlt sich sicher in ihrer Nähe und kann ihre Gegenwart trotzdem manchmal nicht ertragen. Sie ist stabiler geworden in letzter Zeit. Wenn nachts die schwarzen Gedanken kommen, kriecht sie schon mal zu Kalenberger ins Bett. Kalenberger schien beim ersten Mal überrascht und hat ihr den Rücken zugedreht. Aber Adél hat sich nicht abschrecken lassen. Nachts Rücken an Rücken liegen, die Wärme spüren, den Atem hören, den leichten Duft von Kalenbergers Parfüm riechen. Die düsteren Wolken verziehen sich nicht, sie tun nur nicht mehr so weh. Einmal hat sie sich mit ihren kalten Füßen auf Kalenbergers Seite getraut. Kalenberger hat sie nicht zurückgewiesen. Am nächsten Tag hat ihr Kalenberger eine Wärmflasche vor dem Schlafengehen ins Bad gelegt.

Scheiße, Scheiße, Scheiße! Sie muss hier raus, sonst kann sie sich schon mit ihren Fünfunddreißig einbalsamieren lassen. Kalenberger hat gefragt, ob sie das Rauchen nicht einschränken kann. Sie raucht ihre Selbstgedrehten nur noch am offenen Badezimmerfenster. Neue Regeln für ein gutes Zusammenleben. Regeln für eine, die keine Regeln akzeptieren wollte.

Sie füttert Elfriede, den Sonnentau auf der Fensterbank. Elfriede ist lustlos. Adél muss sie zweimal mit der Fliege auf der Pinzette anstoßen, bevor sie zuschnappt.

Adél geht in ihr Zimmer, zieht sich ein frisches T-Shirt an. Schwarz. Wie die beiden Jeans und die Lederjacke, die zu ihrer Grundausstattung gehören. Sie verlässt die Wohnung, lässt den Schlüssel zurück.

Lotte Rohrbach kommt die Treppe herauf. „Haben Sie auch einen Brief von der Hausverwaltung …"

„Mahlzeit!", sagt Adél, ohne die Nachbarin anzusehen.

Sie weiß nicht, wohin. Setzt sich in die U-Bahn. Zieht natürlich keinen Fahrschein, hat wenigstens noch einen Rest von Anstand im Leib. Dicker ist sie geworden, die Jeans spannen im Sitzen.

Sie muss aussteigen und auf die nächste U-Bahn warten. Drei U-Bahn-Kontrolleure hat sie erkannt, als die Bahn in die Haltestelle einfuhr. Die Typen waren einfach zu unauffällig. Dann fährt sie bis zum Kröpcke. Einfach so. Ohne Absicht. Vielleicht ein kleiner Schaufensterbummel. Sonderangebote an Jeans abklappern? Geschenkt! Sie weiß seit dem ersten Schritt aus der Wohnung, wo sie landen wird. Chili steht im Eingang zu H&M. Sozialarbeiter auf einer halben Stelle. Anlaufstation und Vermittler bei Problemen. Hat seine Schäfchen im Auge. Küsschen links, Küsschen rechts. „Tu' mir das nicht an", sagt Chili.

„Wollte nur mal vorbeischauen!"

„Dann geh' wieder, du hast schon alles gesehen!"

„Ich will hier einfach nur ein bisschen rumstehen. Müde Füße vom Weglaufen." Adél grinst. Chili schaut sie von der Seite an. Henry und Backe gesellen sich zu ihnen. Man umarmt sich. Cleopatra taucht auf, ein blutiges Geschwür an der Lippe. Henry steckt sich eine Zigarette an, die Hände flattern. Mozart ist auf Entzug in Wunstorf. Wo Kastanie geblieben ist, weiß keiner. Manche meinen London, andere Berlin, Henry sagt: im Knast.

Adél ist unter Freunden. Sie haben zusammen so viel erlebt. Betteln, Diebstahl, Prostitution. Gegenseitig getröstet, wenn gar nichts mehr ging.

„Adél kriegt nichts", sagt Chili, „auch wenn sie bettelt wie ein Hund. Sie hat es gerade geschafft. Sie muss ..."

„Ich weiß selbst, was ich will."

Chili hätte sich seine Ansage auch schenken können. Junkies brauchen Geld und mit ein paar Gramm zu dealen, ist leicht verdiente Kohle.

Es dauert nicht lange, bis sich die Gruppe wieder auflöst. Chili macht Feierabend. Adél schlendert in Richtung U-Bahn-Station. Es ist wie ein Verrat, das flache Briefchen in ihrer Tasche. - Brauchst du was? - Hast du was? - Wie viel willst du? - Zehn Gramm. - Tolle neue Sorte, White Widow, und baff. - Kostet? - Vierzehn! - Verarsch' mich nich'! - Dann lass es! - Hab nicht so viel. - Dann besorg dir's. - Mein Handy. - Reicht nicht. - Und 'n Zwanziger. - Bis zur U-Bahnstation hat sie es geschafft. Jetzt wird ihr schlecht. Sie übergibt sich am Ende des Bahnsteiges auf die Gleise.

Wenn jemand käme und sie einfach zwingen würde, das Briefchen herauszugeben. Einer, vor dem sie Achtung hat. Sie würde sich wehren, bis die Knochen brechen. Es gibt kein Zurück mehr. Sie braucht diesen Kick. Einmal noch, nur heute, morgen ist alles wieder normal.

Sie steigt in die U-Bahn, fährt bis zum Altenbekener Damm. Kann es kaum erwarten, bis die Bahn hält, will nicht nach Hause, geht aber hinüber zum Engesohder Friedhof. Sie setzt sich auf eine Bank hinter einem Grabmal aus Granit. Ein Engel aus Stein schaut sie an. Ein eiskaltes Lächeln.

Tränen fließen Adél aus den Augen. Jetzt! Sie dreht sich ihren Joint. Scheiße, kein Feuer! Wie soll sie hier an Feuer kommen? Ein Grablicht! Falsche Jahreszeit! Grablichter erst wieder im Herbst. Sie läuft die Wege entlang, immer schneller und schneller. Im bodendeckenden Immergrün endlich doch ein rotes Licht. Sie fällt auf die Knie, öffnet das Grablicht. Scheiße. Das darf doch nicht wahr sein! Das Licht wird von einer Batterie betrieben.

Adél tritt das Grablicht gegen eine Marmorsäule. „Was machen Sie da?" Eine Frau giftet sie an. „Ach so, Sie sind das, Frau Flick. Kann ich Ihnen helfen?" Ausgerechnet die Verkäuferin aus der Bäckerei. Sie nimmt

Adél in den Arm. „Kommen Sie, ich bring Sie nach Hause!"

Adél stößt die Verkäuferin von sich, die stolpert, fällt auf eine Baumwurzel, schreit auf, will aufstehen, Adél stößt sie erneut um, will sie schlagen, treten – hält sich erst im letzten Moment zurück und läuft nach Hause. Muss warten, bis die Tür von innen geöffnet wird, schlüpft dann hinein und setzt sich auf die Treppenstufe vor Kalenbergers Wohnung. Von der Straße ist das Signal des Unfallwagens zu hören, doch es fliegt vorbei. Hinter der Wohnungstür mauzt Augenstern. Jetzt hat sie auch kein Geld mehr fürs Katzenfutter.

Kalenberger stapft die Treppe hinauf. „Nanu, ausgesperrt?" Sie sieht Adél genauer an. „Komm erst einmal mit rein!" Kalenberger schließt die Tür auf. Augenstern streift Kalenbergers Bein mit ihrem Köpfchen, dann streicht sie um Adéls Hosenbeine.

Kalenberger stellt ihre Tasche ab, hängt die Jacke an die Garderobe, geht in die Küche, stutzt. Sieht den angefangenen Abwasch und Augensterns leeren Fressnapf. Sie dreht sich zu Adél um. Adél schnieft, steckt nach kurzem Zögern zwei Finger in die Hosentasche, zieht ein Briefchen heraus, hält es Kalenberger hin. „Ich bin so dämlich, so wahnsinnig dämlich!"

Kalenberger nimmt das Briefchen, Adél umarmt Kalenberger, drückt sich fest an sie, will beschützt werden, Kalenbergers Wärme spüren, nie mehr loslassen müssen.

Kalenberger schließt ihre Arme um Adél. Alles ist so schrecklich und doch gut zugleich. Kalenbergers Hand streicht über Adéls Rücken. So halten sie sich eine ganze Weile.

Kalenberger schaut ein wenig verunsichert, als sie sich voneinander lösen. Adél nimmt Augenstern auf den Arm. „Soll ich noch Katzenfutter holen?“, fragt sie.

Kalenberger schaut in den Küchenschrank.

„Gekocht hab ich auch nichts!“, gesteht Adél.

„Wir haben noch zwei Dosen Ravioli, die sollten für uns drei reichen!“

„Hast du die Dosen freiwillig gekauft oder geschenkt bekommen?“ Adél versucht ein Lächeln. Kalenberger zuckt nur mit den Schultern. Doch Augenstern scheinen die Ravioli zu schmecken.

Nach dem Essen greift Adél über den Tisch nach Kalenbergers Hand, drückt sie leicht, steht auf und stellt die Teller ins Spülbecken.

„Kurz abspülen“, sagt Kalenberger, „trocken bekommt man die Pampe kaum ab.“

Adél will protestieren, meint dann mit einem leicht ironischen Unterton: „Ja, Chef!“ Sie streicht im Vorübergehen mit dem Handrücken ganz leicht über Kalenbergers Rücken. Sie muss lächeln, als sie sieht, wie Kalenberger erschauert. „Soll ich uns eine Flasche Rotwein aufmachen?“

Kalenberger schaut auf Augenstern, Augenstern putzt sich den Bart. „Wir sollten unter Menschen gehen, einen Absacker trinken und uns unterhalten.“

„Hier in der Gegend? – Noch 'n Bier und 'n Korn und dann alles von vorn?“

„Ich hätte Lust auf einen leckeren Cocktail.“

„Wollen wir was probieren? Chili hat einen Freund in der List, der soll tolle Cocktails machen und leckere Tapas.“

„Haben dir die Ravioli nicht …“

„Doch, doch, ich mein nur. Ich hab sowieso kein Geld.“

„Ich sag schon, wenn es nicht mehr reicht."
„Darf ich mal dein Handy nehmen?"
„Wo hast du deins gelassen?"
„Ich will nur kurz Chili anrufen."
„Kein Handy mehr und kein Katzenfutter?" Kalenberger holt ihr Handy aus der Handtasche. „Das war ein teurer Ausflug!" Adél ruft kurz an. „Castillo in der Jakobistraße", sagt sie dann, „und ich soll dir einen schönen Gruß von Chili ausrichten."

„Wie war denn dein Tag?", fragt Adél. Sie sitzen auf Hockern an einem kleineren Tisch in der gemütlichen Bar. „Zum Erschießen!", sagt Kalenberger.
Eine junge Bedienung bringt zwei *Edelweiß*. Hatte Chili empfohlen. Ein leicht süßlicher Weißwein aus Argentinien mit Eiscrash und Zitronenscheibe.
„Soll man das mit der Nase trinken?" Kalenberger deutet auf die beiden Trinkhalme im Glas.
Das hat Torsten gehört, so hat sich der nette Typ hinter der Theke vorgestellt. „Die sind für die Leute mit den zwei Zahnlücken, bei größerer Brache gibt's den Saft aus der Schnabeltasse!"
„Lister Humor", sagt Kalenberger. Sie saugt an einem der Trinkhalme, nickt zustimmend.
„Konntest du gleich wieder einsteigen?"
„Damit hab ich gar nicht gerechnet."
„Wenigstens was Interessantes?"
„Eine Dreiundachtzigjährige stirbt im Seniorenheim. Herzversagen als Folge von Altersschwäche. Alle Formulare ordnungsgemäß ausgefüllt, Verstorbene beerdigt. Da taucht ihre Tochter auf und behauptet, die alte Dame wäre ermordet worden. Weil sie ihr ganzes Geld einer Stiftung vermacht hat. Soll sie doch glauben, was sie will. Aber die Tochter heißt Inga-Maria Scheffel."

„*Die* Scheffel?"

„Genau! – Toller Fall. Extra für mich aufgehoben. Als Auszeichnung für vorbildlichen Arbeitseinsatz."

„Hättest du auch Lust auf ein, zwei Tapas? Von den Ravioli muss ich ständig aufstoßen."

Kalenberger schiebt Adél die Karte zu. „Mit so einem Fall hast du immer die Arschkarte gezogen", sagt sie.

Adél sieht sie an und grinst.

Kalenberger steht über der Sache. „Lass ich die alte Dame ausbuddeln und es war ein natürlicher Tod, bin ich der Esel; war es kein natürlicher Tod, pinkeln mir die Kollegen ans Bein, die den Fall zu den Akten gelegt haben. Mit einem solchen Fall macht man sich unheimlich beliebt. Genau das Richtige für den neuen Start."

Kalenberger wählt Garnelen in Knoblauchöl, Adél Currywurst in Coca-Cola-Soße.

„Und bei dir?"

Adél zuckt mit den Schultern. „Ich ..." Ein junger Mann an der Bar lässt sie nicht aus den Augen. Adél fühlt sich fett, schenkt ihm nicht mal einen interessierten Blick. „... ich brauche dringend Arbeit. Ich kann das nicht, zu Hause sitzen, abwaschen, einkaufen, kochen, abwaschen! Das ist nicht fair, ich weiß, aber es macht mich kaputt! Wenn ich Arbeit hätte, ..." Der junge Mann verzieht das Gesicht, schaut in eine andere Richtung. Seine Freundin muss mit ihrem spitzen Schuh sein Schienbein getroffen haben. „... könnten wir uns die Hausarbeit teilen. Aber das ist eigentlich nicht der Grund. Es geht einfach nicht: Hausfrau, Kochbücher, Supermarkt. Mit den Nachbarn über Sonderangebote quatschen und ihren Nachwuchs bewundern."

„Haben wir Kochbücher?"

„Du weißt doch, was ich meine?"

„Ich versuche es."

Adél wischt sich die Cola-Soße aus den Mundwinkeln. „Auf jeden Fall muss ich etwas unternehmen. Vielleicht geh' ich mal bei der Gärtnerei vorbei und frag nach Arbeit. Wäre doch ein Anfang. Hoffentlich bekommst du nicht wieder Schwierigkeiten im Job."

„Ich doch nicht", sagt Kalenberger, „ich bin doch immun gegen Schwierigkeiten."

Obanczek hat eine Vergewaltigung mit anschließendem Mordversuch auf dem Tisch. Kalenberger starrt auf ihren Bildschirm. Obanczek bietet ihr eine Banane an, Kalenberger lehnt ab, öffnet die Akte auf ihrem Schreibtisch, liest.

„Vielleicht sollte ich mal ins Altenheim fahren?"

„Seniorenresidenz! Wenn du Altenheim sagst, lassen sie dich erst gar nicht rein. Oder wieder raus!"

„Man wird sehen!" Kalenberger schließt die Akte, steckt sie in ihre Tasche, nimmt Obanczek die Banane aus der Hand und geht.

Hannover von der grünen Seite: Kleefeld, Tiergarten, Annateich, Herrmann-Löns-Park. Bäume, Wiesen, Tennisplätze. Etwas versteckt die Seniorenresidenz.

Die Leiterin ist eine Dame im grauen Hosenanzug, weißblond gefärbte Haare, energisches Auftreten. *Bianca Thannheisen* steht auf dem Schildchen am Revers. War nicht einfach, zu ihr vorzudringen. Sie hätte einen Termin vereinbaren können, meinte die Anmeldung. Frau Thanneisen sei sehr beschäftigt. Auch die Kriminalpolizei habe sich an Regeln zu halten.

Dem stimmt Kalenberger zu, schiebt die Dame zur Seite und steht gleich darauf im Zimmer der Chefin.

„Meine Mitarbeiterin ... Eine Terminabsprache wäre ..."

Aha, es wird also mitgehört, was vorne gesprochen wird. Braucht man das in einer Seniorenresidenz? „Ich hab nur wenige Fragen, da lohnt kein Besprechungstermin."

„Bitte."

Kalenberger weiß nicht, ob das *Bitte* ihrer Fragestellung oder dem angebotenen Platz auf der weißen Ledercouch gilt. Sie setzt sich, nimmt den Schnellhefter aus der Tasche. „Hier ist vor einiger Zeit", sie schlägt den Ordner auf, „Chiara Napolitani verstorben ..."

„Aus dieser Richtung weht also der Wind. Hätte ich mir doch denken können. Pah, Mordkommission! Ihre Tochter ist bei Ihnen aufgekreuzt und hat etwas von einem Verbrechen gefaselt?"

Frau Thanneisen lässt Kalenberger nicht zu Wort kommen.

„Ich kann den Schmerz eines Kindes beim Tod der Mutter verstehen. Da wird vieles irrational, aber meist stellt sich nach einiger Zeit der Verstand wieder ein. Nicht so bei Inga-Maria Scheffel. Erst ist sie uns auf die Nerven gegangen. Hat jede Bescheinigung sehen und prüfen wollen. Als nichts, aber auch gar nichts zu bemängeln war, hat das ihren Verdacht nicht zerstreut, die Frau ist immer dreister geworden."

„Wir müssen einem solchen Verdacht natürlich nachgehen, wenn er geäußert wird."

„Das verstehe ich doch. Soll ich Ihnen die Unterlagen heraussuchen lassen?"

„Hatte Frau Napolitani ein Einzel- oder ein Doppelzimmer?"

„Selbstverständlich ein Einzelzimmer. Frau Napolitani war eine Persönlichkeit, die Anspruch ..."

„Sie können mir doch sicher sagen, mit wem sie befreundet war?"

„Da muss ich Sie leider enttäuschen. Frau Napolitani war eine absolute Einzelgängerin. Im Vertrauen ...", Bianca Thanneisen beugt sich zu Kalenberger, „... sie war eine richtige Harke. Zynisch und überheblich. Da hat man keine Freunde."

„Es gibt doch sicher Pflegerinnen, die Frau Napolitani näher kannten."

„Selbstverständlich! Wir legen größten Wert auf eine individuelle Betreuung unserer Gäste durch unser geschultes Fachpersonal."

„Dann hätte ich gerne mit der geschulten Pflegerin von Frau Napolitani gesprochen."

„Selbstverständlich." Frau Thanneisen steht auf. „Ich werde mir den Dienstplan ansehen und Sie unterrichten, wann die Pflegerin im Hause ist."

„Sie können nicht sofort einen Blick auf den Dienstplan werfen?"

„Aber Frau, Frau ..." Kalenberger gibt ihr ein Visitenkärtchen. „... Frau Kalenberger, wir sind eine betriebswirtschaftlich orientierte Pflegeeinrichtung und keine Laienorganisation!"

Kalenberger wird Frau Scheffel besuchen, ruft vorsichtshalber vorher an.

Adél geht zur Friedhofsgärtnerei hinüber. Hier hat sie einige Zeit gearbeitet. Zwanzig Euro und das Handy - weg für nichts. Kalenberger hat den Stoff, ohne zu zögern, durchs Klo gejagt. Herr Sander hätte Arbeit für sie. Auf Vierhundert-Euro-Basis. Scheiße, sie ist längst nicht mehr beim Amt gemeldet. „Dann dreihundertfünfzig." Er schaut Adél an. „Bleiben wir bei vierhundert auf die Hand. Aber schlafen kannst du hier nicht mehr. Wenn was passiert, bin ich dran."

Nee, ist klar, Unterkunft vorhanden. Wann sie anfangen kann? „Ich ruf dich an, noch die alte Handynummer?"

„Akku kaputt, ich komm' vorbei und frag nach."

„Kannst gleich dableiben, wir haben zwei Trauerkränze für morgen."

Adél bindet sich die grüne Schürze um, holt einen Kranzrohling aus dem hinteren Lager. „Schreib die Stunden selber auf!", ruft ihr Sander hinterher.

Wenn Kalenberger etwas an sich hasst, ist es ihre Inkonsequenz. Sie weiß genau, dass die Schuhe nach spätestens einer halben Stunde drücken. Bei ihren durchgetretenen Füßen kein Wunder. Aber zieht sie die bequemen flachen an?

Jetzt steckt sie schon anderthalb Stunden in den Schuhen und so fühlen sich die Füße auch an. In Strümpfen kann sie nicht Auto fahren, also weiter die Schmerzen ertragen und vielleicht, vielleicht morgen eine vernünftigere Entscheidung treffen.

Frau Scheffel leitet ein mittelständisches Maschinenbauunternehmen. Keine zehn Minuten bis Misburg-Anderten. Bevor Kalenberger aussteigt, massiert sie ihre Füße. Kein Gefühl mehr in den Zehen. Sie wird wieder ihre Tai-Chi-Übungen machen müssen. Jetzt wartet Frau Scheffel. Ob Frauen in ihrer Position überhaupt warten? Bestimmt wartet sie auch auf irgendetwas, wie jeder Mensch. Das halbe Leben ist warten. Aber bestimmt nicht auf die Kripo. Die Termine werden von der Sekretärin verwaltet.

Frau Scheffel ist eine schmale, energische Frau, Anfang fünfzig. Einen halben Kopf kleiner als Kalenberger, mit einer sehr präsenten Ausstrahlung. Als kleinen Pepp leistet sie sich zwei rötliche Strähnen im blond gefärbten Haar. Ein beiger Hosenanzug und an den Füßen ein Paar bequeme Schuhe. Sieht Kalenberger auf den ersten Blick. Als sie wieder aufschaut, huscht ein Lächeln über Frau Scheffels Gesicht. „Ich bin viel im Betrieb unterwegs." Sie bietet Kalenberger mit einer Handbewegung Platz in der Designer-Sitzgruppe aus Stahl und Leder an. Ist bequemer drin zu sitzen, als es im Stehen aussieht. Frau Scheffel setzt sich ebenfalls.

Frau Scheffel bestellt telefonisch zwei Kaffee. „Sie trinken doch Kaffee?"

Was soll Kalenberger darauf sagen. Auf eine japanische Teezeremonie ist der Arbeitsablauf des Sekretariats sicher nicht eingestellt.

„Sie kommen im Zusammenhang mit dem Tod meiner Mutter?"

Kalenberger will antworten, doch Frau Scheffel hat den nächsten Satz schon vorbereitet.

„Dann ermitteln Sie also?"

„Ermittlung kann man das im Moment noch nicht nennen, ich informiere mich." Kalenberger nimmt den dünnen Schnellhefter aus der Tasche, legt ihn vor sich auf den Glastisch. Dann noch ihr Notizbuch und den Kugelschreiber. Der ist aus der Halterung gerutscht, Kalenberger muss in der Tasche kramen.

Frau Scheffel schiebt ihr den Stift mit Firmenaufdruck zu.

„Was wollen Sie genau wissen?"

„Ich möchte mir ein eigenes Bild von den Vorgängen machen", sagt Kalenberger. „Der persönliche Eindruck kann durch keine Drucksache ersetzt werden."

„Also dann!" Frau Scheffel schaut auf die Projektion einer Kuckucksuhr an der Wand. Kalenberger folgt dem Blick. Um diese Zeit meldet sich bei ihr immer dieses leichte Hungergefühl. Sie muss sich konzentrieren, vielleicht kann sie heute eine Mahlzeit überspringen. Damit wären schon mal einige Kalorien gespart.

„Meine Mutter hieß Claudia Hartwich, genau aus diesem Grund hat sie sich den Künstlernamen Chiara Napolitani zugelegt. Sie hat mit ihrem erheblich jüngeren Impresario und Lebensgefährten in der Toskana gelebt. Pierre. Glücklich, zufrieden und sorglos. Ihr war von ihrer Karriere als Opernsängerin ein ordentliches Vermögen geblieben. Sie war ein gesuchter Star, hatte mehrere Jahre an der Staatsoper Hannover gesungen, war auch immer wieder für längere Zeit zurückgekehrt, aber ihre großen Auftritte hatte sie in Mailand, London und New York. Später hat sie dann Gesang unterrichtet. Aber nur Meisterschülerinnen.

Als sie auf die Achtzig zuging, stellten sich einige Wehwehchen ein, die behandelt werden mussten. Dann kamen auch noch Probleme mit dem Rücken hinzu und eine Operation stand an.

Meine Mutter hat dem Kunstverstand der Italiener vertraut, doch ihren Ärzten stand sie äußerst misstrauisch gegenüber - ziehen Sie Ihre Schuhe doch aus, wenn sie drücken. Ich weiß, wie unangenehm das ist. Man kann sich kaum konzentrieren.

Jedenfalls hat sich meine Mutter in die orthopädische Abteilung der Medizinischen Hochschule aufnehmen lassen. Die Operation verlief ohne Komplikationen - möchten Sie noch einen Kaffee?"

Kalenberger lehnt dankend ab, macht sich Notizen in der aufgeschlagenen Akte.

„Wie das in den Krankenhäusern mittlerweile üblich ist, wollten sie Mutter loswerden, sobald keine medizinische Notwendigkeit für eine Betreuung mehr bestand. Sie wollte natürlich sofort zurück in die Toskana, doch ich wollte noch für einige Zeit in ihrer Nähe sein und habe für sie einen Platz in der bestens beleumundeten Seniorenresidenz am Hermann-Löns-Park organisieren können."

Das Telefon klingelt. „Sie entschuldigen", sagt Frau Scheffel. „Es ist wichtig, sonst würde das Gespräch nicht durchgestellt. Vielleicht doch noch einen Kaffee?"

Kalenberger schaut in ihre Tasse, eine kalte Pfütze fristet ihr klägliches Dasein. Sie nickt.

Frau Scheffel drückt auf einen Knopf, bestellt über die Sprechanlage noch zwei Tassen Kaffee und nimmt dann das Telefongespräch an. Sie dreht sich auf ihrem Schreibtischsessel und schaut zu den hohen Fenstern hinaus. In dem Telefongespräch geht es um Liefertermine und Qualitätsnormen. Frau Scheffel verabschiedet sich von dem Anrufer und verbindet den Gesprächsteilnehmer mit einem ihrer Mitarbeiter.

„Wo war ich stehen geblieben?" Kalenberger will ihr das Stichwort liefern, doch Frau Scheffel sagt: „Ach ja! Meine Mutter hat sich ihrem Alter entsprechend erholt und konnte mit ihrem Rollator schon wieder ganz gut laufen. Ich wollte sie schon zum Flieger nach Italien bringen, doch die Heimleitung riet mir eindringlich, sie bis zur vollständigen Genesung in der Seniorenresidenz zu lassen. Damals habe ich gedacht, weil sie eine angenehme und wohlhabende Patientin war. Ich hab die Heimleitung sogar noch in ihrem Bemühen unterstützt, meine Mutter von einem längeren Aufenthalt zu überzeugen. Ihr Pierre ist auch schon Mitte sechzig und braucht mehr Hilfe als er selber geben kann."

Das Telefon klingelt. Frau Scheffel will zum Schreibtisch gehen, hält inne, dreht sich zu Kalenberger. „Wollen wir ein paar Schritte an die Luft gehen?"

Kalenberger nickt etwas gequält. Morgen zieht sie die braunen Schuhe mit den flachen Absätzen an, auch wenn die Absätze schon ein wenig schief gelaufen sind.

„Lassen Sie uns in ein kleines Café fahren. Es ist nicht weit und ich bringe Sie auch wieder zurück."

Kalenberger ist dankbar für so viel Rücksichtnahme. Das Telefon klingelt noch immer, Frau Scheffel nimmt eine Jacke aus dem Wandschrank und unterrichtet die Sekretärin über ihre Abwesenheit.

Es sind nur ein paar Meter bis zum Knauerweg, hätte man gut laufen können, Kalenberger wird sich nach Feierabend eine gute Fußsalbe besorgen, in der Apotheke.

Sie setzen sich an einen der kleinen schwarzen Lacktische. Frau Scheffel möchte eine heiße Schokolade und Kalenberger schließt sich an.

„Es war vielleicht nicht richtig, aber ich konnte mich nicht ausschließlich um meine Mutter kümmern. Unser Betrieb erfordert meinen vollen Einsatz und meine ganze Konzentration. Mein Mann ist vor vier Jahren bei einem Verkehrsunfall ums Leben gekommen und ich habe den Betrieb ohne große Fachkenntnisse übernehmen müssen. Ein enger Mitarbeiter meines Mannes hat mir auch sehr geholfen …"

Kalenberger nimmt wieder die dünne Mappe aus ihrer Handtasche. Warum kann in den Cafés keine ordentliche Schokolade gekocht werden? Ja, in den Holländischen Kakaostuben, aber die sind weit weg!

„Jedenfalls ging es mit meiner Mutter körperlich aufwärts, doch ihre Wahrnehmung verwirrte sie immer mehr. Die ungewohnte Umgebung, die Narkose der Operation, der neuerliche Umzug, das wird wohl alles eine gewisse Auswirkung gehabt haben. Leider habe ich versäumt, mir rechtzeitig eine Versorgungs- und Betreuungsvollmacht für meine Mutter ausstellen zu lassen." Frau Scheffel nippt an ihrer Tasse und schiebt sie mehr zur Tischmitte. „Als sie sich nicht mehr orientieren konnte, war bereits eine amtliche Betreuung von der Heimleitung erwirkt worden. Geht sicher auf meine Kappe. Wir hatten damals Schwierigkeiten mit mehreren Verpackungsmaschinen, und ich hatte nur ganz wenig Zeit, mich um meine Mutter zu kümmern."

Frau Scheffel bestellt sich einen Orangensaft und Kalenberger will erst einmal nichts trinken.

„Ich habe den Betreuer einmal in der Seniorenresidenz getroffen, er war nicht abweisend, aber doch sehr bürokratisch. Er würde sich nur an seine Vorschriften halten, und wenn ich Beschwerden hätte, sollte ich mich ans Amtsgericht wenden. Natürlich – meine Mutter hat alle Namen durcheinandergebracht, wusste auch nicht recht, wo sie sich befand. Doch es ging ihr gut und sie hatte noch Spaß am Leben, wenn man das so sagen darf. Dann starb sie innerhalb von drei Tagen, ohne Vorankündigung, und ihr ganzes Geld hatte sie gerade einer Stiftung vermacht - schätzungsweise sechshunderttausend." Frau Scheffel malt mit einem Wassertropfen Kreise auf die schwarze Lacktischplatte. „Ging alles ein bisschen plötzlich. Zu plötzlich. Die Stiftung heißt *Mutter-Kind-Besseres Leben* und damit Ende der Fahnenstange. Weitere Informationen habe ich nicht in Erfahrung bringen können. Selbst mein Anwalt ist gegen Wände gelaufen. - Das restliche Kleingeld meiner Mutter reichte nicht einmal, ihren Pierre zur Beerdigung einfliegen zu lassen. Das ging dann auf meine Kosten, ebenso wie die Beerdigung mit allem Pipapo." Frau Scheffel wischt die Wasserkringel mit einer Kleinstserviette ab und lehnt sich zurück. „Ich will es nicht leugnen, ich war ganz froh, eine Belastung weniger zu haben. Ich war betrieblich so eingespannt, dass ich überhaupt nichts empfinden konnte. Aber dieser plötzliche Tod meiner Mutter kam doch sehr überraschend, und ich bin nicht überzeugt, dass er natürlich eingetreten ist."

Adél hat ihre Arbeit beendet. Drei Stunden haben ihre Hände einen Totenkranz aus Thuja, Efeu und Tanne gebunden. Sie mag die Arbeit mit dem Grün ohne ablenkenden Blütenfirlefanz. Dafür ist später Herr Sander zuständig. Die dumpffeuchten Gerüche halten ihr Herz gefangen, geben ihr Halt. Sie hat bereits so viel verloren, noch bleibt ihr das erdige Leben.

Sie hängt ihre Schürze an einen Haken, säubert die Schuhe mit einer abgenutzten Bürste und trägt ihre drei Arbeitsstunden ins Auftragsbuch neben der Kasse ein. Herr Sander nickt ihr zu, als sie sich verabschiedet. „Können Sie mich vielleicht täglich auszahlen?"

Adél tippt Erdkrümel vom Kassentisch und schnipst sie auf den Boden.

Herr Sander sieht Adél an. „Ich glaube nicht." Er sagt es nicht einmal unfreundlich.

„Und warum nicht?"

„Weil du dann morgen vielleicht nicht wiederkommst?"

Arschloch! Dreimal verficktes Arschloch! Sie braucht das Geld. Es geht ihr schlecht. Nur zwei Gramm, und sie würde sich wieder fangen. Doch ohne Geld braucht sie sich am Kröpcke gar nicht sehen zu lassen. Sie stiefelt nach Hause. Jeder Schritt fällt ihr schwer. Sie muss sich unter Menschen wagen, nicht immer mit Totenzubehör umgeben. Auch mal ein Lachen hören, früher war sie bei der Arbeit fröhlich, ganz früher, heute läuft ihr die Nase.

Sie stapft in Richtung Elkartallee. Sie wird durchhalten, sie wird es schaffen! Erst wird sie alles sauber aufräumen, dann das Essen für den Abend vorbereiten und dann und dann und dann …

Sie schließt die Wohnungstür auf. Augenstern sitzt im Flur, ihre Barthaare zittern vor Erwartung.

Adél weiß, Kalenberger sammelt das Kleingeld aus ihrem Portemonnaie in einem Einmachglas. Zehn Euro würden Adél reichen. Ein Gramm! Doch das Glas im Küchenschrank ist leer. Fuck! In der Schublade des Garderobenschranks liegen alte Portemonnaies. Vielleicht ein vergessener Geldschein? Nichts! In Kalenbergers Nachttischschublade eine Armbanduhr. Ein Geschenk der Kollegen zum Fünfzigsten. Sie hängt an der Uhr, trägt sie aber nie, um sie zu schonen. Achtzig könnte sie dafür herausschlagen, vielleicht sogar hundert. Alles, nur das nicht. Sie will Kalenberger nicht enttäuschen, sie nicht verletzen. Vielleicht hat

Kalenberger das Briefchen gar nicht in der Toilette entsorgt. Vielleicht sind wenigstens ein paar Krümel daneben gefallen. Vielleicht ... Nichts! Kein Fingernagel, kein Haar und erst recht kein Gras!

Augenstern mauzt. Geistesabwesend nimmt Adél eine angebrochene Dose aus dem Kühlschrank und füllt Augensterns Fressnapf. Adél will diese Uhr im Nachttisch aus ihren Gedanken verdrängen, doch sie kommt nicht los von der leichten Beute. Hingehen, rausnehmen und der Tag ist gerettet.

Augenstern knurrt ihr Futter an. Adél schaut hin, es sind übrig gebliebene Ravioli. Adél wirft das Futter mit Fressnapf in den Abfalleimer und stellt Augenstern eine Plastikdose mit dem richtigen Inhalt auf den Fußboden.

Sie will die Freundschaft zu Kalenberger nicht aufs Spiel setzen. Es sind aber doch nur ein paar Gramm. Sie ist los von dem harten Zeug, braucht bloß gelegentlich noch einen kleinen Hype. Heute. Sie wird die Uhr versetzen, und bevor Kalenberger es merkt, wieder auslösen.

Schon steht sie am Nachttisch, öffnet die Schublade. Ein Krimi, Papiertaschentücher, Notizblock mit Stift, ganz hinten ein Paar Handschellen, vorn, unter der Packung mit den Hustenbonbons, das blaue Etui vom Juwelier Kröner, Karmarschstraße.

Adél greift nach dem Etui, Augenstern streicht um ihre Beine, es duftet ganz leicht nach Kalenbergers Parfüm - sie will das nicht. Sie will nicht mehr lügen, betrügen, hintergehen.

Ohne einen weiteren Augenblick zu überlegen, nimmt sie die Handschellen aus der Schublade und kettet sich an der Heizung in der Küche an. Vielleicht hätte sie vorher doch wenigstens eine Sekunde nachdenken sollen, nicht mal ihre Zigaretten sind in Reichweite. Sie lässt sich am Heizkörper heruntergleiten, Augenstern kuschelt sich in völliger Verkennung der Lage an ihr Bein, Adél stößt sie weg, Augenstern schaut verunsichert, wagt noch einen Versuch, Adél greift ihr ins Fell und setzt sie in ihren Schoß. Mindestens noch drei Stunden, bis Kalenberger eintrifft. Augenstern genießt Adéls Hand auf ihrem Fell, Adél friert, sie zittert am ganzen Körper.

Adél muss eingeschlafen sein. Sie hat das Aufschließen der Wohnungstür nicht gehört. Plötzlich steht Kalenberger in der Küche. „Was hast du denn gemacht?"

„Mach' mich ganz schnell los, ich muss aufs Klo."

„Gut gesagt!" Kalenberger stellt ihre Tasche auf einen der Küchenstühle. „Wo hab ich denn den Schlüssel?"

„Das ist nicht wahr!"

„Wo hab ich nur … Wo hab ich …?" Kalenberger tigert durch die Küche, zieht zwei Schubladen auf, schaut unter dem Besteckkasten nach und findet den Schlüssel dann schließlich in einer leeren Zuckerdose.

„Du siehst aus wie …" Den Rest kann sich Kalenberger sparen. Adél ist bereits in der Toilette.

Es klingelt an der Wohnungstür. Kalenberger schaut durch den Spion. In einen riesigen Strauß gelber Rosen. Soll sie bestimmt für die Nachbarin annehmen. Hat Lotte Rohrbach heute Geburtstag? Vielleicht ist es ein runder Hochzeitstag!

Sie öffnet die Tür. „Blumen für Sie!"

Kalenberger kommt die Stimme bekannt vor. Bevor ihr Gedächtnis anspringt, schaut sie in das strahlende Lächeln von Tomaso. Bringdienst der Pizzeria Pinocchio und vor längerer Zeit ihr gelegentlicher zärtlicher Liebhaber. Er war in eine Schutzgeldaffäre verwickelt. Als Kalenberger davon erfuhr, hat sie ihn sofort rausgeschmissen. Tomaso wurde von den Ereignissen auf dem falschen Fuß erwischt: „Du bei der Kripo? Mein Bruder hat gesagt Kosmetikerin, dieser Dummkopf, dieser Idiot, ich hätte mich selber darum kümmern sollen!“ Es blieb ihm nichts anderes übrig, als sich zurückzuziehen und auf die Staatsanwaltschaft zu warten.

„Hast du, bist du, äh, Freigang?“, stottert Kalenberger.

„Nixe Verfahren!“, sagt Tomaso. „Bruder hat auf sich genommen. Egal, ob drei oder dreieinhalb Jahre sitzen. Ich unschuldig wie kleines Lamm.“

„Und was willst du von mir?“

„Sprechen.“ Jetzt berühren seine Mundwinkel fast die Ohrläppchen. „Sprechen schönste Frau von Welt.“

Kalenberger lässt Tomaso in den Flur der Wohnung, Lotte Rohrbach muss nicht alles mithören.

Adél kommt aus dem Badezimmer. Adél und Tomaso schauen sich an, Adéls Blick fällt auf die gelben Rosen in Tomasos Händen und Kalenberger ist sofort klar: Die beiden werden keine Freunde.

„Du haben Besuch?“, fragt Tomaso.

„Adél ist kein Besuch, sie wohnt bei mir!“

„Wie schön!“ Tomaso strahlt. Er zupft eine Rose aus dem Strauß und reicht sie Adél mit einer leichten Verbeugung. „Meine Cousin hat noch ein Zimmer frei. Von seine Sohn, studiert jetzt in Neapel. Sie studieren in Hannover? Zimmer nix billig!“

„Lieber Tomaso …“ Kalenberger stellt sich zwischen Adél und Tomaso.

„Ah, liebe Maria?“ Tomaso greift nach ihrem Arm, streichelt ihn ganz leicht.

„Wer ist denn Maria?“

„Du bisse Maria!“

Adél hustet. Kalenberger nimmt Tomasos Hand von ihrem Arm. „Ich heiße Marike, wenn du es vergessen haben solltest.“

„Natürlich! Marike! Aber auch Maria! Heilige Maria! Angebetete Maria! Maria aller Marien!“

„Und damit hat er bei dir Erfolg?“ Adél fröstelt es. Sie schlingt die Arme um den Oberkörper.

„Deutsch ist nicht seine Umgangssprache.“ Kalenberger dreht Tomaso um und schiebt ihn durch den Flur zur Wohnungstür. „Du müsstest ihn mal auf Italienisch säuseln hören.“

„Nein, danke!“

Tür auf, Tomaso raus, Tür zu. Es klingelt.

Kalenberger öffnet die Tür einen Spalt, Adél stellt ihren Fuß hinter die Tür. „Zu schade zum Schmeißen weg!“, sagt Tomaso und reicht die Rosen durch die Tür. Ein großer Strauß und ein schmaler Türspalt. Als der Strauß dann endlich in der Wohnung ist, fehlen ihm einige Blüten, die hinter der Tür zu Boden gefallen sind.

„Wie auf einer Hochzeit“, sagt Kalenberger.

„Oder einer Beerdigung“, murmelt Adél.

Sie gehen ins Wohnzimmer, Kalenberger legt die Rosen ins Spülbecken, Adél legt sich auf die Couch und zieht eine Decke über sich bis zum Kinn.

„Willst du mir das erzählen?“, fragt Kalenberger und weist mit dem Daumen Richtung Küche.

„Jetzt bitte nicht!“

Adél sucht etwas in ihrer Hosentasche, zieht einen zerdrückten Zettel heraus. „Die Telefonnummer von Chili, er ist Soz-Päd. Wenn es bei mir mal wieder nicht weiter geht, ruf‘ ihn an.“

„Das reicht?“

„Ich brauche ihn nur als letzte Möglichkeit und jetzt bin ich zu müde zum Reden.“

„Ich muss sowieso telefonieren!“ Kalenberger geht an der Couch vorbei, streichelt Adél übers Haar, holt das Mobilteil des Telefons und setzt sich an den Tisch. Das Telefon klingelt. Kalenberger schaut aufs Display, zuckt mit den Schultern und nimmt das Gespräch an. Sie hört einen Augenblick zu, sagt: „Nicht nötig.“ Legt dann auf.

„Tomaso! Er will die jetzt ungerade Rosenzahl aufstocken, das brächte sonst Unglück.“

„Der lässt wohl nicht mehr locker?“, murmelt Adél.

„Befürchte ich auch.“ Ein kleines Lächeln huscht unbemerkt über Kalenbergers Gesicht. Sie ruft Obanczek an. Er soll etwas über die Stiftung *Mutter-Kind-Besseres Leben* herausfinden. „Aber schnell!“

Obanczek mault.

„Oder ich melde dich wegen Arbeitsverweigerung deinem Vorgesetzten. - Ach, das bin ich? Du hast mich noch immer nicht überholt? - Also, an die Arbeit!“ Sie grinst, als sie auflegt. Adél ist eingeschlafen. Kalenberger holt eine Decke aus dem Schlafzimmer und legt sie über Adél. Was nun? Das Fernsehgerät will sie nicht anstellen. Ihr fällt ein Papierschnipsel ein, den ihr Obanczek zugesteckt hatte. Den Ausriss aus einer Zeitung, zwei Sätze sind rot unterlegt:

In Deutschland ist es einfacher, auf dem Wege der Vorsorgevollmacht ganz legal an ein großes Vermögen zu kommen. Ein Bankraub ist da viel komplizierter.

Kalenberger legt den Ausriss auf den Tisch, zieht die Frauenzeitschrift zu sich heran und blättert sich zum Horoskopteil durch.

Krebs:
Wo Missgeschicke auftauchen, sollten Sie sich am besten mit Gleichmut wappnen. Sorgen Sie für einen angenehmen Ausgleich: Lassen Sie alte Freundschaften wieder aufleben!

Wenn das Schicksal es denn so will, Tomaso du hast eine Chance: Wenn du in den nächsten zehn Sekunden anrufst, bestelle ich eine Pizza Diavolo mit persönlichem Service.

... sieben, ... acht, ... Das Telefon klingelt. Kalenberger hätte es vor Schreck fast vom Tisch gefegt. Sie hat mit allem gerechnet, nur nicht mit dem Wink des Schicksals.

Zögernd nimmt sie das Gespräch an. „Jaaa?", haucht sie ins Telefon.

Es ist Obanczek. Die Recherche war nicht besonders schwierig. Gegen die Stiftung *Mutter-Kind-Besseres Leben* liegt nichts vor und hat auch nie etwas vorgelegen. Die Stifter und Stiftungshöhen sind jederzeit nach Vorankündigung einsehbar, das Geld liegt allerdings in Dublin fest und wird von Luxemburg aus verwaltet.

„Danke!", sagt Kalenberger, nun schon wieder beherrschter.

„Kennst du den Unterschied zwischen einer Stiftung und einem Verein?", fragt Obanczek. „Ein Verein hat Mitglieder, die Fragen stellen können."

„Und ich mach' jetzt Feierabend", sagt Kalenberger.

„Was hast du denn vorher gemacht?"

Kalenberger gönnt ihm sein sonniges Gemüt, legt aber auf, bevor er zu Ende gelacht hat. Sie muss Augenstern füttern, findet sie nicht, sucht im Flur, im Bad, in der ganzen Wohnung, Augenstern hat sich unter der Decke in Adéls Arm gekuschelt. Adél schnarcht ganz leise.

Es ist noch nicht einmal sechs. Kalenberger könnte noch einkaufen gehen oder die Fenster putzen. Warum hat sie eigentlich keine Putzfrau? Alle Welt hat eine Putzfrau. Sogar Putzfrauen haben Putzfrauen. Ob sich das rechnet?

Adél schrickt im Traum auf. Ruft mit seltsam verstellter Stimme: ‚Hilfe!' Und noch einmal ‚Hilfe!' Sie streckt die Hände gegen die Decke, Augenstern wird es zu ungemütlich, sie türmt ins Badezimmer. „Lass mich ..." Die restlichen Silben sind nicht zu verstehen.

Kalenberger tritt an die Couch, nimmt Adéls ausgestreckten Hände, spricht beruhigend auf sie ein. Das wird nichts mit einkaufen oder Fenster putzen! Kalenberger zieht ihre Hose und ihren Pulli aus und legt sich zu Adél auf die Couch. Wenn sie sich auf die Seite legt und mit dem Rücken zu Adél, wird sie sicher nicht herunterfallen.

Adél beruhigt sich, sie zittert am ganzen Körper, fällt in einen unruhigen Schlaf.

Kalenberger will sie wärmen, außerdem ist die Couch schmaler als gedacht. Sie drängelt sich mit dem Rücken an Adél, Adél dreht sich auf die Seite, legt einen Arm um Kalenberger und knurrt wohlig.

Kalenberger schließt die Augen. Ein bisschen warm zu zweit unter der Decke, aber für Adél kann es nicht warm genug sein. Kalenberger schlägt ihren Teil der Decke zusätzlich über Adél. Ihre Füße signalisieren leichte Krämpfe, sie ist müde, gähnt und schließt die Augen.

Sie träumt von zärtlichen Berührungen. Tomasos Lächeln, seinen Bartstoppeln, dem Geruch nach

Oregano und süßlichem Aftershave. Eine Hand legt sich auf ihren Busen. Tomaso verschwindet. Kalenberger schrickt auf. Das ist kein Traum! Adéls Hand hat sich in ihren Büstenhalter geschoben.

Ganz vorsichtig nimmt Kalenberger Adéls Handgelenk und legt den Arm zurück auf Adéls Seite. Kalenberger spürt noch immer den leichten, zärtlichen Druck. Adéls Körper wärmt angenehm ihren Rücken. Liebe zu einer Frau? Sex mit einer Frau? Adéls Hand kehrt zurück und fährt zielstrebig zwischen Stoff und Haut, hält Kalenbergers Brust. Ihre Brustwarzen richten sich auf. Sie erschauert. Es ist wie eine Mutprobe, die Hand nicht zurückzustoßen. Wovor hat sie Angst? Angst vor Zärtlichkeit? Angst davor, sich zu verlieren?

Sie steht vorsichtig auf, Adél mault im Schlaf, Kalenberger geht ins Bad, macht sich schlaffertig. Zieht ihren Schlafanzug an und kehrt zurück.

Bevor sie Adél den Rücken zuwendet, haucht sie ihr einen Kuss auf den Mund. Kaum liegt sie wieder in ihrer ursprünglichen Stellung, schmiegt sich Adél an sie und ihre Hand schiebt sich in Kalenbergers Pyjamajacke. Kalenberger hält bei der ersten Berührung die Luft an, doch dann atmet sie ruhig und befreit weiter. Ein wenig Angst hat Kalenberger vor dem Aufwachen.

Doch Adél schläft noch wohlig, als Kalenberger mitten in der Nacht vom Telefon geweckt wird. Sie schält sich aus Adéls Umarmung, nimmt den Anruf an. Im Hörer nur ein Rauschen, entfernte Musik, Geräusche wie von einem vorbeifahrenden Auto.

„Hallo?"

„Sind Sie Frau Kalenberger?" Eine gedämpfte Stimme. Nicht mehr ganz jung, mit einem leicht osteuropäischen Akzent.

„Hier Kalenberger."

„Wie heißen Sie mit Vornamen?"

„Warum fragen Sie?" Kalenberger weiß, im Telefonbuch steht nur M. Kalenberger.

„Ich will sicher gehen." Fast nur noch ein Flüstern.

„Wobei?"

„- - -"

„Also schön: Marike Kalenberger."

„Sie haben doch mit Frau Thanneisen gesprochen?"

„Seniorenresidenz am Hermann-Löns-Park?"

„In der Seniorenresidenz ist nichts, wie es scheint. Die Opernsängerin ..."

„Hallo?"

„Ich kann jetzt nicht weiterreden. Vertrauen Sie niemandem in der Residenz!"

„Können wir uns sehen?"

„- - -"

„Hallo, wir müssen unbedingt miteinander reden. Ich nehme Ihre Informationen sehr ernst. Wo können wir uns treffen?"

„Café Schneeweiß in Hemmingen! Morgen um zwei!"

Kalenberger horcht noch eine Weile ins Telefon, ob sie irgendwelche Geräusche erkennen kann, doch nach kurzer Zeit ist die Leitung tot.

Adél gähnt. „Muss ich schon aufstehen?"

„Es ist mitten in der Nacht!"

„Und wo willst du jetzt hin?"

„Ins Schlafzimmer. Im Bett ist es bequemer als auf der Couch." Adél scheint sehr enttäuscht zu sein. Schlingt die Decke eng um sich.

„Ab ins Bad", sagt Kalenberger, „und dann ins Bett!"

„Hast du denn kein Zuhause?“, fragt Kalenberger, als sie am nächsten Morgen das Büro betritt.

Obanczek grinst. „Ich muss für meine Chefin ranklotzen!“

Kalenberger setzt sich. Stöhnt. Ein leichter Schmerz in der unteren linken Lendengegend.

„Heiße Nacht oder normaler Hexenschuss?“ Obanczek grinst noch immer.

„Weiß ich noch nicht. Kommt drauf an, was der Tag mit mir macht.“

„Ich hab noch etwas für dich“, sagt Obanczek. Er reißt einen Zettel von seinem Block, faltet einen einfachen Papierflieger und lässt ihn auf Kalenbergers Schreibtischseite segeln. Kalenberger faltet den Flieger auseinander. Fragt: „Und?“

„Hinter der Stiftung *Mutter-Kind-Besseres Leben* steht eine noble Adresse in Luxemburg. *Salomo Wohlfahrt.* Ein Haus, hundertachtzehn Briefkästen. Das war's, die Tür ist zu.“

„Also seriös?“

„Mit an Sicherheit grenzender Unwahrscheinlichkeit.“

„Schau doch mal, wer hinter der Firma steckt, du bist da schneller durch als ich.“

„Deine Komplimente machen immer Arbeit!“

„Ich lass mich ins Einbruchsdezernat versetzen.“ Kalenberger steht wieder auf, verzieht das Gesicht. „Da sind die Kollegen hilfsbereiter. – Ich hol mir erst mal einen Kaffee.“

„Bringst du mir einen mit?“

Kalenberger sieht Obanczek an, Obanczek lächelt zuckersüß: „Bitte!“

„Ohne Milch, mit Zucker?“

„Genau. Aber nicht zu süß!“

„Er hat wirklich kein Zuhause", mault Kalenberger, als sie das Büro verlässt.

Den Morgen verbringt Kalenberger mit dem Sortieren neuer Informationseingänge. Alles ziemlich zäh, nichts geht voran, alles scheint sich im Kreis zu drehen. Obanczek entwickelt QR-Codes für die einzelnen Fachinspektionen. Öffentlichkeitsarbeit. *Sprechen Sie mit dem Ermittler Ihres Vertrauens.* Natürlich mit Durchwahl.

Kalenberger schaut aus dem Fenster. Morgen wird sie wieder ihre Tai-Chi-Übungen aufnehmen. Es wird Zeit, nach Hemmingen zu fahren. Geschenke, Friseur, Kosmetik, Café unter einem Dach. Eingebettet in einen historischen Rosengarten. Kaffeespezialitäten, eine feine heiße Schokolade und selbst gebackener Kuchen. Drei Paare sitzen an den Tischen, keine einzelne Person.

Kalenberger geht zur Theke, sie kann sich nicht sofort entscheiden, wählt dann ein Stück Käse-Mandarinen-Torte und eine heiße Zartbitterschokolade - drei Helligkeitsgrade sind im Angebot - mit einem Espresso verfeinert. Hat sie noch nie getrunken, hört sich aber gut an.

Sie sucht sich einen Platz im hinteren Bereich des Cafés mit umfassendem Überblick über Tische, Stühle und eventuell kommende Gäste.

Sie wartet. Holt sich noch ein Stück Mohnkuchen und einen Milchkaffee, doch nach einer dreiviertel Stunde gibt sie auf. Der Rücken schmerzt heftiger, sie rechnet nicht mehr mit der unbekannten Anruferin.

Kalenberger fährt in Richtung Polizeidirektion, doch ein ungutes Gefühl lässt sie die Richtung ändern. Sie fährt über den Südschnellweg, dann über den Messeschnellweg und schließlich die Kirchröder Straße hinunter.

Natürlich hat Bianca Thanneisen keine Zeit. Es herrsche Personalmangel an allen Ecken und Enden, aber darunter dürften ihre Gäste, ja, sie sagt Gäste, nicht leiden.

Kalenberger ist viel zu erfahren, um sich abweisen zu lassen. Sie setzt sich auf Bianca Thanneisens stylische Besuchercouch, schlägt die Beine übereinander und wartet. Notfalls hat sie auf ihrem Handy noch zwei Spiele, die sie auch ohne Brille bedienen kann.

Bianca Thanneisen bearbeitet Akten, telefoniert, stellt den Computer an und starrt auf den Bildschirm.

„Auch Minesweeper oder Pac-Man?", fragt Kalenberger.

„Dafür habe ich keine Zeit!" Bianca Thanneisen schaut auf, stellt überrascht fest, dass sie Kalenberger in die Falle gegangen ist. „Was wollen Sie?"

„Ich möchte nur wissen, welche der Pflegerinnen nach der Mittagspause nicht mehr an ihren Arbeitsplatz zurückgekehrt ist."

„Wie soll ich das …!"

„Wir können es auch offiziell machen." Kalenberger greift zum Handy, ruft Obanczek an. „Hallo Herr Sauber, Kalenberger hier. Ich brauche Unterstützung! Mindestens zwölf Mann. Ich gebe Ihnen mal …"

„Ist schon gut", lenkt Bianca Thanneisen ein. „Wir können uns bei der Pflegedienstleitung informieren." Sie steht auf, Kalenberger folgt ihr durchs Vorzimmer in den Flur. „Ihren Herrn Sauber würde ich gern mal kennenlernen!" Bianca Thanneisen sieht Kalenberger verächtlich an.

„Keine Chancen", sagt Kalenberger, „der steht nicht auf alte, äh, ältere, also der interessiert sich nur für junges Gemüse."

Der Hieb saß, keine Antwort.

Am heutigen Tag fehlen insgesamt drei Mitarbeiterinnen und ein Pfleger. Eine der Mitarbeiterinnen ist pünktlich zum Dienst erschienen, nach dem Mittagessen aber von einer Besorgung in der Stadt nicht zurückgekehrt.

Bianca Thanneisen beugt sich vor, um die Schrift auf dem Bildschirm lesen zu können. Braucht also normalerweise eine Lesebrille, aber zu eitel ... Darüber will sich Kalenberger jetzt nicht erheben.

„Magda Kuscherski?", fragt Bianca Thanneisen, ohne dass es eine Frage sein soll. „Eine äußerst unzuverlässige Person. Aber was soll man machen bei der allgemeinen Personalnot in den Pflegeberufen!"

Kalenberger notiert sich auch die Adressen des Pflegers und der beiden Pflegerinnen, die heute nicht zum Dienst erschienen sind.

„Das war's dann schon", sagt Kalenberger auf dem Rückweg zu Bianca Thanneisen. „Hat doch gar nicht wehgetan - oder?"

„Und schöne Grüße an Herrn Sauber!"

Auch eine Verabschiedung, wenn auch nicht mit Handschlag.

Am Ausgang bleibt Kalenberger vor dem schwarzen Brett stehen. Sie ist von Natur aus neugierig. Ob sie sich wieder ein Fahrrad zulegen soll? Zwei im Angebot, eins für Kinder und eins für etwas größere Kinder. An auffälliger Stelle war eine Suchanzeige der Seniorenresidenz angeheftet. *Pfleger und Pflegerinnen gesucht.* Darunter etwas kleiner: *Hilfskräfte auf 400-€-Basis.*

Kalenberger wühlt ihr Handy aus der Tasche und fotografiert den Aushang. Eine Couchgarnitur ist ebenfalls im Angebot, ein Rasenmäher und eine Einladung zur Tupperparty. Kalenberger wird sich wohl ein neues Fahrrad zulegen müssen – wenn überhaupt.

Kaum im Auto, ruft Kalenberger den Pfleger an, der nicht zum Dienst erschienen ist. Es meldet sich ein beängstigendes Husten, der Mann ist also krank. Dann der Anruf bei der ersten Pflegerin. Ihre Abwesenheitsnotiz muss ein Irrtum sein. Sie hat sich offiziell frei genommen und der Urlaubsantrag liegt abgezeichnet unter der Kaffeemaschine. Also entschuldigt. Bei der nächsten Pflegerin meldet sich die Mutter. Ihre Tochter ist zum Arzt gegangen, schon vor drei Stunden, aber im Augenblick grassiere gerade …

Kalenberger bedankt sich für die Auskunft und beendet das Gespräch. Sie ruft Magda Kuscherski an. Das Gespräch wird nicht angenommen, nach einer Weile schaltet sich der automatische Anrufbeantworter ein.

Nicht ungewöhnlich. Eine junge Frau geht zum Dienst, verabredet sich zu einem Gespräch in der Mittagspause, ihr wird schlecht und sie geht nach Hause, legt sich mit einer Wärmeflasche ins Bett und ist erst einmal nicht ansprechbar. Aber irgendwie hat Kalenberger ein ungutes Gefühl. Magda Kuscherski wollte etwas loswerden. Dringend. Und wenn ihr etwas dazwischen gekommen ist, hätte sie sicher angerufen. Falls sie nicht in einen Unfall verwickelt wurde.

Kalenberger ruft die Kollegen in Ronnenberg an. Nein, von einem Unfall mit Personenschaden in Hemmingen oder näherer Umgebung ist nichts bekannt.

Kalenberger fährt nach Hause. Schon im Flur riecht es angebrannt. Also kocht Lotte Milchreis. Nein. Diesmal ist es Adél und der Milchreis sind Salzkartoffeln. Eigentlich unmöglich, sie anbrennen zu lassen, wenn man mit den Kartoffeln Wasser in den Topf füllt.

Adél steht am Spülbecken und kratzt mit der Rückseite der Spülbürste im Topf. Kalenberger umfasst sie bei der Schulter, dreht sie zu sich und gibt ihr einen Kuss auf die Lippen. „Heute keine Lust auf Arbeit?"

„Ich kann da nicht mehr hin." Adél kratzt weiter. „Alles scheint mich in mein früheres Leben zurück zu ziehen. Ich will das nicht."

„Elfriede scheint Hunger zu haben!" Kalenberger schraubt das Glas mit den Fliegen auf, eine entwischt, die nächste fängt Kalenberger mit der Hand und setzt sie mit einer Pinzette auf die klebrigen Tentakel des Sonnentaus.

„Dafür habe ich Augenstern zweimal gefüttert. Ich steh' einfach neben mir."

„Du Arme!" Kalenberger macht das Fenster auf und scheucht die entflogene Fliege hinaus. Adél flüchtet sich in ihre Arme, Kalenberger streichelt ihr das Haar und die Wange, dann beugt sie sich zu ihr hinab und küsst sie zärtlich. Von der Straße tönt ein anzüglicher Pfiff herauf.

Es dauert eine Weile, bis sie sich wieder voneinander lösen. „Vielleicht habe ich etwas für dich!" Kalenberger nimmt das Handy aus ihrer Tasche und zeigt Adél das Foto aus der Seniorenresidenz.

„Du brauchst wohl eine Spionin?", fragt Adél.

„Bei der Kripo nennt man solche *Spione* V-Leute. Aber erstens haben wir überhaupt keinen Kriminalfall, bei dem sich der Einsatz einer V-Frau lohnen würde, und zweitens habe ich überhaupt keine Befugnis,

V-Leute einzusetzen. Ich hab's bloß als Alternative zur Gärtnerei gedacht."

Adél macht eher lustlos einen Termin für ein Vorstellungsgespräch in der Seniorenresidenz. Als sich Magda Kuscherski auch nach Tagen noch nicht meldet, ermittelt Kalenberger aus eigenem Ermessen in ihrem Umfeld. Offizielle Ermittlungen kann sie bei einer erwachsenen jungen Frau ohne Hinweise auf eine Straftat nicht aufnehmen. Magda Kuscherski kann doch auf dem Weg zur Verabredung den Mann ihres Lebens kennengelernt haben. Warum eigentlich Mann? Doch weder Nachbarn noch Magda Kuscherskis wenige Freunde haben sie seit dem Tag des geplanten Treffens mit Kalenberger gesehen. Bei allen Gesprächen klingt durch, dass Magda Kuscherski eine sehr zuverlässige Person ist. Nur Bianca Thanneisen war da gegenteiliger Meinung. Wahrscheinlich persönliche Antipathie.

Adél bekommt einen weißen Kittel mit gelbem Kragen und dem Emblem der Seniorenresidenz auf der linken Brustseite gestellt. Die weißen Clocs muss sie selber bezahlen. Sie hat wenig Kontakt zu Bianca Thanneisen, Bianca Thanneisen nimmt ihre Mitarbeiterinnen erst ab dem Status einer examinierten Pflegerin zur Kenntnis. Doch Adéls Kolleginnen sind recht nett, besonders Richard, doch der ist keine Kollegin, dafür aber ein wandelnder Tattooprospekt. Wenn Adél genügend Geld übrig hätte, würde sie sich das Tattoo seines rechten Oberarms auch gerne stechen lassen. Ein Feuer speiender Drache mit Augenklappe.

Sie arbeitet an vier Tagen jeweils von acht bis zwölf. Sie könnte auch von sechs bis zehn oder von zehn bis zwei anwesend sein, doch dann würde sie die Kaffeepause versäumen und der Kontakt zum Tattoo und den Kolleginnen ist ihr sehr wichtig, trägt sie durch den Tag, bis Kalenberger eintrifft.

Maria Isabella hat Geburtstag und einen mallorquinischen Mandelkuchen gebacken. Einen Mandellikör gibt sie auch aus, nachdem Bianca Thanneisen etwas von *alle in einem Boot, Kostendruck und harte Zeiten* erzählt und einen kleinen Blumenstrauß überreicht hat und endlich gegangen ist.

Es wird viel gelacht, Dodo hat am Wochenende das Motorrad ihres Freundes verkauft. Er hat den Beweis seiner Liebe angetreten: *Nimm dir von mir, was du willst – es gehört dir!* Jetzt sucht er ein neues Motorrad und Dodo einen neuen Freund.

Janka hat ein Paket ihrer Großmutter bekommen, sechzehn Gläser eingelegte Gurken, damit sie im Westen nicht verhungert.

„Swetlana, warum bist du so still?"

„Ich hab Kopfschmerzen", sagt die junge Frau mit dem blonden Pferdeschwanz.

„Brauchst du nicht, er ist dir treu!" Die Kolleginnen lachen.

Swetlana springt auf und verlässt die Geburtstagsrunde.

„Was hat sie denn?", fragt eine ältere Kollegin.

„Es nimmt sie immer so mit. Diesmal scheint es der Geier auf den alten Wiedmann abgesehen zu haben." Die ein bisschen zu Rothaarige will sich noch ein Stück vom Kuchen nehmen, zögert, nimmt lieber noch ein Gläschen Mandellikör. „Wegen der Kalorien."

„Der alte Wiedmann hat doch überhaupt kein Vermögen. Hast du dir mal seine Sachen angesehen?"

Gleich ist die Pause zu Ende. „Wer ist denn der Geier?", fragt Adél.

Plötzlich sind alle Augen auf sie gerichtet.

„Tja, wer ist der Geier?", erwidert Anja. Sie schließt ihre Frauenzeitschrift.

„Wir müssen wieder!" Die Rothaarige stellt Teller und Tassen in den Abwasch.

Maria Isabella legt den übrig gebliebenen Kuchen in eine Tupperwarefrischhaltebox. „Ihr könnt euch auch zwischendurch bedienen."

„Danke für Kaffee und Kuchen!", antwortet Adél. Im Hinausgehen legt Anja einen Arm um Adéls Schulter. „Ich will dich mal nicht ins offene Messer laufen lassen. Der amtliche Betreuer ist Karl-Josef Tiedemann, wir nennen ihn *den Geier,* weil er ziemlich scharf ist auf das Geld der Alten. Gerüchte. Aber keiner macht den Mund auf, weil er mit der Heimleitung befreundet ist. Sehr gut befreundet. Besonders scharf ist er auf die Alleinstehenden ohne Anhang. Eben ein Geier: kreisen und zustoßen. Beim alten Wiedmann hat er jetzt auch leichtes Spiel. Der driftet immer weiter ab ins graue Reich des Vergessens. Allerdings kann ich mir nicht vorstellen, dass Wiedmann viel zu vererben hat. Auf sein Häuschen hat die Bank seit längerem die Hand gelegt, erzählt man. Aber ..., letztendlich habe ich nichts gesehen und gehört. Ich bin auf meinen Job angewiesen, mein Mann ist Frührentner. Sagt er. Die Rentenversicherung ist da ganz anderer Ansicht."

Plötzlich ein Krakeelen hinter einer der Türen am Ende des Gangs. „Regina tobt mal wieder. Vielleicht war ihr der Kaffee zu dünn."

„Regina?"

„Regina Basin-Malchow."

Frau Thanneisen taucht auf. „Stehen Sie nicht rum. Haben Sie denn nichts zu tun?“ Für eine weitere Standpauke scheint sie keine Zeit zu haben, sie eilt den Gang hinunter, öffnet eine Tür und wird von einem erbosten Wortschwall empfangen.

„Ich muss ihr helfen, sonst gibt es Ärger!“ Anja eilt hinter Frau Thanneisen her.

Wiedmann, Wiedmann ..., Adél sagt der Name nichts. Sie geht nochmal zurück in den Aufenthaltsraum. Maria Isabella räumt die Spülmaschine ein. „Ich kenn mich doch noch nicht so gut aus in den Räumlichkeiten“, sagt Adél. „Wo ist denn Herr Wiedmann untergebracht?“

Maria Isabella dreht sich um, sieht sie an: „Damit hast du nichts zu tun. Herr Wiedmann wird privat betreut, hat die Chefin angeordnet.“

„Daher“, sagt Adél. „Jetzt hat mich Thanneisen beauftragt, beim Wiedmann zu kontrollieren, ob er heimlich auf dem Zimmer raucht. Ich mag nicht spionieren.“

„Die hat auch immer Ideen!“, sagt Maria Isabella. „Herr Wiedmann hat das Einzelzimmer im ersten Stock, vorletzte Tür rechts.“

„Vielleicht geh' ich auch gar nicht hin und sag' einfach, ich hätte es überprüft!“

Maria Isabella zuckt mit den Schultern und dreht sich wieder zur Spülmaschine. „Wenn er raucht, dann doch sowieso auf dem Balkon.“

„Dann füll' ich mal die Blumenvasen auf! Bis morgen!“

„Morgen hab ich frei!“

Adél trödelt im Flur herum, bis Maria Isabella endlich den Raum verlässt. Dann wartet sie noch einen Augenblick und geht zurück in den Aufenthaltsraum, nimmt die Frischhaltebox mit dem Kuchen und beeilt sich, in den ersten Stock zu gelangen.

Zweites Zimmer rechts. Adél klopft. Ein Gemurmel hinter der Tür. Adél drückt vorsichtig die Klinke herunter, schaut ins Zimmer.

„Herr Wiedmann?"

Ein Brummen aus dem Bett.

„Ich bin Adél und habe heute Geburtstag. Darf ich Ihnen ein Stück Kuchen anbieten?" Sie schließt die Tür, geht ins Zimmer. Herr Wiedmann sitzt im Bett, die Brille auf der Nase, auf der Bettdecke liegt eine aufgeschlagene Zeitung. *Die Zeit. Edmund Stoiber gibt seinen Rücktritt zum 30. September 2007 bekannt.* Auch schon ein paar Jahre her!

„Ich will keinen Lebertran", sagt Herr Wiedmann. „Keinen Lebertran, bähhh!" Er streckt die Zunge heraus.

„Wie wär's mit einem Stückchen Mandelkuchen?" Adél sieht sich um, wo sie die Frischhaltebox abstellen kann. Seitlich vom Fenster steht ein sehr schöner alter Tisch, zierlich, rund und mit schmückenden Intarsien in der Platte. Eine andere Abstellmöglichkeit gibt es nicht, außer auf Herrn Wiedmanns Bauch. Adél entscheidet sich für den Tisch, nimmt aber ein Handtuch von der Heizung und legt es unter den Plastikbehälter.

„Nicht kitzeln, nicht kitzeln! Huhu, sie ist so kitzelig!" Herr Wiedmann lächelt in sich hinein.

„Wer?"

„Das sag ich nicht, das sag ich nicht!"

„Oh, jetzt habe ich das Messer vergessen."

Herr Wiedmann schielt auf den Kuchen. „Heute back' ich, morgen brau' ich, übermorgen ... Oh, übermorgen ..." Herr Wiedmann fällt in ein meckerndes Lachen.

Adél bricht ein Stück vom Kuchen ab, legt es auf die Zeitung, Herr Wiedmann greift nach dem Stück, stopft sich den Mund voll.

„Wann haben Sie denn Geburtstag?", fragt Adél.

„Heute!" Der Kuchen klumpt in Herrn Wiedmanns Mund.

„Heute? Aber Herr Wiedmann, Sie haben heute bestimmt keinen ... Das ist ja wunderbar. Das trifft sich bestens mit dem Kuchen. Hatten Sie denn schon Besuch?"

„Nein!" Herr Wiedmann kaut noch immer. „Nur diesen Heini."

„Haben Sie keine Angehörigen?"

„Doch, natürlich, einen Sohn und zwei Töchter. Nein drei, nein zwei."

„Ihre Kinder kommen heute noch?"

„Natürlich. Sie kommen immer! Immer sonntags und am Geburtstag."

„Wann haben Sie denn Geburtstag?"

„Heute!" Er winkt Adél zu sich heran, sieht sie an, scheint sich zu konzentrieren. Er fasst nach ihrem Arm, flüstert: „Sie ist tot. Claudia ist tot. Jetzt bin ich dran!"

„Wer ist Claudia?"

„Sie hat gesungen wie ein Engel."

„Herr Wiedmann, das hat noch ein bisschen Zeit, bis Sie die Englein singen hören."

„Claudia!" In seinen Mundwinkeln kleben Kuchenkrümel.

„Möchten Sie noch ein Stückchen Kuchen?"

Wiedmann lässt ihren Arm los, starrt an die Decke: „Hauen Sie ab mit ihrem dämlichen Kuchen! Weg, los, raus!" Er sucht mit der Hand nach der Klingel.

„Noch einen schönen Tag, Herr Wiedmann. Nur ... Wer war eigentlich der Heini, der Sie besucht hat?"

„Immer soll ich unterschreiben. Sonst bekomme ich morgen kein Essen, behauptet er!"

„Sie bekommen Ihr Essen, ich werde dafür sorgen."

„Hau ab! Haut alle ab!"

„Einen schönen Tag noch!" Beinah' hätte Adél *Geburtstag* erwidert.

Rasch bringt sie den Kuchen zurück in den Aufenthaltsraum, dann nimmt sie ihre Tasche und macht Feierabend.

Kalenberger nimmt die Post aus dem Briefkasten. Prospekte, Rechnungen, ein neues Brillengeschäft hat eröffnet und dann ein kleiner Stich in den Finger. Sie beugt sich zum Briefkasten hinab, um hineinsehen zu können. Eine rote Rose! Von wem wohl! Kalenberger seufzt. Sie wird die Sache mit Tomaso ein für alle Mal beenden müssen, sonst gibt es Stress. Und den kann sie am allerwenigsten gebrauchen.

Als sie ihre Tasche im Flur abgestellt hat, holt sie das Tai-Chi-Buch aus dem Bücherregal, legt es auf den Tisch und schlägt irgendeine Seite auf. Ist doch egal, mit welcher Übung sie anfängt.

Der Schlüssel wird in die Wohnungstür gesteckt, Adél betritt den Flur, gibt Kalenberger einen Kuss auf den Mund.

„Wie war's?“, fragt Kalenberger.

„Wie immer.“ Sie holt die Cola-Flasche aus dem Kühlschrank und gießt sich ein Glas ein. „Fast jedenfalls.“ Sie setzt sich an den Tisch. „Ich hab da etwas Interessantes aufgeschnappt, was dich bei deinen Ermittlungen weiterbringen könnte.“

„Was essen wir heute?“

„Kannst du immer nur ans Essen denken?“ Adél erhebt sich schwerfällig, schaut in den Kühlschrank und will dann auf die Schnelle eine aufgetaute Gemüsesuppe mit Schafskäse kreieren. Sie lässt dazu den tiefgefrorenen Suppenblock in einen Kochtopf gleiten, holt den Schafskäse aus dem Kühlschrank und erzählt Kalenberger von den Geiern und Herrn Wiedmann.

„Und er hat gesagt, dass er irgendwelche Papiere unterschreiben soll?“

„Hat er.“

„Vielleicht blickt der alte Herr einfach nicht mehr durch. Es könnte doch ein berufsmäßiger Betreuer sein, der sich um die Angelegenheiten von Herrn Wiedmann kümmert. Ich werde mich morgen informieren, ob solch ein Betreuer eingesetzt wird.“

„Magda ist nun auch schon seit Tagen verschwunden und nicht wieder aufgetaucht.“

„Da kann ich offiziell nichts machen. Sie ist erwachsen und kann gehen, wohin sie will. Ich werde mich einfach inoffiziell ein wenig umhören.“

Adél öffnet den Abfalleimer, um die Käseverpackung wegzuwerfen. Sie entdeckt Tomasos rote Rose und pflückt sie mit spitzen Fingern aus dem Müll. Hält sie mit angewinkeltem Arm zwischen sich und Kalenberger. „Muss Liebe schön sein!“

„Was soll das denn?“ Kalenberger ist keineswegs amüsiert. „Wir beide sind freiwillig zusammen, aber dein Eigentum bin ich noch lange nicht.“

„Ich hab einfach nur Angst, dass du mich wegstößt. Wie es alle getan haben und ich mein Leben wieder verliere.“ Adél wirft den Blumenstengel ins Spülbecken, zwei Blütenblätter segeln auf den Boden, Adél flüchtet sich in Kalenbergers Arme.

„Was morgen ist, weiß keiner. Nur sollten wir uns nicht belügen. Ich hab dich sehr, sehr lieb, ob ich dich liebe, weiß ich noch nicht. Es ist alles so fremd. Und du bist so jung. Kann das überhaupt gut gehen?“

„Was morgen ist, weiß keiner.“ Adél kramt nach einem Papiertaschentuch in ihrer Hosentasche.

„Ich hätte Lust auf eine Pizza!“ Adél grinst Kalenberger unter Tränen an.

„Dann bestell uns zwei“, meint Kalenberger. „Die besten gibt's in der Pizzeria Pinocchio. Für mich die Diabolo.“

„Und für mich eine mit Sardellen, Kapern und Oliven.“

„Vierzehn.“ Kalenberger tippt mit dem Finger auf den Flyer.

„Vierzehn Stück?“

„Nummer vierzehn!“

Adél übernimmt das Bestellen. „Willst du gar nicht wissen, wer am Telefon war?“

„Nein“, murmelt Kalenberger abwesend. Sie sortiert die Post. Plötzlich stutzt sie, streicht das einzelne Blatt glatt und legt es vor Adél auf den Tisch.

Lesbentanz ohne Schwantz. Der Scheiterhaufen brennt schon für eusch!

„Ach nee“, sagt Adél, „da versucht es wohl jemand mit allen Mitteln!“

„Tomaso würde so etwas nie tun. Er war immer höflich und ...“

„So genau will ich das gar nicht wissen. Doch aus enttäuschter Liebe hat mancher sogar schon gemordet!“

„Was uns nicht umbringt, macht uns stark!“, bemerkt Kalenberger. Sie zerreißt das Papier in kleine Schnipsel und wirft sie in den Abfall. Dann holt sie eine Flasche Rotwein aus dem Regal, Adél soll ihn entkorken und Kalenberger nimmt die Festtagsgläser aus dem Schrank.

Es klingelt. Kalenberger und Adél schauen sich an. Schließlich steht Adél auf, geht zur Tür. Alles problemlos. Der Pizzabote war eine Frau.

Kalenberger kaut und spricht: „Ich hab keine Lust auf so einen Mist!“ Mit dem Daumen der linken Hand weist sie auf den Abfalleimer und beißt in ihr Stück

Pizza in der rechten. „Wenn so was nochmal passiert, sollten wir umziehen. Ein neues Leben, eine neue Umgebung und dann einfach durchatmen."

„Du meinst, wir ziehen raus aufs Land, wo uns keiner kennt?" Adél lächelt säuerlich.

„Im Gegenteil. Ich dachte an die List mitten in Hannover. Wir waren doch neulich bei deinem Freund im Castillo ..."

„Das ist nicht mein Freund und ist es auch nie gewesen!"

„... da sollten wir uns vielleicht nach einer neuen Wohnung umsehen. Mir haben die Leute gut gefallen."

„Ich werde Torsten morgen anrufen. Jetzt ist zu viel los in seinem Laden. Vielleicht kennt er einen ordentlichen Makler."

„Die Wohnung aber nur mit garantiertem Abstellplatz fürs Auto, ich hab keine Nerven mehr, stundenlang nach einem Parkplatz zu suchen."

„Kannst du auch nicht schlafen?" Adél schmiegt sich an Kalenbergers Rücken, hat einen Arm um sie gelegt.

„Eigentlich ist alles ganz einfach", murmelt Kalenberger. „Eine alte Frau stirbt, weil es eben Zeit ist, ihre Tochter ist sauer, weil ihr das Erbe entgangen ist, das an eine mildtätige Stiftung floss, eine junge Pflegerin verabredet sich mit mir und taucht dann ab, weil sie die Alten nicht mehr pflegen will und einen Typen kennengelernt hat, der sie ins Land des ewigen Frühlings entführen wollte ..."

Kalenberger lauscht. Adél atmet regelmäßig, verstärkt durch ein leichtes Schnarchen beim Einatmen. Kalenberger hängt weiter ihren Gedanken nach. Ihre gedankliche Konstruktion weist einige Sollbruchstellen auf. Wenn die alte Frau nicht einfach so gestorben ist, ihr amtlicher Betreuer kein Gutmensch war und sie gezielt unter Druck gesetzt hat, das Geld der Stiftung zu vermachen, dann könnte die polnische Pflegerin etwas darüber gewusst haben, und bevor sie auspacken konnte, wurde sie zum Schweigen gebracht. – Geh damit mal zum Staatsanwalt. ‚Ihre psychische Erkrankung hat wohl verheerende Auswirkungen auf Ihren Geisteszustand!' Die Pflegerinnen in der Residenz könnten etwas über die Hintergründe wissen. *Der Geier.* Vielleicht ist ihnen auch klar, dass Magda Kuscherski nicht freiwillig abgehauen ist. Dann werden sie erst recht den Mund über ihre Vermutungen halten. Die Heimleitung? Steckt mit dem Geier unter einer Decke. Abzocke der alten Leute im großen Stil, aber Mord? ‚Du musst einfach Augen und Ohren weiter offen halten!'

„Bis Montag soll ich dem Drachen ein polizeiliches Führungszeugnis vor... vor ..."

Adéls polizeiliches Führungszeugnis lässt sich nicht vorweisen. Ob Madame Thanneisen Adél wieder loswerden will? Ahnt sie vielleicht etwas von Kalenberger und Adél? Damit fiele Adél aus. Blieb als Ansatzpunkt nur die dubiose Stiftung mit dem Sitz in Liechtenstein. Oder ist es Luxemburg? Und die Suche nach einem neuen Job für Adél.

Adél dreht sich um und kuschelt sich mit dem Rücken an Kalenberger. Kalenberger spürt, wie eine Hitzewallung ihren Körper hinaufzieht. Trotz ihres klitschnassen Gefühls muss Kalenberger grinsen. Adél wird denken, sie hat eine Ganzkörperwärmflasche im Rücken.

Kalenberger auf dem Weg zur Arbeit. Nach zwei Scheiben Knäckebrot mit Kräuterquark. Was soll das noch bringen? Aber irgendwie steckt es drin: Du musst abnehmen, du musst abnehmen, du musst …

Sie schließt die Wohnungstür hinter sich. Auf dem Küchentisch steht eine Thermoskanne mit Kaffee für Adél. Vielleicht fragt Frau Thanneisen nicht mehr nach dem Führungszeugnis. Nächtliche Gedanken übertreiben oft.

Auf dem Weg hinunter zur Haustür kommen ihr die Rohrbach-Zwillinge entgegen. „Na“, fragt Kalenberger, „schon neue Streiche ausgeheckt?“ Warum spricht sie nicht vernünftig mit den beiden. Die sind doch nur klein und nicht blöd!

Lasse bleibt vor ihr stehen, grinst sie an: „Bist du eine schwule Leske?“ Leon stapft bereits die letzten Stufen zur Wohnung hinauf. Unten an der Treppe erscheint Frau Rohrbach. Zwei schwere Einkaufstüten in den Händen. „Lasse!“ Sie keucht. „Schwule Leske, schwule Leske!“, brüllt Lasse durchs Treppenhaus und versucht, seinen Bruder einzuholen.

„Es tut mir leid, aber nehmen Sie es den Kindern nicht übel. Sie schnappen es auf der Straße auf und wissen gar nicht, was sie sagen. Sie sind jetzt in so einem Alter.“

„Guten Morgen“, sagt Kalenberger, als sie auf gleicher Höhe mit Lotte Rohrbach ist. „Galt das etwa mir?“

Lotte Rohrbachs Gesicht hat sich rot verfärbt. Ob das vom Tragen oder von der Verlegenheit kommt, will Kalenberger erst gar nicht herausfinden. Sie lässt Lotte Rohrbach stehen, verlässt das Haus und geht zum Auto.

Obanczek sitzt schon wieder vor ihr im Büro, er nennt es jugendlichen Elan, sie kindliche Torheit.

„Kaffee?", fragt Obanczek.

„Mach dir doch deinen Kaffee selber. Ich bin noch gar nicht richtig da. Überall wird man nur angepöbelt, von den Nachbarn, von den Kollegen ..."

„Ob du einen Kaffee möchtest?"

„Ich weiß: Dann kann ich ihn mir kochen!"

„Hast du auf Stacheldraht geschlafen?" Obanczek weist mit dem Daumen auf die Fensterbank. Da steht eine Thermoskanne, von zaghaften Sonnenstrahlen beschienen. Obanczek steht auf, nimmt eine Tasse aus dem Regal, füllt sie mit heißem Kaffee und stellt die Tasse vor Kalenberger auf den Schreibtisch.

Kalenberger setzt sich, ohne ihre Jacke auszuziehen, murmelt: ‚Danke!'. Stützt dabei den Kopf in beide Hände. „Ich weiß nicht, ob ich dem wirklich schon wieder gewachsen bin."

„Mach keinen Blödsinn", Obanczek setzt sich an seinen Schreibtisch, gegenüber von Kalenberger, „wenn du dich krank meldest, geh' ich zum Objektschutz und bewache Harrys New-York-Bar rund um die Uhr."

„Ich komm dich besuchen!"

Obanczek schaut Kalenberger an. Kalenberger zieht ihre Jacke aus, hängt sie auf, setzt sich. Obanczek guckt sie immer noch an.

„Hab ich eine Spaghetti an der Nase hängen?"

„Nee, nee, du bist perfekt!" Obanczek grinst.

„Warum starrst du mich dann an?" Kalenberger greift zur Kaffeetasse.

„Weil ich genau sehen will, wie du reagierst."

„Ich wusste doch, dass du nicht einfach so einen Kaffee kochst."

„Mit dem Kaffee ist alles in Ordnung."

„Und womit nicht?"

„Kannst du dich noch an Lars Helmer erinnern?"

„Fang bitte nicht damit an. Ich bin froh, dass ich den ganzen Mist gerade überwunden hab."

„Du hast nichts zu befürchten. Nachdem er aus dem Krankenhaus entlassen wurde, hat er sich zu seinen Freunden nach Stettin abgesetzt. Genau vierundachtzig Tage ist er straffrei geblieben, dann wurde er in eine Auseinandersetzung mit polnischen Zuhältern verwickelt, die haben ihn nicht viel gefragt und gar nichts erklärt, und jetzt sitzt der nach Treffern in der Wirbelsäule, im Kiefer und in den Beinen im Rollstuhl und schlürft den Haferbrei aus der Schnabeltasse."

„Woher willst du das denn wissen?"

„Ich habe öfter mal seinen Namen recherchiert, bin in der letzten Woche bei den polnischen Kollegen fündig geworden und heute ist die Übersetzung auf dem Bildschirm. Soll ich sie dir rüberschicken?"

„Lieber nicht. Dein Bericht war ausreichend. Du bist, wie immer, eine wunderbare Hilfe."

„Da muss ich jetzt leider einen Rückzieher machen. In der Grünanlage an der Salzmannstraße wurde eine ermordete Frau in einem Pappkarton abgelegt. Ich wurde der SOKO zugeteilt. Jetzt musst du deinen Seniorenkiller ganz alleine suchen. Na ja, dann redet dir auch keiner rein."

Unter dem Schreibtisch streift Kalenberger ihre Schuhe ab. „Mit dem Kaffeekochen könnten wir uns abwechseln", sagt Kalenberger, „dein Gebräu schmeckt super."

„Was? Super gut oder super schlecht?"

„Kannst du dir aussuchen! Wo wir nun schon mal bei den Senioren sind, wie weit bist du mit der Stiftung gekommen?"

„Also jetzt die offizielle Übergabe an dich: Die Stiftung mit Namen *Mutter-Kind-Besseres Leben* hat ihren

Sitz in Dublin und wird von Luxemburg aus verwaltet. Die Firma heißt *Salomo Wohlfahrt,* Firmeninhaberin Doktor Dorothea de Mason. Ende der Durchsage, keine weiteren Informationen."

„Schon komisch", überlegt Kalenberger, „ein deutscher Betreuer sammelt Erbschaften für eine Stiftung in Dublin, die von Luxemburg aus verwaltet wird."

Kalenberger nimmt ihr Brot aus der Plastikdose, schüttet sich noch einen Kaffee ein und zieht die Computertastatur zu sich heran. Das Telefon klingelt. Adél!

„Ich hab einen Job, einen tollen Job! Sander hat mich vermittelt, hätte ich gar nicht von ihm gedacht. Auf dem Engesohder Friedhof wird ein Film gedreht über die berühmten Toten ..."

„Adél?"

„Ich zieh' ein schwarzes Hemd an, schwarze Flügel und mach' den Todesengel. Am Tag für zweihundert Euro ..."

„Adél!"

„Mit dem Grab von Kurt Schwitters fangen wir an: *An Anna Blume!*"

„Anna – wie schön. Anna ist mein zweiter Vorname. Marike Anna Kalenberger, aber lass dich nicht stören.

„Oh Du, Geliebte meiner 27 Sinne, ich liebe Dir! Du, Deiner, Dich Dir, ich Dir, Du mir ..."

„Adél?!" Kalenberger ganz leise aber sehr energisch. „Was ist mit dem Job in der Seniorenresidenz?"

„Da hab ich mich erst einmal krank gemeldet! Tschüs, ich muss los!"

Kindergarten! Kalenberger ist sich nicht sicher, ob sie den noch mal will. Abwarten! Sie widmet sich ihrer Arbeit, sucht nach ... wonach sucht sie überhaupt? „Schick mir mal deine Suchworte auf den Schirm." Sie muss es noch einmal sagen, bevor Obanczek reagiert. *Dorothea de Mason.* Sie ruft den Namen in den Polizeidateien auf. Nichts. Gar nichts. Sie gibt den Namen bei einer Internetsuchmaschine ein. Mehr Treffer als Kalenberger verkraften kann. Eine etwas undurchsichtige Quelle berichtet über Dorothea de Mason im Osnabrücker Rotlichtmilieu. Kalenberger wählt die Seiten nach der Relevanz der Medien aus. Ein Zeitungsbericht: Dorothea de Mason mit einer ganzen Seite im Wirtschaftsteil der Handelszeitung. Mit Foto. Die Dame ist nicht mehr jung, aber elegant. Seriöser Eindruck, vertrauenerweckend. Tolles Bildbearbeitungsprogramm. Was ist wichtig? Dorothea de Mason stammt aus Deutschland, hat in München, Frankfurt und Paris studiert. War kurz mit dem deutschen Anwalt H.-L. verheiratet, ist dann nach Frankreich gegangen und hat sich den Leiter einer französischen Bank geangelt. Ihr Mann wurde in eine Sexaffäre verwickelt und musste aussteigen. Madame de Mason stand zu ihrem Mann, ließ sich dann acht Monate später scheiden und ging nach Luxemburg. Sie wurde zur Vertreterin einiger Dutzend Firmen und Stiftungen, ohne sich in deren Geschäftspolitik einzumischen, wie das Blatt süffisant formulierte. Firmengründung war vor zwölf Jahren. Aus dem Dutzend Vertretungen sind inzwischen über hundert geworden. Madame ist regelmäßiger Gast beim Internationalen Zirkusfestival in Monte Carlo und den Bayreuther Festspielen. Sie raucht Sumatra-Zigarillos – aber niemals in der Öffentlichkeit!

Kalenberger liest noch einige weitere Artikel, die meisten scheinen umformulierte Kopien des ersten zu sein, auch einen YouTube-Beitrag sieht sie sich an, Dorothea de Mason bei der Kieler Woche mit Matjesbrötchen.

Kalenberger ruft Manfred Muhs an. Manfred arbeitet im Wirtschaftskommissariat im KFI 3, genau genommen bei der PGV - Polizeilichen Gewinn- und Vermögensabschöpfung. Man kennt sich vom Maschseefest und einem ähnlichen Musikgeschmack. Siebziger und achtziger Jahre. So umgeht Kalenberger den offiziellen Dienstweg, der sie Tage kosten würde.

„Hallo Manfred. Hier Marike Kalenberger."

„Hallo Marike. Schön, mal wieder deine Stimme zu hören. Nicht so schön: Du willst sicher etwas von mir. Oder täusche ich mich und du hast auf dem Flohmarkt am Samstag eine *Soft Machine*-Platte ausgegraben? Wir beide sind doch die Einzigen, die eine solche Spitzenmusik zu würdigen wissen."

„Wenn ich sie gefunden hätte, wärst du bereits am Montag informiert worden."

„Du bist so gut zu mir! Wann sehen wir uns?"

„Mal sehen."

„Originell, wirklich originell!"

„Entschuldige, ich bin von Kurt Schwitters angesteckt worden."

„Ich trinke Malt Whiskey. Was willst du also wissen?"

„Habt ihr etwas über Dorothea de Mason, Luxemburg?"

„Über oder unter zehn Millionen?"

„Ist egal."

„War auch nur ein Scherz. Wann brauchst du die Informationen?"

„Ich rufe in einer Stunde wieder an."

„Witzig! Sehr witzig! Warum bleibst du nicht am Telefon und unterhältst mich, während ich suche?"

„Du weißt doch, Privatgespräche sind während der Dienstzeit verboten!" Kalenberger lacht und legt auf.

Sie ruft noch einmal die Internetausgabe der Handelszeitung auf und tippt in das Fenster der Suchmaschine: *Rechtsanwalt H.-L.* ein. Die Suchmaschine hält nur abwegige Vorschläge bereit. Kalenberger hat keine Lust mehr und außerdem Feierabend.

Auf dem Parkplatz entriegelt sie die Tür des Autos, wirft ihre Handtasche auf den Beifahrersitz und will den Motor starten. Da steht wie aus dem Boden gesprossen Tomaso vor der Stoßstange. Zumindest ohne Blumenstrauß. Das hätte Gesprächsstoff auf allen Etagen gegeben.

Irgendwie wird sich Tomaso bewegen müssen. Wenn er zu ihr ans Seitenfenster kommt, könnte sie das Auto starten und losfahren.

Manfred Muhs ruft auf dem Handy an. Trotz arbeitsintensiver Recherche, keine Ergebnisse zu Dorothea de Mason.

Ausrede, der hat überhaupt nicht gesucht, lieber eine Cola in der Kantine getrunken oder Schinkenbaguette mit Mayonnaise gegessen. Aber arbeitsintensive Recherche!

Tomaso macht keine Anstalten, sich vom Fleck zu bewegen. Schon schauen die Kollegen herüber, die zu ihren eigenen Autos wollen.

Kalenberger atmet ganz tief durch, dann steigt sie aus.

„Das ist Nötigung!", herrscht sie Tomaso an.

„Ich kann nicht anders."

„Wie bist du überhaupt auf den Parkplatz gekommen? Dafür braucht man schließlich eine Zufahrtsberechtigung. – Jetzt sag' bloß nicht ..."

„Nein, nein, alles ohne Gesetzesübertretung!"

„Sprich mir nach: Gesetzesübertretung!"

„Gesetzesübertretung."

„Und wo ist dein Akzent geblieben?"

„Hab ich in der Pizzeria gelassen. Hier bin ich privat. Übrigens bin ich auch kein Italiener, sondern Spanier."

„Na dann, Mahlzeit", erwidert Kalenberger. Sie ist völlig verblüfft, wie sich Tomaso über Monate verstellen konnte. „Was willst du jetzt von mir?"

„Ich weiß, ich weiß, ich bin raus aus dem Spiel. Aber bitte, schenk mir zum Abschied noch einen gemeinsamen Abend."

„Abschied?"

„Ich geh' zurück nach Montana."

„Du kommst aus Amerika?"

„Nicht ganz. Montana in Bulgarien, da lebt meine Schwester."

„Du bist und bleibst ein Filou!"

„Bitte, sag' nicht nein!" Er zieht aus seiner Jackentasche zwei Eintrittskarten. „Ein einziger Abend für uns und dann ab nach Montana!"

Tomaso hält Kalenberger die Karten unter die Nase. Kalenberger liest: *Internationaler Feuerwerkswettbewerb Herrenhäuser Gärten.* Ein paar Tränen stehlen sich in ihre Augenwinkel. Warum nicht! „Tomaso ..."

„Ja, ich freu' mich!"

„Die Karten sind vom letzten Jahr."

„Da kannst du mal sehen, wie lange ich dich schon einladen wollte." Tomaso nimmt die Karten wieder an sich. „Ich hatte nur Angst, sie zu verlieren, die richtigen Karten liegen zu Hause. Wann möchtest du denn gehen?"

„Steig' ein", fordert Kalenberger auf, und Tomaso flitzt um das Auto zur Beifahrerseite.

„Und was lernen wir daraus?", murmelt Kalenberger vor sich hin. „Hartnäckigkeit führt eher zum Ziel als Überlegenheit!"

Kalenberger fährt los. Tomaso schaut sie an. „Fürs Feuerwerk ist es noch zu früh. Wir könnten die Karten von mir zu Hause holen und bei einem Gläschen Sekt auf den Beginn des Feuerwerks warten."

„Wann ist denn das Feuerwerk?"

„Am nächsten Donnerstag."

Kalenberger lenkt den Wagen in eine Haltebucht für Busse. „Aber nur noch dieses eine Mal und ohne Anzüglichkeiten."

„Natürlich, Tomaso ist ein Ehrenmann."

„Dann hol' mich nächsten Donnerstag eine halbe Stunde vor Öffnung der Tore ab."

„Erst nächsten Donnerstag?"

„Raus!", sagt Kalenberger und Tomaso steigt grinsend aus.

Als Kalenberger zu Hause ankommt, sitzt Adél auf dem Sofa und trinkt Grünen Tee. Ein Kuss zur Begrüßung, dann muss Kalenberger erst einmal aufs Klo.

„Grüner Tee?", fragt sie bei ihrer Rückkehr. „So schlimm?"

„Das sind doch alles Schweine und Verbrecher. Halbnackt sollte ich auf dem Friedhof rumrennen, natürlich schwarz angemalt und mit schwarzen Flügeln. Drei Stunden Drehzeit und dann auch noch mit Text."

„Welchen Text?"

„Du Deiner, Dich Dir, ich Dir, Du …"

„Hast du doch bestimmt locker hinbekommen!"

„Hab ich …"

„Na also!"

„… und dann wollten mir die Halsabschneider zwanzig Euro geben, bei zweihundert hätte ich mich verhört."

„Unfair!"

„Zumindest habe ich fünfzig herausgeschlagen, doch als Freunde sind wir nicht auseinandergegangen."

„Macht nichts, mein Schatz, ich hab dich lieb." Kalenberger setzt sich zu ihr, nimmt sie in den Arm, lehnt sich dann zurück und streichelt Adél den Rücken.

„In der Seniorenresidenz hab ich auch schon angerufen. Die müssen richtigen Personalmangel haben. Das polizeiliche Führungszeugnis könnte ich auch nachreichen, und wenn du jetzt mit dem Streicheln aufhörst, bringe ich dich um!"

„Ich brauche dringend einen Kaffee!"

„Beweg' dich bloß um keinen Millimeter!" Adél erhebt sich und stellt die Kaffeemaschine an.

„Gehst du morgen zur Arbeit?", fragt Kalenberger.

„Wenn du mich so lieb bittest?"

„Ich wüsste gern, ob der Betreuer von Herrn Wiedmann auch für die Diva zuständig war und wie er heißt."

„Das sind doch Aufgaben für Anfänger", Adél kuschelt sich an Kalenberger. „Hast du nicht was für Profis? Zum Beispiel das Plündern von Madames Konto?"

„Warum eigentlich nicht!"

Adél steht auf, um den Kaffee zu holen. Kalenberger lässt sich auf die Couch fallen und streckt die Arme aus: „Wer kommt in meine Arme?"

„Wen hättest du denn gern?"

„Dich!"

Adél wirft sich auf Kalenberger, dass der Schaumstoff quietscht. „Soll ich dich mal eifersüchtig machen?" Adél küsst Kalenberger auf die Nasenspitze. „Ich hab Fotos von meinem Nacktauftritt und alle haben zugesehen ..."

Kalenberger wälzt Adél zu Seite. „Zeig her!"

Da klingelt Kalenbergers Handy. Die beiden Frauen sehen sich an, Adél zuckt mit den Schultern und greift zur Fernbedienung, Kalenberger nimmt das Gespräch an.

„Ach, Obanczek! Haben sie dich von der SOKO wegen Unfähigkeit abgezogen?"

„Vertu' dich nicht, ich bin schon fast Leiter der Aktion mit fünf Sternen auf den Schulterklappen."

„Hast du überhaupt eine Uniform?"

„Jetzt, wo du es sagst, muss ich doch direkt mal zu Hause im Kleiderschrank nachsehen!"

„Damit hätten wir alles geklärt?"

„Nicht ganz." Kalenberger spürt, wie Obanczek zögert. „Ich hab noch was zu deiner Seniorenresidenz am Hermann-Löns-Park in meinen Notizen gefunden. Vor etwa drei Monaten hat ein Mann über unsere Notrufnummer angerufen. Er wollte mit jemandem über ungewöhnliche Ereignisse in der Seniorenresidenz sprechen. Damals warst du noch nicht wieder im Dienst, und ich habe nicht herausfinden können, wo der Anruf gelandet ist. Scheint nicht richtig ernst genommen worden zu sein."

„Wann war das genau?"

Einen Augenblick Pause. Obanczek raschelt mit Papier. Nennt dann ein Datum.

„Das sind fünfzehn Wochen", gibt Kalenberger nach kurzem Nachdenken zurück, „du Mathegenie!"

„Alles zu seiner Zeit!"

Adél schaltet das Fernsehgerät aus, springt von der Couch auf und will sich mit ausgebreiteten Armen auf Kalenberger stürzen.

Kalenberger weicht aus. „Hast du eigentlich nur immer Sex im Kopf?"

Adél verfolgt sie um Tisch und Stühle herum. „Ich bin doch sooo liebebedürftig."

„Aus jetzt", ruft Kalenberger, „ich muss etwas essen, sonst fall' ich noch vom Fleisch!"

„Duuu?" Und die Verfolgung geht weiter. Bis Kalenberger aufgibt. „Okay, ich wärme uns eine Tomatensuppe aus dem Tiefkühlfach auf."

„Und dann komm' ich mit meinen langen kalten Fingern ..."

Kalenberger lacht. „Du bist süß!"

„Und du bist egoistisch! Wie kannst du ans Essen denken, wenn mein Herz brennt?"

„Willst du ein Stück Brot zur Suppe?"

Obanczek ist außer Haus, kann nicht gefragt werden. Sie ruft den leitenden Beamten vom Dienst im Lagezentrum an und lässt sich das Einsatzprotokoll der Woche als E-Mail-Anhang zuschicken. Sie sucht nach einem Eintrag zum angepeilten Termin. Nichts. Ein Tag vorher. Auch nichts. Ein Tag später. Auch ... die Telefonnummer kennt sie. Seniorenresidenz am Hermann-Löns-Park!

Der Anruf dauerte nur achtzehn Sekunden. Der Anrufer wollte einen ungewöhnlichen Vorfall in der Seniorenresidenz melden, er sollte weiterverbunden werden, da sein Anruf nicht als Notfall eingestuft wurde. Legte dann aber auf, bevor er vermittelt wurde.

Spontan muss Kalenberger an Magda Kuscherski denken. Sie wollte auch etwas von der Seniorenresidenz mitteilen. Warum nicht übers Handy? Da wär' der Anrufer beim Telefonieren doch ungestörter gewesen. Vielleicht wollte er ausschließen, dass eine Rückverfolgung des Anrufs zu ihm führen konnte.

Kalenberger ruft Adél an. „Habt ihr auch so schönes Wetter?"

„Die schwarze Wolke ist gerade vorübergeschwebt!"

„Kannst du dich mal unauffällig erkundigen, ob ein Pfleger verschwunden ist?"

„Kann ich!"

Damit ist das Telefongespräch beendet und Kalenberger kann sich ihrer Banane und einem halben Müsliriegel widmen. Für Sekundenbruchteile taucht ein Bild vor ihr auf, wie sie auf dem Pausenhof der Grundschule ihre Brotdose öffnet. Leberwurst oder Erdbeermarmelade war immer die Frage. Meist hat die Leberwurst gewonnen. Kalenberger schüttelt sich und legt den Müsliriegel zurück. Sie sollte lieber ihren

Tai-Chi-Übungen nachgehen, als die dick machenden fetten Mahlzeiten zu sich zu nehmen. Aber eine halbe Banane kann nicht schaden.

Was haben wir bisher? Einen Biss in die Banane. Seniorenresidenz am Hermann-Löns-Park: Eine tote alte Dame, die ihr Vermögen einer Stiftung hinterlassen hat. Ein alter Mann, der wohl veranlasst werden soll, sein Geld derselben Stiftung zu überschreiben. Noch ein Bissen. Die Banane kann sie jetzt doch wohl ganz aufessen. Die Stiftung, die ihren Sitz in Dublin hat und von Luxemburg aus verwaltet wird. Eine Frau als alleinige Geschäftsführerin der Stiftung, eventuell verbunden mit der noblen Rechtsanwaltskanzlei im Opernviertel. Der Müsliriegel wird es auch nicht überleben!

Heute schon genug getan fürs Gehalt? Dann könnte sie doch ein wenig im Internet surfen. Schuhe oder Handtaschen? Sie wird zum Altenstift fahren und sich nach Herrn Wiedmann erkundigen. Vielleicht kann er ihr genauer sagen, warum es ausgerechnet die Stiftung *Mutter und Kind und gute Besserung* oder so für sein Geld sein sollte. Sie könnte durch geschicktes Fragen auch herausbekommen, wie viel Geld die Stiftung nach seinem Ableben einstreichen wird.

Kalenbergers Finger kleben. Für solche Fälle hat sie ein eingeschweißtes feuchtes Tuch in ihrem Schreibtisch griffbereit liegen. So vereinsamt man schließlich ganz. Keine Gespräche mehr mit Kolleginnen vor dem Toilettenspiegel, auf dem Flur oder zwischen Tür und Angel. Sie wird sich eine größere Packung von feuchten Tüchern aus dem Drogeriemarkt zulegen.

Sie parkt ihr Auto auf dem Parkstreifen neben der Einfahrt des Seniorenstifts, steigt aus, der Schlüssel fällt ihr zu Boden. Sie hat sich noch nicht ganz erhoben, da fasst sie jemand am Arm. Adél! „Fahr los!", sagt Adél und schiebt Kalenberger zurück ins Auto.

„Warum soll ich?"

Da sitzt Adél schon auf dem Beifahrersitz und macht sich ganz klein.

Kalenberger fährt los. „Wohin?"

„Egal, nur weg!"

„Was ist denn los?"

„Herr Wiedmann ist tot. Lag heute früh tot im Bett. Der Arzt war da und hat den Totenschein ausgestellt. Er wurde schon in den Keller gebracht. Eigentlich war er noch nicht dran."

„Ein alter Mann stirbt überraschend. Ein Arzt stellt seinen Tod fest. Und was soll ich deiner Meinung nach jetzt machen?"

„Sieh dir wenigstens seine Leiche an! Sein Tod kam zu plötzlich."

„Du hast überhaupt keine Vorstellung davon, welche Formalitäten zu erledigen wären, bis offiziell in einem Todesfall ermittelt werden kann. Außerdem will ich keine schlafenden Hunde wecken. Wann kommt der Bestatter?"

„Muss ich erfragen."

„Und den Namen des Bestatters bitte auch."

„Dafür weiß ich den Namen des amtlichen Betreuers, der für Frau Napolitani und Herrn Wiedmann zuständig war. Karl-Josef Tiedemann. Achtzig Prozent der Pflegefälle sind in seiner Obhut."

Kalenberger gibt den Namen in ihr Smartphone ein. „Da war noch der verschwundene Pfleger …"

„Ich habe Anja gefragt, sie scheint nicht so ganz zu der verschwiegenen Gemeinschaft zu gehören. Sie konnte sich an den gesuchten Pfleger erinnern, war doch auch ein auffälliges Datum: drei Tage vor Ostern. Der ist einfach nicht mehr zum Dienst gekommen, obwohl er zum Stammpersonal gehörte und schon seit Jahren dabei war. Sie konnte sich nur an seinen Vornamen erinnern: Berthold Irgendwas."

„Ich geh' da jetzt rein und zieh' die Aufmerksamkeit auf mich", entscheidet Kalenberger, „dann kannst du dich hinter mir wieder unauffällig einfädeln."

Kalenberger fährt zurück zum Altenstift. Sie stellt ihr Auto ab und geht auf den Eingang zu. Adél wird schon zurechtkommen. Kalenberger wendet sich direkt in Richtung Verwaltung, doch sie hat die Klinke zum Vorzimmer von Bianca Thanneisen noch nicht in der Hand, da wird die Tür von innen aufgezogen. Bianca Thanneisen heute in weißer Bluse, knielangem grauen Rock und frisch gefärbten Haaren. Graublond mit einem Stich ins Rötliche.

„Ach Sie!" Bianca Thanneisen lächelt gequält. „Ich habe im Augenblick gar keine Zeit. In der Nacht ist ein Bewohner verstorben und da müssen Formalitäten erledigt werden."

„Herr Wiedmann?"

„Woher wissen sie das?"

„Ich bin bei der Polizei!" Damit kann Kalenberger immer punkten, auch wenn es die eigentliche Frage nicht beantwortet.

„Natürlich", meint Frau Bianca Thanneisen, sie scheint in Gedanken eine andere Baustelle abzuarbeiten.

„Ich hab auch nur eine kleine Bitte: Ich würde gern Ihre Personalliste von diesem Jahr einsehen. Es könnte sein, dass sich eine zur Fahndung ausgeschriebene Person unter falschem Namen in der Seniorenresidenz eingeschlichen hat."

Fadenscheinige Erklärung. Wie gut, dass Bianca Thanneisen leicht abwesend ist. Sie dreht sich um und wendet sich an die Sekretärin: „Frau …"

„Kalenberger!"

„Für Frau Kalenberger bitte die Personalliste von diesem Jahr aufrufen und gegebenenfalls ausdrucken. – Sie entschuldigen mich …", das geht wieder in Richtung Kalenberger, „ich muss mich um andere Dinge kümmern."

„Natürlich", sagt Kalenberger. Sie betritt das Vorzimmer, die Frau hinter dem Bildschirm winkt sie zu sich. Franziska Hedegaard steht auf dem Plastikschild auf ihrem Schreibtisch. „Möchten Sie die Datei auf dem Bildschirm lesen oder soll ich sie Ihnen ausdrucken?"

Kalenberger tritt hinter den Schreibtisch, beugt sich vor und schaut auf den Bildschirm. „Können Sie in Ihrer Datei nach einem Berthold Irgendwer suchen?"

„Natürlich!" Frau Hedegaard tippt den Namen ein und augenblicklich wird ein Name auf dem Bildschirm gelb unterlegt. *Berthold Strübing.*

„Herrn Strübing hätte ich dann gern gesprochen. Wo kann ich ihn finden?"

„Das wird ein bisschen schwierig." Frau Hedegaard blättert in einigen Dateien, schließt sie wieder und öffnet ein neues Fenster. Alles viel zu schnell für Kalenberger, sie hat ihre Brille im Auto vergessen. „Also, Herr Strübing ist nicht mehr bei uns." Sie schaut in ihren Onlinekalender. „Herr Strübing ist drei Tage vor Ostern nicht mehr zum Dienst erschienen und hat sich danach auch nicht wieder gemeldet."

„Einfach so?"

„Einfach so. Für weitere Auskünfte ist dann Frau Thanneisen zuständig. Ich sollte Ihnen nur die Personaldatei öffnen."

Hier scheint es detaillierte Verhaltensanweisungen für das Personal zu geben. Sicher sehr kleinliche.

„Dann geben Sie mir bitte die letzte Adresse von Herrn Strübing."

„Ich weiß nicht, ob ich ..."

„Ich kann auch Ihren Computer sicherstellen lassen!" So einfach geht das natürlich nicht, aber die Ansage wirkt meist.

„Wenn das so ist ..." Frau Hedegaard lächelt säuerlich. „Salzweg 4a."

Also Salzweg 4! Kalenberger geht zu ihrem Auto. Hallo Navi! Hallo Marike! „Fahren Sie bis ..." Salzweg in Hannover-Badenstedt. Gut zehn Minuten. Mehrfamilienhaus. Auf dem Namensschild nichts von Strübings. Kalenberger klingelt im ersten Stock, Parterre wird meist nicht aufgemacht. Im ersten Stock auch nicht. Doch. „Jaaa?"

„Polizei! Machen Sie bitte auf!"

„Zu wem wollen Sie denn?"

„Wollen wir das alles über die Sprechanlage verhandeln?"

Der Türöffner summt. Kalenberger steigt die Treppe hinauf. Im Türrahmen steht eine Kittelschürze mit Beinen. „Mein Sohn ist nicht da!"

„Was sollte ich denn von Ihrem Sohn wollen?"

„Schickt Sie nicht das Arbeitsamt?"

Aus der Wohnung riecht es nach Schweinebraten, Putzmittel und Zigarettenqualm.

„In diesem Haus hat doch Berthold Strübing gewohnt?"

„Mein Sohn hat seit dem ersten wieder eine feste Arbeit in einer Spedition."

„Kennen Sie Berthold Strübing?"

„Wen?"

„Berthold Strübing!"
„Wo soll der wohnen?"
„In diesem Hause!"
„Berthold Strübing?"
„Ja!"
„Nie gehört, und wir wohnen schon seit siebenundzwanzig Jahren hier."
„Danke!" Kalenberger dreht sich um.
„Allerdings …"
Kalenberger bleibt auf der Treppe stehen.
„In Nummer sechs wohnt eine Familie Tübinger und in achtzehn ein Herr Fryling und …"
„Danke", sagt Kalenberger und steigt weiter die Treppe hinunter. „Sie haben mir sehr geholfen."
„Hauptsache, es hat nichts mit unserm Sohn zu tun!"
Die Haustür schließt von ganz allein.

Kalenberger setzt sich ins Auto, ruft in der Polizeidirektion an, lässt nach einem Salzweg im Umland von Hannover suchen. Die Antwort lässt auf sich warten. Dann quer durch die Stadt in westlicher Richtung. Messeschnellweg, Südschnellweg, Wettbergen, Ronnenberg, Salzweg 4a. Auf dem Klingelschild steht: Strübing.

Kalenberger klingelt, eine ältere Frau öffnet, in Rock und Bluse. Aus der Wohnung riecht es nach Frikadellen, Putzmittel und Kaffee. Kein Wunder, dass man sich in der Adresse vertut.

Kalenberger zückt ihren Ausweis. Fragt nach Berthold Strübing.

Frau Strübing wischt ihre Hände am Rock ab, gibt Kalenberger die Hand. „Kümmert sich die Polizei also doch um unsern Sohn? Kommen Sie doch bitte rein."

Die Wohnung blitzt und funkelt vor Sauberkeit. Schöne braune Sitzgarnitur, bunte Blumenkissen, Glastisch mit Chrom-Füßen und einem untergeschobenen zweiten Glastisch.

„Ich habe gerade Kaffee gekocht, darf ich Ihnen eine Tasse anbieten?"

Kalenberger nimmt das Angebot gerne an. Auf dem Tisch die *Hör Zu*, mehrere Frauenzeitschriften und das Stadtteilmagazin. Die Feuerwehrkapelle lädt zum Frühschoppen. Die Biogasanlage in Hotteln ist zu besichtigen. Frau Strübing kommt mit dem Kaffee zurück.

„Mein Mann kommt auch gleich."

„Die paar Fragen nach Ihrem Sohn können Sie sicher auch beantworten. Wo wohnt denn Ihr Sohn im Augenblick?"

„Ach." Frau Strübings Lippen werden schmal. „Sie sind also doch nicht mit dem Fall vertraut."

„Ich bin erst seit Kurzem wieder im Dienst und konnte mich noch nicht durch alle Akten durchwühlen."

„Mein Sohn hat bei uns im Haus gelebt. Oben in der Mansarde. Meist hat er auch mit uns gegessen, wenn es sein Dienst erlaubt hat. Er war fest angestellter Pfleger in der Seniorenresidenz am Hermann-Löns-Park. Manchmal ist er sogar mit dem Rad zur Arbeit gefahren. Und so manchen Brief hat er für seine Schützlinge auch besorgt, der nicht über den Schreibtisch der Heimleitung sollte."

„Wohnt er hier nicht mehr im Haus?"

„Er ist am Gründonnerstag wie immer zur Arbeit gefahren und dann nicht mehr nach Hause zurückgekehrt." Frau Strübing greift nach einem Tempo-Taschentuch, ihr stehen Tränen in den Augen.

„Seither haben wir nichts mehr von ihm gehört. Er hat sich einfach nicht mehr gemeldet."

„Haben Sie in der Seniorenresidenz nachgefragt?"

„Seine hochnäsige Chefin meinte, sie wäre nicht die Hüterin ihres Personals, da würden ihr die Bewohner des Stifts schon reichen."

„Haben Sie die Polizei informiert?"

„Das wissen Sie auch nicht? Ja, ich habe die Polizei informiert und nicht locker gelassen. Jeden Tag habe ich angerufen und einmal in der Woche bin ich vorstellig geworden. Auch in der Seniorenresidenz. Unser Sohn verschwindet nicht so einfach von der Bildfläche. Obwohl …" Frau Strübing steht auf, geht zu einer altdeutschen Kommode und zieht einen Bogen Papier unter der Glasschale hervor. „Jetzt müssen wir uns doch damit abfinden …" Sie legt einen Brief vor Kalenberger auf den Couchtisch. Kalenberger kramt ihre Brille aus der Tasche.

Dr. Sven Brown, Bourke Street 41, 2011 Woolloomooloo (Sydney) NSwetlana, Australien

Sehr geehrte Frau Strübing,
sehr geehrter Herr Strübing,

Ihr Sohn hat mich beauftragt, mich mit Ihnen in Verbindung zu setzen. Sie mögen sehr erstaunt gewesen sein, dass sich Ihr Sohn Berthold so überraschend aus Deutschland zurückgezogen hat. Auch war es nicht seine Absicht, Sie im Ungewissen über seine Pläne zu lassen. Aber die Umstände und der Neubeginn in Australien haben ihm weder Zeit noch Gelegenheit gegeben, sich bei Ihnen zu melden. Sobald sich die Dinge konsolidiert haben, will Ihr Sohn den Kontakt zu Ihnen wieder aufnehmen. Er hofft, in nicht allzu ferner Zukunft auch wieder nach Deutschland heimzukehren.

Heute soll ich Ihnen ausschließlich ausrichten, dass es ihm gut geht und es ihm an nichts mangelt. Er beabsichtigt einen Neustart. Es war eine abrupte Entscheidung, aber er bereut sie nicht.

Ich soll Sie herzlich von ihm grüßen. Sollten Sie Fragen haben, wenden Sie sich bitte an mich, ich werde alles mit Berthold besprechen.

Hochachtungsvoll

Sven Brown

„Ich kann es nicht glauben", murmelt Frau Strübing. „So ist unser Sohn nie gewesen. Da muss etwas dahinterstecken. Er hatte nie Geheimnisse vor uns und jetzt …"

„Vielleicht hat er sich Hals über Kopf verliebt?"

„Da hätten wir uns doch gar nicht eingemischt. Das wusste er. Und die Mansarde hätten wir auch ausbauen können!"

Die Haustür wird aufgeschlossen. „Mein Mann! Er kommt vom Angeln. Da gibt es einen Funkamateur, der hat Verbindung nach Australien. Vielleicht hat der etwas herausgefunden."

Frau Strübing stellt Kalenberger vor. Herr Strübing gibt ihr die Hand, schaut sie an, er hat keine Neuigkeiten.

Und jetzt? Eine vage Idee, abstrus, aber das Verschwinden des Altenstiftpersonals wäre geklärt. Die beiden Pfleger könnten sich doch zeitlich versetzt aus dem Staub gemacht haben. Er fährt nach Australien, bereitet das Nest vor, sie kommt nach und beide sitzen jetzt vor ihrer Lehmhütte und blasen ins Didgeridoo.

Kalenberger fährt in die Waterloostraße. Ein Blick genügt: Obanczek hat schlechte Laune: „Stör' mich bloß nicht! Bei uns ist die …"

„Ich werde mich mit Sicherheit nicht in deine Angelegenheiten mischen!" Kalenberger streift die Schuhe unter dem Schreibtisch ab. Sie wird Frau Scheffel fragen, wo sie ihre Schuhe kauft. Noch besser: Sie wird sich zur Fußpflege anmelden und wählt die Telefonnummer der Podologin ihres Vertrauens. Laatzen, Parkstraße. Termin in zweieinhalb Wochen.

Obanczek fährt sich immer wieder mit der flachen Hand über die Glatze. Will wohl, dass seine Gehirnzellen besser durchblutet werden.

„Soll ich uns einen Kaffee …"

„Lass mich bitte mit allem in Ruhe. Ich bin heute für nichts, aber auch gar nichts zu haben."

„Beruhige dich. Ich bin sowieso bald weg."

„Hast du die Versetzung in den Ruhestand beantragt?"

„Spinner. Ich geh' auf Dienstreise."

„Wohin?"

„Nach Australien!"

„Gute Reise … Was, wohin?

„Nach Australien. Aber lass dich durch mich nicht stören."

„Warum?"

„Eine gute Frage. Bestimmt nicht, um Kängurus zu jagen."

„Aha", sagt Obanczek und schaut wieder auf seinen Bildschirm.

„Ich muss zwei Pfleger aus dem Altenstift aufspüren, die sich wahrscheinlich nach Australien abgesetzt haben."

„Und da fliegst du nach Australien und fragst da eben mal nach?"

„Ärgere dich nicht. Noch ist der Reiseantrag nicht genehmigt. Tasse Kaffee?"

„Jetzt könnte ich ein Tässchen vertragen." Die oft gestreichelte Stelle auf seiner Glatze ist schon ganz blank gewetzt.

Kalenberger will sich die Schuhe anziehen, doch Obanczek ist bereits unterwegs zur Kaffeemaschine.

„Der Chef hat nach dir gefragt. Er würde wohl gerne Fortschritte sehen."

„Er hat mir doch den Fall auf Augen und Ohren gedrückt, ohne dass begründbare Verdachtsmomente vorlagen. Jetzt soll er auch warten – bis ich aus Australien zurück bin."

Beide lachen.

„Was macht deine Leiche im Pappkarton?"

„Es fehlen noch ein paar Teile. Für den Fall nicht erheblich, für den Bestatter schon."

„Wollen wir mal wieder zusammen in der Markthalle frühstücken?"

„Gern, wenn ich meinen Fall ein wenig geordnet habe."

„Natürlich. Um zehn Uhr dann nach meiner Rückkehr aus Australien." Kalenberger zieht die Computertastatur zu sich heran. Wenn es eine Verbindung zu den Ausreißern gibt, dann über diesen Rechtsanwalt. Sie googelt: *Dr. Sven Brown, Bourke Street 41, 2011 Woolloomooloo (Sydney) NSwetlana, Australien.* Keinen Treffer. Sie reduziert die Suchanfrage in umgekehrter Reihenfolge jeweils um ein Wort. Schließlich landet sie bei *Brown, 2011 Woolloomooloo (Sydney).* Drei Treffer *Brown* – so gut oder so schlecht wie *Müller* in irgendeiner deutschen Stadt.

Kalenberger steht auf und stellt sich ans Fenster. Auf Strümpfen. Schaut hinaus. Ein Straßenreinigungswagen säubert den Platz. Lenkrad auf der rechten Seite. Gehaltszulage? Eines Tages wird der Wagen ohne Fahrer über den Platz rangieren, für die Wohnung gibt's bereits allein saugende Staubsauger und auch selbstfahrende Mäher für den Rasen. Warum kann sie den Namen nicht finden?

Sie setzt sich zurück an den Schreibtisch, sucht noch einmal über Google nach Rechtsanwälten in Australien. In *2011 Woolloomooloo (Sydney)* gibt es mehrere, aber keinen mit einem ähnlichen Namen. Vielleicht hat er es nicht nötig, seine Adresse bekannt zu geben.

„Du kannst doch Englisch?"

„Nein!", sagt Obanczek.

„Aber immer noch besser als ich!"

„So wird die Leiche nie komplett!"

„Ruf doch bitte mal an und frag nach dem Namen." Kalenberger schiebt Obanczek einen Zettel mit der Telefonnummer eines Rechtsanwaltes in Woolloomooloo und dem Namen des Gesuchten über den Tisch. Obanczek muss aufstehen, weil sich der Zettel unter seinem Tischkalender verfangen hat.

Am Abend gönnt sich Kalenberger eine gefüllte Badewanne mit lavendelduftendem Schaum bis zum Rand. Doch kaum hat sie sich wohlig ins Wasser gesenkt, wird sie von einer dieser heimtückischen Hitzewallungen heimgesucht. Warmes Badewasser und aufsteigende Hitze, darüber geht nur noch Herdplatte und nackter Hintern. Ruhig bleiben. Autogenes Training einsetzen. Konzentration auf den Rückenbereich, eine Eiskugel in den Lendenbereich hineindenken, die Kühle in alle Richtungen ausstrahlen ... Mist, sie kann sich nicht konzentrieren, setzt sich aufrecht in die Wanne und angelt nach dem Handtuch, um sich den Schweiß aus dem Gesicht zu wischen.

Die Wohnungstür wird aufgeschlossen. „Marike?", ruft Adél in die Wohnung.

„Hier." Aus dem Badezimmer.

„Augenblick, ich habe Augenstern etwas zu fressen mitgebracht. Es gab heute Königsberger Klopse. - Warum frisst Augenstern keine Königsberger Klopse?"

„Frag' sie doch!"

Das Wasser läuft in den Spülstein. „Verwöhntes Vieh!", sagt Adél, dann drückt sie die Badezimmertür auf. „Madame am Strand von Waikiki?"

Kalenberger streckt sich wieder in der Wanne aus.

„Hast du dir einen Sonnenbrand geholt?"

„Ich?"

„Dein Gesicht glüht."

„Raus!"

Adél kichert. „War nicht böse gemeint." Sie nähert sich der Wanne, beugt sich über Kalenberger und drückt ihre Lippen auf Kalenbergers Mund. Lange, sehr lange. Und ein bisschen Druck steckt auch dahinter. Kalenberger versinkt fast in den Fluten, strampelt sich frei und hebt den Kopf aus dem Wasser. „Willst du mich umbringen?"

„Hast du eine Lebensversicherung?" Adél setzt sich auf den Rand der Wanne.

„Du magst wohl solche gefährlichen Spiele?" Mit dem Zeigefinger umrundet Adél Kalenbergers aufgerichtete Brustwarzen. „Wollen wir es einmal mit Stacheldraht und brennenden Zigaretten versuchen?" Kalenberger schnappt nach ihr, zieht sie zu sich ins Wasser.

Adél strampelt und prustet. Kalenberger gönnt ihr eine Verschnaufpause. „Du bist doch wirklich mit allen Wassern gewaschen!" Adél schält sich aus ihren Klamotten und wirft sie vor die Wanne.

„O je", sagt Kalenberger, „dein Handy?"

„Liegt auf der Garderobe neben dem Schlüssel. Sonst hätte ich mich nicht so leicht einfangen lassen."

Kalenberger schaut über den Badewannenrand. „O je, die Sintflut ist nichts dagegen. Stöpsel ziehen und Wasser ablassen!"

„Kein Problem!"

„Du sitzt drauf!"

„Ohhhhh, ich dachte, es wär' dein Füßchen!"

Bald ist der Wasserspiegel wieder auf ungefährlicher Höhe. Kalenberger und Adél sitzen sich gegenüber, in einer etwas unbequemen Lage zwar – dafür aber in anregender Intimität. Adél hat ihren Fuß zwischen Kalenbergers Beine geschoben, Kalenberger schließt die Augen und genießt den wechselnden Druck, sie streichelt sanft Adéls Unterschenkel.

„Hab ich denn überhaupt die Wohnungstür zugemacht? – Egal!"

„Wirklich ein bisschen egal! Wie war dein Tag?"

„Was willst du mir denn erzählen?"

Kalenberger richtet sich auf, zieht Adéls Fuß aber wieder zu sich heran. Adél muss aufpassen, nicht unterzugehen.

„Berhold Strübing hat sich gemeldet."

„Heimweh nach der Seniorenresidenz?"

„Er ist in Australien und lässt der Familie über einen Anwalt mitteilen, dass er keinen weiteren Kontakt wünscht."

„Kann ich mir bei manchen Familienverhältnissen gut vorstellen."

„Ich hatte so meine Bedenken und wollte den Rechtsanwalt in Australien ausfindig machen. Also, Obanczek sollte anrufen, weil er mit seinem Englisch immer so prahlt. Außerdem geht der Anruf dann auf seine Kostenstelle. War aber ein Schlag ins Wasser. Der Rechtsanwalt ist in dem Vorort und in ganz Sidney unbekannt."

„Strübing wird das Schreiben selbst fabriziert und ausgedruckt haben. War eine Briefmarke auf dem Umschlag?"

„Eine australische."

„Den sehen wir nicht wieder. – Frottierst du mich nachher ab?"

„Aber wieso meldet er sich überhaupt, wenn keiner weiß, wo er ist? – Du bist mit Frottieren dran!"

„Um ein für alle Mal Ruhe zu haben. – Kannst du wenigstens ein bisschen heißes Wasser nachlaufen lassen?"

„Außerdem macht seine Familie nicht den Eindruck, vor ihr fliehen zu müssen. Das kann man aber nie so genau abschätzen."

„Mir wird kalt!" Adél will aufstehen.

„Moment, erst ich, dann du, ich soll dich doch abrubbeln!" Kalenberger erhebt sich. Adél lässt sich ganz ins Wasser gleiten. „Wunderbar, eine ganze Wanne für mich alleine."

„Biest!"

„Ich zeig dir gleich, wer das Biest ist. Du hast einen richtig schönen Knackarsch. - Und das noch in deinem Alter!"

Adél liebt das kräftige Abfrottieren, nicht das vorsichtige Tupfen und Streicheln.

„Stell dir mal vor ...", sagt Kalenberger. Sie sitzen sich im Bademantel am Küchentisch gegenüber, vor sich einen Pott Kaffee. Adél stellt ihren Fuß auf Kalenbergers Zehen. „Lass das mal, sonst kann ich mich nicht konzentrieren."

„Entspann dich!"

„Gleich! - Also stell dir vor, jemand in Deutschland wollte, dass Berhold Strübing verschwindet und keiner nach ihm fragt. Da wäre der Trick mit dem gefälschten Brief eines Rechtsanwaltes doch sehr aussichtsreich. Aber wer könnte ein Interesse an seinem Verschwinden haben? Und an dem von Magda Kuscherski?"

„Wenn da nichts Menschliches mitspielt ...", ganz sanft stößt Adél mit ihrem Fuß gegen Kalenbergers Zehen. „Aber mir fällt im Augenblick nur Menschliches ein."

„Das wird heute nichts mehr!" Kalenberger steht auf, spült ihre Kaffeetasse ab. „Vergiss nicht, die Wohnungstür abzuschließen!" Sie geht ins Schlafzimmer.

„Geht es dir gut?", fragt Kalenberger. Adél liegt an ihren Rücken geschmiegt, eine Hand auf Kalenbergers Busen, die andere unter ihren Po geschoben.

„Es wird immer besser", entgegnet Adél schläfrig, „und manchmal ist es sogar richtig lustig. Ich hab Theo Brauer das Bett gemacht. Er sitzt den ganzen Tag im Rollstuhl und ärgert die anderen Bewohner. Mich hat er gefragt, ob ich auch manchmal träume. Ich hab erwidert, sicher nicht, was er sich in seiner schmutzigen Fantasie so ausmale. Da hat er gelacht. Er hätte von einem Flug geträumt und etwas Dickes, Schweres hätte auf ihm gelegen. Aber dann seien es doch nur die weißen Bohnen vom Eintopf gewesen. Und dann hat er einen Furz gelassen, der eine Biogasanlage zur Sonderschicht gezwungen hätte. Da war ich aber schon halb auf dem Flur." Plötzlich zieht Adél ihre Hand zurück, stützt sich auf dem Unterarm ab und richtet sich halb auf. „Ich habe heute mit Chili gesprochen. Er hat mir ein tolles Angebot gemacht: Wenn ich ein halbes Jahr clean bleibe und die Arbeit nicht schmeiße, verhilft er mir zu einem Lehrgang. Da würde ich Altenpflege mit Zertifikat lernen und könnte mich um eine feste Anstellung bewerben. Dabei würde er mir auch helfen."

„Hört sich gut an." Kalenberger gähnt.

„Ich hab Chili deine Handynummer gegeben, wenn ich mal wieder am Rad drehen sollte."

„Du hättest mich vorher …" Damit ist Kalenberger eingeschlafen und Adél dreht sich auf die andere Seite.

Am nächsten Morgen im Büro. „Ist das eine zu gewagte Konstruktion?" Es soll sich anhören, als spräche Kalenberger zu sich selber, doch ihr Gegenüber ist gemeint.

„Nun sag schon, was dir auf dem Herzen liegt." Obanczek tippt energisch auf eine Taste seiner Tastatur. „Sonst gibst du doch sowieso keine Ruhe."

„Magst du ein Tic Tac?“ Kalenberger schiebt ihm die Pastillen in der Plastikbox hin. Sie hat sich vertan, wollte die Pfefferminzdragees, hat aber die mit Erdbeergeschmack erwischt. Obanczek nimmt die Box und schüttet sich einige auf die Hand und wirft sie sich dann in den Mund. Wann würde er jemals nein sagen?

„Der behördliche Betreuer setzt in der Seniorenresidenz gezielt Alte unter Druck, ihr Geld der dubiosen Stiftung zu hinterlassen. Die Alten müssen vermögend und ohne größeren Anhang sein. Sobald das entsprechende Testament unterschrieben ist, sterben die bedrängten Spender, und sollte das jemanden vom Personal stutzig machen, wird er auch ruhig gestellt.“

„Das hört sich gemein an.“

„Ich habe überhaupt keine Lust auf Exhumierungen. Aber die Eingabe einer Inga-Maria Scheffel wird nicht so einfach abgelegt. Was ist überhaupt eine Eingabe? Ich kenne einen Einlauf, aber …“

Obanczek grinst, sein Telefon klingelt. Er hebt ab, will etwas sagen, kommt nicht dazu. „Sie sitzt mir gegenüber. Kann ich ihr ….“ Er deckt den Hörer mit der Hand ab und reicht ihn ihr. „Der Erste Kriminalhauptkommissar!!!“

„Kalenberger.“

„Haben Sie neue Erkenntnisse im Fall der toten Sängerin?“ Obanczek hat aus Spaß auf den Mithörknopf gedrückt.

„Nein, nichts Neues.“

„Sie müssen jetzt mal ein bisschen Gas geben.“

„Und wie?“

„Einfach mal energischer zupacken. Natürlich nicht bei Familie Scheffel.“

„Wo dann Ihrer Meinung nach?“

„Beschäftigen Sie sich mit dem Stiftungsrat. Arbeiten Sie sich in die Daten dieser merkwürdigen Stiftung ein."

„Bin ich selber noch nicht drauf gekommen. Aber wenn ich mich auf Sie berufe, wird der Herr Rechtsanwalt sicher Zeit für mich haben."

„Sie müssen einfach mal konsequent sein!"

„Gibt es Beschwerden?"

„Frau Kalenberger, wir sind unterbesetzt, wichtige Fälle müssen bearbeitet werden. Sehen Sie zu, wie sie Ihren Fall zu einem Ende bringen. Aber bald."

„Ich könnte zu einer Zeugenbefragung nach Australien ..."

„- - -"

„Schade, aufgelegt!"

Obanczek prustet los. „So wird das aber nichts mit deiner Beförderung vor der Rente!"

Kalenberger gibt ihm das Telefon zurück. „Ein Ansatzpunkt ist der Brief aus Australien."

„Vielleicht kommt er gar nicht direkt aus Australien. Er könnte doch nach Australien gebracht und von dort mit der Post zurückgeschickt worden sein", meint Obanczek.

„Könnte sein!" Kalenberger überlegt. „Dann werde ich herausfinden, von wem er stammt und damit bin ich im Spiel."

„Ich würde keinen allzu hohen Einsatz auf dich wetten!"

„Warmduscher!"

Beide steigen wieder ein in den Dialog mit ihren Computerdateien. Auf Obanczeks Bildschirm sitzt ein kleines Glücksschwein vom letzten Silvester. Kalenberger lässt ihren Gedanken freien Lauf und landet bei einem Computerspiel. Spielkarten stapeln. Hat ihr Obanczek über Umwege freigeschaltet. Ist sonst eigentlich nicht zu benutzen.

„Mir fällt da gerade etwas ein", Obanczek schaut über den Bildschirm zu Kalenberger herüber.

„Glückwunsch, mir nicht!"

„Wie hieß noch gleich die Anwaltskanzlei am Opernplatz?"

Kalenberger tippt auf ihrer Tastatur herum, schaut auf den Bildschirm. *„Hohenstein-Lauer, Kubian und Meyerholz!"*

„Genau!", sagt Obanczek.

„Da stand in einem der Nachrichtenmagazine ein Artikel über diesen Kubian. Du hast doch bestimmt auch schon davon gehört. Kubian verteidigt einen dieser Volksmusikstars. Er soll sich des Öfteren an seine jugendlichen Stars herangemacht haben. In dem Artikel ging es nicht um den Fall, sondern um die Taktik der Verteidigung. Ich hab den Artikel nicht gelesen, die Einleitung hat mir schon gereicht."

„Ich schau mal." Kalenberger sucht im Internet, findet den Artikel. Ein Foto. Japp Kubian - mit nachdenklichem Gesichtsausdruck - lehnt sich halb an seinen Schreibtisch. Als großer Vermittler sucht er den gerechten Ausgleich zwischen Schuld und Sühne. Vergleiche mit der Gegenseite - Entschädigung für die Opfer, keine Anerkennung der Schuld durch seinen Mandanten. Und der Sender steht auch weiterhin zu seinem Publikumsliebling. Allen wohl und niemand weh. Kalenberger dankt dem Himmel, kein Recht sprechen zu müssen. Diese grummelnde Wut in ihr würde so manches Urteil recht drastisch und einseitig ausfallen lassen. Aber weiter im Text. Die Personalien von Japp Kubian. Einser-Abschluss der Rechtswissenschaften, seit sechsundzwanzig Jahren Anwalt, verheiratet in zweiter Ehe, zwei Töchter, ein Sohn. Ein zweites Foto: Japp Kubian mit Kindern auf einem Segelflugplatz. Der Sohn Pilot bei der Lufthansa, die älteste Tochter verheiratet mit ... Lufthansa? Pilot?

Lars-Walter Kubian! Kalenberger lehnt sich zurück. Kein Problem für ihn, einen Brief mitzunehmen und in einem fernen Land auf den Weg zurück nach Deutschland zu bringen. Ein bisschen an den Haaren herbeigezogen! Doch einen Versuch ist es wert.

Wie viele Menschen fassen so einen Brief an, bevor er in Deutschland im Postkasten landet? Doch nicht allzu viele. Selbst wenn er aus Australien kommt. Das meiste wird automatisch sortiert und Automaten hinterlassen keine Fingerabdrücke. Sie wird prüfen lassen, ob sich auf dem Briefumschlag verwertbare Fingerabdrücke befinden.

Sie sucht die Telefonnummer von Familie Strübing in ihrem Notizbuch, kündigt ihren Besuch an und greift nach ihrer Jacke.

„Wenn du an dem Stand mit den sauren Gummibärchen vorbeikommst ...", sagt Obanczek.

„Lies lieber ein gutes Buch!" Kalenberger kneift ihm ein Auge zu.

Sie holt den Brief bei Familie Strübing ab, kann einer Einladung ins Wohnzimmer durch vorgeschobene wichtige Termine gerade noch entgehen und fährt in die Stadt. Linden. Eine Runde über den Markt und dann ein Milchkaffee im Lindener Trubel. Mag Adél überhaupt Kohlrabi? Adél muss alles mögen, sie braucht was auf den Rippen. Und die Gummibärchen sind auch im Angebot.

SIEBEN

Ein Scheißtag. Dreimal hat Adél dasselbe Bett machen müssen, weil es der Arschgeige von Pflegedienstleitung nicht gepasst hat. Sitzt in ihrem Rollstuhl, pafft Zigarette um Zigarette und schikaniert das Personal. Brechmittel! Wieso darf sie eigentlich im Zimmer rauchen? Die Alte geht allen auf die Nerven. So viel Aufwand für fast nichts. Außerdem hatte ihr Fahrrad einen Plattfuß, und als sie nach Hause fahren will, wird sie von einem bescheuerten BMW-Fahrer angebrüllt, ob sie farbenblind sei. Sie hat wirklich nicht auf die Ampel geachtet, sie muss nach Hause, sich beruhigen. Sie tritt dem BMW gegen die Tür und biegt direkt darauf auf einen schmalen Fußweg ab. Nach Hause, nach Hause! Die Vögel schreien ihr in die Ohren, scheinen direkt in ihrem Kopf zu sitzen. Sie spürt, dass es schlimm wird. Jetzt nicht aufgeben. Einfach weiter in die Pedale treten. Sie wird es schaffen. Und dann - alle Türen abschließen und Kalenberger anrufen. Noch besser Chili, wenn Kalenberger arbeitet, hat sie ihr privates Handy ausgeschaltet. Chili, Chili!

Sie kippt das Fahrrad gegen die Hauswand, schließt es nicht ab, zwingt sich die Treppe hinauf und kann endlich die Wohnungstür hinter sich ins Schloss fallen lassen. Ein Tee. Nein, eine Cola. Ein Mineralwasser. Oder ein Kaffee? Nichts! Ihr wird übel, sie braucht Stoff. Dringend. Sie will nicht! Wo hat Kalenberger die Handschellen versteckt? Nirgends zu finden. Sie hat noch fünfunddreißig Euro. Das wird reichen. Schnell noch aufs Klo und dann los. Schau dich an im

Badezimmerspiegel! Der Dämon hat dich wieder im Griff und lässt dich nicht los.

Sie will nicht, will ihr wahres Gesicht nicht sehen. Schaufelt sich kaltes Wasser ins Gesicht, bis das Badezimmer schwimmt. Sie wird nicht nachgeben. Sie geht ins Wohnzimmer, die Wände bewegen sich wie im Zugwind, die Decke stülpt sich ihr entgegen. Chili! Chili anrufen!

„Ich weiß, was du durchmachst. Halte durch! Bitte! Nur fünf Minuten. Ich bleibe am Handy."

„Es macht mich kaputt, zerquetscht mich, mir wird schlecht!"

„Nur fünf Minuten durchhalten."

„Die Decke! Die Decke wird mich erdrücken. Ich kriege keine Luft mehr, die Wände stürzen auf mich, es stinkt nach Kalk und Pisse. Ich kann nicht mehr."

„Chili? Chili!"

„Hab nur was überlegt. Hock' dich unter den Tisch, da können dir Decke und Wände nichts anhaben. Atme möglichst kontrolliert, gleichmäßig. Eins und zwei, eins und …"

„Augenstern, ich muss Augenstern finden. Wo ist Augenstern? Augenstern ist weg. Ich hab die Wohnungstür offen gelassen. Augen…"

„Adél? – Adél, was ist? – Adél …"

„Ich habe Augenstern gefunden. Ich setz' mich unter den Tisch. Augenstern darf nichts passieren!"

Soll sie den Briefumschlag in die Waterloostraße bringen oder lieber nach Hause fahren, fragt sich Kalenberger. Das wäre doch wohl ein übertriebenes Pflichtbewusstsein, und so ein Kohlrabieintopf braucht auch so seine Zeit. Außerdem ist sie erst zu siebzig Prozent arbeitsfähig.

Im Briefkasten die übliche Post. Dazu ein zerknitterter Flyer, den Kalenberger gleich entsorgen wird. Wofür da überhaupt geworben wird? Das ist kein Flyer, das ist ein Foto, ein wenig unscharf. Ein nackter schwarzer Engel mit schwarzen Flügeln. Darauf eine krakelige Schrift:

Was willst du mit der Alten? Komm, ich besorg's dir richtig! Dazu eine Handynummer.

„Adél!", ruft Kalenberger in die Wohnung. Kein Laut. Kalenberger steckt den Fotoabzug in ihre Jackentasche, lässt ihre Sachen an der Garderobe stehen. Alle Türen offen. Sie geht ins Wohnzimmer, dann in die Küche, entdeckt erst beim zweiten Hinsehen Adél unter dem Küchentisch. Sie lehnt zusammengesunken an einem Tischbein, Augenstern schlummert in ihrem Schoß.

Kalenberger bückt sich, fasst Adél ganz leicht bei der Schulter, Adél zittert in Trance, das Handy liegt neben ihr, piepst wohl, um einen leeren Akku zu melden.

Vielleicht sollte Kalenberger ihr Handy auch im Dienst auf Empfang stellen. Adél muss die Möglichkeit haben, sie anzurufen. Chili hat auch nur ihre private Handynummer.

Schnell ist Kalenberger im Flur, wühlt das Handy aus der Tasche, stellt es an. Drei Anrufe in Abwesenheit, natürlich von Chili, sie ruft zurück, es meldet sich niemand. Kalenberger spricht aufs Band: „Ich bin jetzt zu Hause und kümmere mich um A." Auf dem ungesicherten privaten Handy gibt sie grundsätzlich keine Namen preis, Chili wird wissen, wen sie meint.

Sie geht zurück in die Küche, zieht Adél unter dem Tisch hervor, Adél wacht auf. Schweißtropfen glitzern auf ihrer Stirn. „Wie komm' ich denn unter den Tisch?"

„Du hast dich vor dem Einstürzen des Himmels gerettet."

Augenstern wacht auf, gähnt, streicht sich den Schnauzbart und ist plötzlich putzmunter. Kalenberger ist da! Nach wenigen Sätzen steht sie am Futternapf. Leer. Sie dreht sich zu Kalenberger um. So beleidigt können nur Katzen schauen.

„Ja ja", sagt Kalenberger, „du bist auch gleich dran!" Sie hilft Adél beim Aufstehen.

„Ich bin es so leid. Ich bin dir doch nur eine Last. Schmeiß' mich einfach raus. Dann hast du wieder deine Ruhe."

Kalenberger nimmt sie in die Arme. „Soll ich dir einen Pfefferminztee kochen?"

Adél klammert sich an Kalenberger und endlich, endlich kann sie weinen.

Nach einiger Zeit führt Kalenberger ihre Freundin zur Couch. „Ruh' dich aus!"

„Ich bin zu nichts zu gebrauchen", schluchzt Adél.

„Ruh' dich aus", Kalenberger legt ihr eine Decke über die Beine, „und dann suchst du uns eine neue Wohnung. Aber ein bisschen energischer als bisher."

„Versprochen!" Noch ein Schluchzer, dann rollt sich Adél zusammen und schläft ein.

„Jetzt bist du dran!" Kalenberger nimmt die Dose mit dem Katzenfutter aus dem Küchenschrank, füllt den Inhalt in Augensterns Fressnapf, doch Augenstern ist der Appetit vergangen bei so unappetitlichem Zeug wie Lachs und Huhn. Selbst wenn sie kurz vor dem Verhungern wäre, würde sie das Zeug nicht anrühren.

Kalenberger grinst vor sich hin, verlässt die Küche, schließt die Tür und zählt bis zehn, bevor sie die Tür wieder aufdrückt. Augenstern hat den Kopf tief ins Fressen vergraben, schaut nur kurz zu Kalenberger auf, als sie wieder hereinkommt, und schenkt ihr einen kurzen Blick voller Verachtung für diesen miesen Trick.

„Selbst schuld!"

Erst jetzt kommt sie dazu, ihre Schuhe auszuziehen. Da klingelt das Telefon und gleich darauf auch die Türglocke. Kalenberger sagt: ‚Moment!' ins Telefon. Sie drückt auf den Öffner der Haustür.

„Bitte, bitte, leg' nicht auf! Ich muss dir etwas Sensationelles erzählen ..."

Tomaso.

„Einen Augenblick!"

Ein jüngerer Mann kommt die Treppe heraufgesprungen: „Alles in Ordnung?"

„Bei mir schon", entgegnet Kalenberger.

„Ich bin Chili und wollte nach Adél sehen."

Kalenberger gibt ihm die Hand, geht voraus ins Wohnzimmer. Chili setzt sich zu Adél auf die Couch. Er nimmt ihre Hand zwischen seine Hände, beugt sich vor und küsst sie auf die Wange. Viel zu lang und intensiv, findet Kalenberger. Und wenn sie nicht anwesend gewesen wäre, hätte er Adél bestimmt auch auf den Mund geküsst.

„Hallo", ruft es in ihrer Hand. „Hallo Maria, bist du noch am Apparat? Hallo, bitte melde dich!"

Kalenberger nimmt das Mobilteil des Telefons an die Wange. „Halt den Rand, Quälgeist!" Damit ist eine Baustelle erledigt.

„Sie schläft!" Chili erhebt sich vom Rand der Couch. „Ich muss weiter. Wenn was ist, weißt du, wie du mich erreichen kannst."

„Du mich auch!", erwidert Kalenberger. Erst als Chili längst die Treppe hinuntereilt, fällt ihr die Doppeldeutigkeit ihrer Aussage auf. „Auch egal!" Sie kocht sich einen Kaffee, es wird wohl ein langer Abend und eine kurze Nacht.

Lange versucht sie, am Küchentisch sitzen zu bleiben, dann geht sie doch ins Bett, fällt in einen traumlosen schwarzen Schlaf, und als sie am Morgen aufwacht, ist ihr erster Gedanke bei Adél. Doch Adél ist nirgends zu finden. Sie hat einen Zettel auf dem Tisch hinterlassen. *Danke für gestern. Du hast was gut bei mir. Bin auf Arbeit!*

Von der letzten Aussage will sich Kalenberger sofort überzeugen. Sie wählt Adéls Handynummer. Es dauert eine Weile, dann kommt die Verbindung zustande.

„Alles gut?“, fragt Kalenberger.

„Na klar. Bloß ein bisschen flau im Magen. Torsten in der List habe ich auch schon angerufen. Er will seine Fühler ausstrecken. Für heute Abend könnten wir uns Pfannkuchen machen. Darauf hätte ich Appetit.“

„Dir ist doch flau im Magen?“

„Jetzt noch, aber doch heute Abend nicht mehr.“

Kalenberger kann sich um ihre eigenen Angelegenheiten kümmern. Die wichtigste Angelegenheit ist enormes Schlafbedürfnis, und das wird mit herzhaftem Gähnen und einer kalten Dusche bekämpft. Lauwarm.

Irgendwie lustlos fährt sie ins Büro. Obanczeks Schreibtisch ist aufgeräumt, er sitzt zurückgelehnt mit hinter dem Kopf verschränkten Händen.

„Na, Fall gelöst?“

„Natürlich!“

„Gratulation!“

„War mehr Zufall, eine Nachbarin hat die Frau als vermisst gemeldet und da war's ein Klacks bis zur

Identifizierung. Der Chef hat angerufen, ob du mal wieder Schuhe kaufen wärst. Du sollst dich melden, er hätte was Wichtiges mit dir zu besprechen!"

„Ich kann nicht, hab eine Sprachhemmung." Kalenberger gähnt.

„Kein Wunder, wenn du den Schnabel so aufreißt!"

„Nur faule Menschen schlafen nachts!"

„Ich hab etwas für dich!" Obanczek schießt ein Fax über den Tisch. „Lohnt sich aber nicht, die Brille rauszuholen. Der Briefumschlag aus Australien weist keine verwertbaren Fingerabdrücke auf."

„Vielleicht lass ich mir die Augen lasern, das machen jetzt alle!"

„Warum die Augen?"

„Weil für den Rest das Geld nicht reicht!" Kalenberger gähnt erneut und ruft den Ersten Kriminalhauptkommissar an.

„Nisalski!"

„Kalenberger!"

„Ich will Sie nicht bei Ihren Ermittlungen stören, doch da ist eine kuriose Meldung hereingekommen, die zu Ihrem Fall passen könnte. Sie ermitteln doch im Umfeld des Seniorenheims Hermann Löns?"

„Ja!"

„Ja, was?"

„Ja, ich ermittle in der Seniorenresidenz am Hermann-Löns-Park."

„Sag' ich doch. Deshalb rufe ich Sie auch an! Eine Rechtsanwaltskanzlei hat den Tisch eines kürzlich verstorbenen Bewohners des Seniorenheims in die Auktion gegeben. Der Erlös sollte einer Stiftung zugutekommen, die von dem alten Herrn als alleiniger Erbe eingesetzt wurde. Kein besonders alter Tisch, so um achtzehnhundertachtzig, aber mit wunderschönen

Intarsienarbeiten. Der Einlieferer vermutete Elfenbein. Doch daran haben sich Zweifel ergeben."

„Welche Zweifel?"

„Frau Kalenberger, ich weiß, Sie mögen so etwas nicht, aber der Inhaber des Auktionshauses ist ein guter Freund und hat jahrelang mit mir im Chor der Markuskirche gesungen."

„Ich kann nicht singen!"

„Kümmern Sie sich bitte um den Fall. Ich lasse Ihnen die Akte sofort übermitteln."

Es dauert eine Weile.

„Handelt es sich bei dem edlen Spender um Kornelius Wiedmann?"

Nisalski schweigt verblüfft. „Können Sie hellsehen?"

„Ein wenig!"

Nisalski fängt sich schnell.

„Dann wird es Ihnen sicher nicht schwer fallen, den Fall umgehend zu lösen."

„Ich werde mich bemühen."

Obanczek schaut herüber. „Beförderung?"

„Ich soll einen alten Tisch verhören."

„Es bleibt uns nichts erspart!"

Kalenberger klickt sich in die Datei auf dem Bildschirm ein, überfliegt die wenigen Zeilen und ruft dann im Auktionshaus *AnnoHanno* in der Röseler Straße an. Genau zweimal das Freizeichen, dann wird der Anruf angenommen. „Auktionshaus AnnoHanno, herzlich willkommen. Sie sprechen mit Mary Williams. Was kann ich für Sie tun?"

„Ich möchte Herrn …", Kalenberger schaut auf ihren Bildschirm, „… Herrn Heiner vom Höfel sprechen."

„In welcher Angelegenheit? Herr vom Höfel ist sehr beschäftigt, wir stehen kurz vor einen Auktion."

„Er hat sich an die Kripo gewandt."
„Einen Augenblick bitte."
Es dauert eine Weile, bis sich wieder jemand meldet: „Vom Höfel."
„Kalenberger, Kripo Hannover."
„Das ging ja schnell. - Wo soll ich anfangen ..."
„Vielleicht nicht allzu weit vorn. Vielleicht zwei, drei Generationen überspringen?"
„Köstlicher Humor! Kommen Sie aus dem Rheinland?"
„Ist nicht so wichtig."
„Nun ja, also: Wir sollten einen hübschen Tisch aus einem Nachlass in die Auktion nehmen und jetzt sind Schwierigkeiten mit dem Auktionsgut aufgetreten. - Ich kann das nur sehr schwer am Telefon erklären."
„Dann kommen Sie doch her und bringen den Tisch mit!"
„Ein Tisch mit sehr schönen Einlegearbeiten. Bei den Intarsien haben wir zuerst auf Elfenbein getippt, dann auf Perlmutt, doch das Ausgangsmaterial, stellt unser Experte fest, könnten Knochen sein. Eventuell sogar menschliche Knochen."
„Im Ernst?"
„In unserem Auktionshaus!"
„Köstlicher Humor! Ich komme!" Kalenberger legt auf. „Du hast doch gerade nichts zu tun", spricht sie Obanczek an. „Ich gebe einen Kaffee in der Markthalle aus."
„Okay, eine Pause kann nicht schaden."
„Vorher müssen wir nur rasch noch in die Röseler Straße."
„Dann können wir doch in die Holländischen Kakaostuben gehen."
„Können wir!"

Sie fahren in die Röseler Straße, müssen ins Parkhaus, das gibt wieder Schreibkram wegen der Abrechnung. Im Auktionshaus *AnnoHanno* werden sie von einem jungen Mann abgefangen. „Wenn Sie zur Auktion möchten ..."

„Möchten wir nicht." Kalenberger zückt ihren Polizeiausweis. „Wir wollen zu Herrn vom Höfel." Der junge Mann grinst, Obanczek zieht seinen Ausweis und hält ihn dem Grinser unter die Nase, denn Kalenberger hat aus Versehen den Parkschein gezogen.

„Herr vom Höfel ist sehr ..."

„Danke!", sagt Obanczek und schiebt den jungen Mann zur Seite. Jetzt grinst er nicht mehr.

Die beiden Beamten durchqueren die Ausstellungshalle. Bilder, Skulpturen, ein Motorrad, viel Glas und Porzellan. Eine Frau mit Kopftuch staubt die Bierkrüge ab. „Wo finden wir Herrn vom Höfel?"

„Chef in Büro." Die Frau zeigt in den Hintergrund des Raums.

Obanczek entdeckt eine Tür, nur angelehnt, ein Mann im grauen Anzug sitzt auf einem Hocker an einem quadratischen Bistrotisch. Vor sich ein Laptop. „Sind Sie Herr vom Höfel?", fragt Kalenberger.

Der Mann dreht sich ihnen zu. „Dann sind Sie von der lustigen Kripo?" Er rutscht vom Hocker und gibt beiden Beamten die Hand. „Ich hab leider nur wenig Zeit, wir haben in zweieinhalb Stunden die nächste Auktion. Kommen Sie bitte mit." Er durchquert den als Büro genutzten Raum. Auch hier Auktionsware, aber nicht sauber aufgebaut, sondern über- und untereinander gestapelt. Zwischen einem alten Sekretär und einem deckenhohen Spiegel eine weitere Tür. Herr vom Höfel schließt die Tür auf, telefoniert gleichzeitig über sein Handy. In diesem Raum landen wohl alle unverkäuflichen Gegenstände, dreibeinige Stühle, ein Schrank mit zerbrochener Tür, Kommodenschubladen ohne Boden. Ein älterer Mann im unmöglichen Hawaiihemd erscheint. „Das ist unser Experte für Materialien und Zuordnung."

Den Händedruck hat er auch noch aus den Siebzigern, warm, feucht und weich.

„Der Tisch wurde von Herrn Japp Kubian von der Kanzlei Hohenstein-Lauer, Kubian und Meyerholz eingeliefert ..." Der Chef lenkt seine Schritte in Richtung eines kleinen runden Tischchens. „... und sollte ..." Er schaut auf ein anhängendes Schild. „... zugunsten der Stiftung *Mutter-Kind-Besseres Leben* versteigert werden. Ein schöner Tisch, allerdings ..." Er übergibt mit einer Handbewegung an das Hawaiihemd.

„Der Tisch stammt aus dem späten achtzehnten Jahrhundert", murmelt das Hawaiihemd. „Eine schöne Arbeit und gut erhalten. Ich wollte den Tisch mit einem Mindestgebot von achtzehnhundert ansetzen, aber irgendetwas war da nicht richtig. Hatte ich so im Gefühl."

„Sie wollen auf die Intarsien zu sprechen kommen?" Obanczek wäre jetzt schon gern bei Kakao und Kuchen.

„Woher wissen Sie das?"

„Wir sind von der Kripo."

Der Chef lacht und telefoniert. Gleichzeitig.

„Ach so! Ach ja. – Bei den Intarsien habe ich zuerst auf Elfenbein getippt. Falsch getippt! Perlmutt konnte es schon gar nicht sein. Also Knochen. Vom Wal oder Elefanten?"

„Und?"

„Ich denke, es sind Menschenknochen. Aber ganz sicher bin ich mir nicht."

„Wir werden das überprüfen."

Das Hawaiihemd fährt sich mit der Hand über den Mund, die Qualität der Aussprache leidet erheblich: „Der Tisch hat wohl ein Alter von ca. hundert Jahren, aber die Einlegearbeiten ... die Einlegearbeiten scheinen noch nicht so alt zu sein."

„Also nicht so alte Menschenknochen. Wie alt?"

„Da bin ich überfragt!" Das Hawaiihemd kichert.

Woodstock, denkt Kalenberger. Sie schaut Obanczek an, Obanczek nickt. „Der Tisch ist jedenfalls beschlagnahmt. Ich lasse Ihnen eine Bescheinigung ausstellen." Kalenberger telefoniert. „Wird in einer halben Stunde abgeholt und die Bescheinigung wird gleich mitgebracht." Kalenberger und Obanczek verabschieden sich und gehen zurück durch das beengte Büro in den Auktionsraum.

Obanczek bleibt vor einer vielarmigen Götterdarstellung stehen. „Wär' das nichts für unsern Chef?", fragt Obanczek. „Er könnte gleich mehrere Schreibkräfte einsparen!"

„Ich mache Ihnen einen Sonderpreis", flüstert ihm Herr vom Höfel zu.

„Unser Chef lässt sich nichts schenken", sagt Kalenberger. „Er ist selbst ein Geschenk!"

Adél sortiert die Suppentassen in den Geschirrschrank ein. Swetlana schneidet die Blumenstiele für die kleinen Vasen nach. „Bist du verheiratet?", fragt Adél.

„Ich habe einen Freund! Und du?"

„Bin noch Single."

„Hat alles seine Vor- und Nachteile", Swetlana lächelt. „Gestern war ich mit meinem Freund in der Oper. Die Karten hatten wir von seinen Eltern geschenkt bekommen. Eigentlich wollten wir nicht hingehen, aber dann ist uns nichts Besseres eingefallen."

„Was gab's denn?"

„Marmor, Sekt und alte Leute."

„Da wär' Cinemaxx wohl besser gewesen?"

„Es war der Flash!" Swetlana legt das Messer auf den Tisch, stützt sich mit einer Hand ab und schaut Adél an. „La Traviata. Eine super Sängerin, die den ganzen Abend allein geschmissen hat. Ohne Pause. Der Chor und die anderen Sänger waren im Publikum verteilt und das Orchester saß auf der Bühne hinter einem Gazevorhang."

„Das war so toll?"

„Ich hab geheult, obwohl ich eigentlich die Verdis und Wagners mit ihrem Getöse nicht mag. Die Sängerin war einfach überwältigend. Ich hab mir sogar den Namen gemerkt: Violetta Valéry. Wenn sie erneut auftritt ..." Swetlana greift wieder zum Messer und führt es theatralisch gegen ihre Brust.

„Eigentlich ein prima Geburtstagsgeschenk für meine ...", Adél zögert, will aber keine Nachfragen, „... für meine Freundin."

„Beeil' dich mit dem Vorbestellen, die Aufführungen sind durchgehend ausverkauft."

Die Suppentassen sind eingeräumt, jetzt müsste Adél die Tische im Speisesaal abputzen. Sie stellt sich zu Swetlana und reicht ihr die einzelnen Blumen an. Wie kommt sie jetzt auf ihr Thema.

„Ich hatte es mir in einem Seniorenheim viel schlimmer vorgestellt!"

„Es gibt schon unangenehme Zimmer!"

„Ich meine mehr so im Allgemeinen. Alles hell, freundlich, bunt und das Essen kann sich auch schmecken lassen. Meist zumindest."

„Ich bin trotzdem froh, wenn ich nach meinem Dienst nach Hause kann."

„Was ich nicht verstehe", sagt Adél, sie reicht Swetlana die letzte Gerberablüte, „hier wohnen doch Alte und Steinalte, aber den Wagen eines Bestattungsunternehmens habe ich hier noch nie gesehen."

„Das wird alles mit äußerster Diskretion behandelt. Der Wagen kommt entweder vor sechs oder nach dreiundzwanzig Uhr und die Türen sind extra dick geschmiert."

„Und alle Bestatter wissen um die Regeln?"

„Es gibt nur einen einzigen und bloß in Ausnahmefällen, wenn es von den Verwandten verlangt wird, sind fremde Bestatter zugelassen."

„Ist aber auch kein fairer Wettbewerb."

„Sollte man die Beerdigungen vielleicht europaweit ausschreiben?"

Adél putzt sich ihre Hände an einem Küchenhandtuch ab. „Favorit des Hauses ist dann wohl die *Pietät am Park*?" Eine Frage, die Adél als Feststellung ausspricht.

„Wo soll das sein?"

„Tiergartenstraße."

„Nicht PaP, sondern RiP aus Neuwarmbüchen. Die haben wohl das Monopol."

„Ich hab gleich Feierabend!" Adél dreht sich zur Tür. Im Türrahmen steht Bianca Thanneisen, und es scheint, als habe sie das Gespräch der beiden Frauen mitbekommen.

„Wenn Sie mir einen Augenblick Ihrer kostbaren Zeit widmen könnten ..." Bianca Thanneisen wartet die Antwort nicht ab, dreht sich um und geht voraus ins Büro. Adél soll sich auf den Stuhl vor dem Schreibtisch setzen, Bianca Thanneisen lässt sich in ihren ergonomischen Chefsessel fallen. „Ich möchte mich mit Ihnen unterhalten, sozusagen ein Mitarbeitergespräch führen."

Bianca Thanneisen schlägt einen grauen Hefter auf. Adél ahnt, was auf sie zukommt.

„Ich mache es so kurz wie möglich", sagt Bianca Thanneisen.

„Danke!"

„Sie haben sich recht gut in Ihre Aufgabenbereiche eingearbeitet!"

Adél sieht auf dem Bildschirm der Chefin, dass hinter *polizeiliches Führungszeugnis* ein grüner Haken angefügt wurde. Beim letzten Mal war der Haken noch ein rotes Fragezeichen. „Wenn Sie weiter so kollegial und solidarisch in Ihrem Team mitarbeiten, könnten wir sicher recht bald über eine feste Übernahme sprechen. Was sagen Sie?"

„Ich bin überrascht. Ich dachte eigentlich ..."

„Arbeiten Sie fleißig, lassen Sie sich von niemandem aufhetzen und kommen Sie mit allen Problemen direkt zu mir. Dann geht es aufwärts mit Ihnen!"

„Eh, danke, natürlich, aber ..."

„Bis morgen! Genießen Sie Ihren Feierabend!"

Adél verabschiedet sich, verlässt aber nicht sofort die Seniorenresidenz, sucht Swetlana. Swetlana sortiert im Aufenthaltsraum Bücher. Wie es aussieht nach Farben.

„Wollen wir heute Abend etwas zusammen trinken gehen?"

Swetlana schaut Adél an, lange, als wollte sie ihr Äußeres durchdringen. „Eigentlich geh' ich nie mit Kolleginnen aus."

„Ich bin doch gar keine richtige Kollegin."

„Heute Abend wär' gar nicht so schlecht, mein Freund schaut Fußball."

„Ich hab ab sechs zwei Wohnungsbesichtigungen in der List, wir könnten uns so um halb acht am Lister Platz treffen."

„Ich werde versuchen, pünktlich zu sein."

„An dieser großen Uhr?"

„Ist da eine?"

„Oder wir treffen uns im Castillo in der Jakobistraße." Adél beschreibt Swetlana, wie sie das Castillo vom Lister Platz aus findet.

Sie fährt mit dem Rad nach Hause, steigt unter die Dusche, schreibt Kalenberger einen Zettel: *Bin unterwegs, warte nicht auf mich! A.* und kocht sich einen Kaffee. Bevor sie losgeht, fügt sie noch eine Zeile hinzu: *Essen steht im Tiefkühlfach!*

Wohnungsbesichtigungen mit Makler in der List sind eine Herausforderung. An Füße und Geduld. Natürlich hat sie den Makler vorher angerufen. Er hatte nichts von einer Massenabfertigung gesagt. Jetzt heißt es, sich hinten anstellen und stehen und stehen.

Ein junger Mann mit einer Notebooktasche steht vor ihr. „Meine fünfte Besichtigung! Ich möchte mit meiner Freundin einziehen, sie kommt aus dem Iran und ist lieber zu Hause geblieben."

Adél lehnt sich ans Geländer. „Wir suchen zum ersten Mal, meine Freundin und ich."

„Dann werden wir uns sicher gelegentlich wiedersehen."

Eine Gruppe wird in die zu besichtigende Wohnung gelassen, dann geht die Tür abrupt zu. Noch stehen sechs Interessenten vor der Tür.

„Gute Wohnungen zu einem akzeptablen Preis sind wohl so selten wie Jungfrauen im Bordell!"

Der muss es wissen!

„Ha ha!"

Adél kann ihm nicht entfliehen, hofft auf eine schnelle Wohnungsbesichtigung durch die vorhergehende Gruppe.

„Auf dem Markt sind nur zwei Arten von Wohnungen: Die furchtbaren, die kein Mensch will und die schönen, in die jeder am liebsten gleich einziehen würde." Der Experte wechselt die Notebooktasche von der Schulter in die Hand. „Doch für die guten Wohnungen gibt es dann so viele Bewerber, dass man nach dem Wahrscheinlichkeitsprinzip bereits vor der Entscheidung keine Chance hat."

Es kommt noch ein Paar und eine einzelne ältere Frau die Treppe herauf.

„Ich habe mal versucht", sagt der Experte, „einen Vermieter direkt anzurufen. Fünfzehn Anrufe, und als ich durchkam, war die Wohnung natürlich schon weg."

Die Tür geht auf, acht Leute kommen heraus, die gute Laune steht keinem ins Gesicht geschrieben.

„Und die Makler können auch nicht helfen. Die verweisen auf die Angebote ihrer Homepage. Einen habe ich mal gefragt, ob er eine schöne Dreizimmerwohnung einfach so im Angebot hätte. Jede Menge, meinte er, wenn ich das Wort *schön* streichen würde. Und so nehme ich mir mehrmals im Monat einen Tag frei und stell' mich wieder hinten an."

Die Wohnungstür geht wieder auf. Eine gelangweilte Frau mittleren Alters erscheint im Türrahmen, schaut gleichgültig über die Interessenten hinweg. „Die Nächsten bitte!"

Soll wohl ein Scherz sein. Adél schenkt sich weitere humorvolle Einlagen, dreht sich um und steigt die Treppe hinunter. Auch den zweiten Besichtigungstermin kippt sie schon mit dem ersten Schritt an die frische Luft. Sie geht auf direktem Weg zum Castillo. Bis Swetlana kommt, hat sie genügend Zeit, Torsten für die Wohnungssuche zu aktivieren und zu motivieren.

Die Flasche Sekt muss schnellstens in den Kühlschrank. Hat Kalenberger eingekauft. Es soll ein besonders schöner Abend werden. Drei Monate sind kein Jubiläum, aber durchaus erwähnenswert. Adél ist selbstsicherer geworden und Kalenberger unternehmungsbereiter. Früher war Feierabend: Abendessen, Beine hoch und Fernsehen. Heute steht gelegentlich ein Besuch in einer Kneipe an, sie gehen ins Kino und heute Nachmittag hat Adél angerufen, sie möchte mit Kalenberger in die Oper gehen. La Traviata. Hat Kalenberger mit ihrem damaligen Mann in Verona gesehen. Ist keine besonders schöne Seite in ihrem Album der Erinnerungen. Sie ahnte die andere Beziehung ihres Mannes, und Violetta war heiser. Doch mit Adél in die Oper, das könnte ein beschwingter Abend werden. Sie öffnet die Fenster, die leichten Vorhänge bauschen sich, draußen spielen Kinder.

Kalenberger findet Adéls Zettel. Natürlich ist Adél ein selbstständiger Mensch. Natürlich kann sie hingehen, wann, mit wem und wohin sie will. Wenn bloß diese Scheißenttäuschung nicht wäre. *Bin unterwegs, warte nicht auf mich! A.* Mit wem, Adél, mit wem?

Kalenberger pfeffert die mitgebrachten Muffins in den Abfalleimer. Blaubeer-Muffins, wie sie Adél besonders gerne isst. *Essen steht im Tiefkühlfach!* Ob sie das alles ganz falsch sieht. Ob sie von Adél einfach nur für ihre Zwecke … Kann nicht sein! Es gibt auch so etwas wie Menschenkenntnis. Ohne wäre sie in ihrem Beruf nicht so weit gekommen. Aber wenn es um persönliche Gefühle geht, wird man vielleicht blind!

Quatsch! Nur nicht verunsichern lassen. Sie wird sich einen ruhigen Abend machen und auf Adél warten. Vielleicht sind sogar noch die Muffins zu retten.

Es klingelt. Ein Lächeln huscht über Kalenbergers Gesicht. „Da hat es eine aber eilig!“ Adél klingelt gelegentlich, wenn sie ihre Schlüssel nicht gleich finden kann oder schnell aufs Klo muss. Kalenberger wird sie ein wenig zappeln lassen. „Bitte?“

In der Sprechanlage nur Geräusche der Straße. Jemand klopft an die Wohnungstür. Dann ist es wirklich eilig! Kalenberger öffnet. Tomaso! Mit einem Blütenstängel in glänzender Plastikfolie. Und einem gewinnenden Lächeln.

„Ich halte es nicht aus, aufs Feuerwerk zu warten, bis ich dich wiedersehen darf. Ich möchte dich heute zu einem Abendessen einladen. Oder bist du mir böse?"

Ist sie Tomaso böse? Nicht wirklich, nur ein bisschen, außerdem ärgert sie sich, dass Adél einfach verschwindet und so einen lapidaren Text hinterlässt. *Essen steht im Tiefkühlfach!* Und da bleibt es auch stehen.

„Warte bitte im Auto!" Kalenberger nimmt Tomaso die Orchidee ab, Tomaso strahlt und Kalenberger schließt die Tür. So ein Abendessen mit Tomaso ist doch kein Verrat. Sie kann schließlich essen gehen, mit wem sie will. Sie braucht kein Essen aus dem Tiefkühlfach!

Sie wird sich Zeit lassen, bevor sie zu Tomaso ins Auto steigt, ausgiebig duschen, mit Bedacht die Garderobe wählen ..., und wenn sie endlich fertig ist, steht Tomasos Auto nicht mehr vor der Tür. Sie kennt seine Ungeduld!

Kalenberger muss lächeln, wählt dann die kleine Vorbereitungsvariante und schließt eine knappe Viertelstunde später die Wohnungstür ab.

Tomaso springt aus dem Auto und reißt die Beifahrertür auf, damit Kalenberger bequem einsteigen kann. Eine nette Geste und ein Schauspiel für die Nachbarschaft. *Hast du gesehen: Madame fährt wohl zweigleisig?*

„Hier stinkt's nach Zigarettenqualm und den Sicherheitsgurt kann ich mir alleine anlegen."

„Natürlich, Maria, ich wollte nur helfen!“

„Bei der nächsten Maria steige ich aus und geh' nach Hause!“ Mal sehen, wie Tomaso die Klippe ohne Havarie umschifft. „Wohin fahren wir?“

„Lass dich überraschen!“

„Aber nicht zur Pizzeria!“

„Wo denkst du hin. Für meine ... – Kannst du nicht aufpassen, du Holzkopf – ... für dich nur das Beste!“

Erste Klippe umschifft. Sie fahren in Richtung Norden, Oststadt, dann Richtung List. Hatte Adél heute nicht zwei Besichtigungstermine in der List? Walderseestraße. Tomaso verlangsamt die Fahrt, sucht nach einem Parkplatz. Kalenberger kann kein Restaurant entdecken. Das Einparken ist für Tomaso kein Problem. Pizzabringdienst. Rückwärts. Er imitiert eine Einparkhilfe: „Pieeep, pieep, pip, pip, pip – dann vorwärts: „Pipipipp!“ Das Auto steht vorbildlich und Kalenberger muss lachen.

Sie steigen aus, gehen durch einen überwachsenen Gartenweg zu einer schmalen Parallelstraße, Kalenberger schaut Tomaso misstrauisch und herausfordernd an.

„Hat schöne Dachterrasse“, erklärt Tomaso. Nimmt einen Schlüssel aus der Tasche und schließt die Haustür des zweigeschossigen Wohnhauses auf.

„So haben wir nicht gewettet!“, sagt Kalenberger. „Bring mich sofort nach Hause oder noch besser ...“, sie fühlt nach ihrem Handy, „... ich lass' mir ein Taxi kommen.“

„Aber, Maria ...“

„Jetzt erst recht!“

„... das schöne Essen. Ich hab mir solche Mühe gegeben. Tomatensuppe mit Gin, gemischter Antipastiteller, Bandnudeln mit Krabben in Knoblauch-Tomatensoße, Rindergeschnetzeltes in Cognacsoße mit Salat, Zitronensorbet und Panacotta mit Ahornsirup. Dazu kannst du wählen zwischen Weißwein, Rotwein, Prosecco oder Mineralwasser aus den Abruzzen. Bitte ..."

Kalenberger überlegt. *Essen steht im Tiefkühlfach!* „Aber nur, wenn du deine Finger bei dir behältst! Sonst bin ich weg, bevor du dich versehen hast!"

„Versprochen, Ma... - Madonna!"

Drei Treppen, dann eine Wohnung wie aus einem Lifestylemagazin. Hell, luftig, sparsam möbliert und mit einer breiten Glasfront zu einem Wintergarten versehen, der in eine Terrasse übergeht. Im Wohnraum sind Essen und Getränke bereits vorbereitet und stehen, je nach Erfordernis gekühlt oder gewärmt, servierbereit auf zwei zusammengeschobenen Tischen.

Kalenberger geht auf den Balkon, genießt das Grün der Bäume, von der nahen Straße sind die Geräusche kaum zu hören. Eine Idylle. Kann sich ein Pizzabäcker eine solche Idylle überhaupt leisten? Tomaso werkelt an verschiedenen Schüsseln und Vorratsbehältern.

„Hast du die Wohnung gemietet oder gekauft?"

„Ich?" Tomaso lacht. „Nein, nein, so etwas kann ich mir nicht leisten. Ich hab nur eine Zweizimmerwohnung drüben in der Podbielskistraße. Die Wohnung gehört einem Bekannten, ich gieße nur seine Blumen."

„Was mach' ich nur mit dir?" Kalenberger setzt sich auf eine weiße Stoffliege. Obwohl das Tageslicht noch alles zur Genüge ausleuchtet, brennen auf der Terrasse bereits einige Gartenfackeln. Sieht komisch aus und zugleich verheißungsvoll.

Tomaso kommt mit zwei Gläsern auf die Terrasse. „Lass uns auf den heutigen Abend anstoßen." Er reicht Kalenberger eins der langstieligen Gläser. „Ich freu' mich, dass du nicht gleich umgekehrt bist."

Kalenberger prostet Tomaso zu.

„Du vertraust mir also?" Tomaso lächelt.

„Ich habe Hunger", sagt Kalenberger.

Tomaso serviert mit Zurückhaltung und ohne jegliche Anzüglichkeiten, aber das Feuer brennt in seinen Augen. Immer mal wieder ein Lächeln und ein Zuprosten. Sie lassen sich Zeit mit dem Rindergeschnetzelten in Cognacsoße mit Salat. Die Kleinigkeiten vorher waren gegessen, bevor sie sich auf der Zunge breitmachen konnten. Aber das Geschnetzelte ... so zart wie ... wie ...

„Das ist doch Rind?", fragt Kalenberger.

„Aber Maria, das ist bestes Rinderfilet aus der Martkhalle. Ich will tot umfallen, wenn ich nicht das Beste für dich ausgesucht hätte."

Kalenberger isst noch ein paar Bissen, dann legt sie Gabel und Messer auf dem Teller ab. „Ich kann nicht mehr, es war vorzüglich!"

Tomaso geht zu seinem Vorrat an bereitstehenden Köstlichkeiten. Kommt mit einer Flasche und zwei Gläsern zurück. „Eine Grappa zur Abrundung?"

„Eine Grappa?"

„Die Grappa ist weiblich wie alles Gute." Tomaso steht neben Kalenberger, schenkt ein, prostet ihr zu und versenkt seine Augen ganz tief in die ihren. „Du machst mich verrückt", flüstert er, verliert fast das Gleichgewicht und muss sich bei Kalenberger abstützen.

Sie spürt seine Hand auf ihrem Oberschenkel, er stellt sein Glas ab und fasst mit der freien Hand nach ihrer Schulter.

„Wie war das mit dem Zitronensorbet?"

„Kommt sofort!" Doch Tomaso richtet sich nicht auf, er nähert sich Kalenbergers Gesicht. Spätestens nach dem Sorbet wird sie gehen. Seine Panacotta mit Ahornsirup kann er alleine …

Sanft, fragend, zärtlich legen sich seine Lippen auf ihren Mund. Sie hätte vor dem Sorbet gehen sollen!

Tomaso küsst sie ohne Aufdringlichkeit, lässt sich Zeit. Kalenberger bleibt fast die Luft weg, sie greift nach Tomaso, er zieht sie an sich und sein Kuss wird energischer, fordernder.

Kalenberger drückt ihn von sich, schnappt nach Luft, Tomaso lächelt überlegen. „Entschuldige, Madonna, ich habe nicht widerstehen können. Mein Herz ist stärker als mein Verstand."

Kalenberger spürt die Hitze in ihren Wangen. „Jetzt das Sorbet oder ich geh'!"

Ein unfreiwilliger Reim! Kalenberger muss lachen.

„Du bist eine Dichterin!" Auch Tomaso lacht. Er serviert das Zitronensorbet. Kalenberger ist es heiß, sie trinkt einen kräftigen Schluck vom kühlen Weißwein. Man unterhält sich über die Aussicht, das Wetter, die Ereignisse in der Stadt. Kalenberger fühlt sich wohl, aber wenn sie jetzt nicht geht …

Sie putzt sich den Mund ab, legt die Serviette neben den Teller, erhebt sich. „Ganz lieben Dank für das köstliche Abendessen."

„Ich bin dankbar für deinen Besuch!" Tomaso steht ebenfalls auf. „Ich werde dir ein Taxi bestellen, fürs Selberfahren habe ich ein bisschen zu viel getrunken."

Soviel Vernunft kennt Kalenberger gar nicht von Tomaso. Er wählt eine Nummer in seinem Handy an, beendet das Gespräch, wendet sich wieder an Kalenberger. „Es dauert eine halbe Stunde. Viel Verkehr. Messe!"

Kalenberger fällt keine augenblickliche Messe in Hannover ein. Man kann auch nicht alles wissen.

„Vielleicht noch ein Gläschen Champagner zum Abschied?"

Kalenberger macht eine unentschlossene Geste. So einen vorzüglichen Champagner trinkt sie auch nicht alle Tage. Sie hatte Rotkäppchen-Sekt eingekauft. War im Sonderangebot.

Es wird auch noch ein zweites Gläschen Champagner. Tomaso fordert einen Abschiedskuss, Kalenberger willigt mit leichtem Widerstreben ein. Doch Tomasos Kuss wird kein Abschiedsküsschen, Tomaso zeigt plötzlich seine ganze Leidenschaft und Kalenberger findet sich auf der lila Ledercouch wieder. Kalenberger will das nicht. Aber lila Ledercouch! Tomaso beugt sich über sie. Lila Ledercouch! Kalenberger stößt der Champagner auf, sie hält sich die Hand vor den Mund, Tomaso nimmt ihr die Hand weg: „Lass mich deinen Atem trinken!"

Wie albern! Wie kann ein erwachsener Mann nur …

Doch dann geht alles seinen zwangsläufigen Gang. Nur einmal kehrt Kalenberger noch in die Wirklichkeit zurück. „Du hast doch ein Taxi bestellt?"

„Hab ich?"

Kalenberger schwitzt, es wird rutschig auf der Ledercouch, Tomaso saugt an einem Ohrläppchen, seine Hand gleitet zwischen ihre Beine, er schnauft wie ein Eber, verkrallt sich in ihren Haaren, betatscht sie ungelenk wie ein Stück Holz. Seine männliche Ungeduld wird drängend, aggressiv, rücksichtslos.

Auch Kalenberger wird von ihrer unbeherrschten Lust mitgerissen. Sie schlingt die Arme um Tomaso, zieht ihn an sich, flüstert ihm die schönsten Schweinereien ins Ohr und plötzlich wird sie steif wie ein Brett. Die Lust ist weg, als wäre ein Schalter umgelegt worden. Sie schiebt Tomaso von sich. „Tut mir leid!“ Hastet auf und zieht sich in aller Schnelle an. Tomaso sitzt total verdattert auf der Couch, sieht schon ein wenig lächerlich aus, so unmännlich. „Es liegt nicht an dir!“

„Soll ich dir …?“

Kalenberger holt ihre Tasche. „Ich ruf mir selbst ein Taxi.“ Und bevor ihr Tomaso die Wohnungstür öffnen kann, ist sie schon im Treppenhaus. Mit weichen Knien steigt sie die Stufen hinunter, tritt vors Haus und entfernt sich so weit, dass Tomaso sie nicht sehen kann. Ihre Knie zittern. Ihre Hände auch. Sie wählt die Taxizentrale an.

Dann geht sie langsam zur Walderseestraße hinunter. Als sie aus dem Gartenweg tritt, steht ihr Taxi bereits am Straßenrand.

Ein Blick auf die Armbanduhr. Noch nicht einmal Mitternacht. Möglichst leise schließt Kalenberger die Wohnungstür auf. Hängt Tasche und Jacke an die Garderobe. Geräusche aus dem Wohnzimmer. Es muss das Fernsehgerät sein.

Sie klinkt die Tür auf. Adél sitzt auf der Couch. Hat sich eine Decke über die Beine gelegt.

„Guten Abend!“, sagt Kalenberger.

„Überstunden?“, fragt Adél.

„Nicht direkt!“

„Dein Pizzabäcker hat angerufen. Er würde sich gern bei dir entschuldigen und alles wiedergutmachen.“

„Ach Adél …“ Kalenberger geht vor der Couch in die Knie, umschließt Adéls Beine mit ihren Armen und legt ihren Kopf auf die Decke über Adéls Oberschenkeln. „Es ist alles so kompliziert.“

„Du brauchst mir nichts zu erklären. Du bist ein freier Mensch. Genau wie ich."

„Ich war so sauer, weil du mir diesen blöden Zettel auf den Tisch gelegt hast, ohne Gruß, und dann stand Tomaso vor der Tür und hat mich zum Essen eingeladen."

„Zum Essen?" Das klingt sehr spitz.

„Er wollte natürlich mehr. Ich bin doch nicht blöd. Hab nur geglaubt, alles im Griff zu haben. Aber dann ..."

„Erspar' mir bitte die Einzelheiten!"

„Es ist nichts passiert. Da war plötzlich nichts mehr. Keine Empfindung, keine Lust, nur der Wunsch, du wärst in meinen Armen."

„Ist das nicht ein bisschen zu billig?"

Kalenberger drückt sich ganz fest an Adéls Beine. „Ich habe gemerkt, dass ich mit einem Mann in Sachen Liebe einfach nichts mehr anfangen kann. Ich liebe dich, nur dich. Bitte verzeih' mir."

„Er hat dich nicht ..."

„Nein!"

„Trotzdem eine Sauerei, mich so zu hintergehen!"

„Es wird bestimmt nicht wieder vorkommen." Kalenbergers Hand wandert unter Adéls Decke. Adél greift nach der Hand, nimmt sie von ihrem Oberschenkel und legt sie unwillig auf die Couch. „So geht das nicht. Ich muss selber mit mir klarkommen. Und mit dir!"

„Natürlich, ich lass dir alle Zeit der Welt!"

Im Fernsehen *arte*, eine Sendung übers Bolschoiballett – ohne Ton.

„Wir können uns am Samstag eine Wohnung in der List anschauen. Jakobistraße. Hat Torsten arrangiert.

Und wenn du noch Hunger hast …“, mit todernstem Gesicht, *„Essen steht im Tiefkühlfach!“*

Kalenberger lacht, drückt sich von der Couch ab und steht auf. Sie gibt Adél einen Kuss, Adél reagiert nicht. Wehrt sie aber auch nicht ab.

Am Samstag dann eine der Wohnungsbesichtigungen. Drei Zimmer, hohe, lichte Räume, mit Balkon und Fußbodenheizung. Und der Preis ist auch akzeptabel. Für Hannovers List. Sogar mit Parkplatz in einer nahen Tiefgararge. Sie würden die Wohnung gern nehmen, der Vermieter will mit seiner Frau sprechen und anrufen. Adél erwähnt in einem Satz noch mehrmals Torsten, da geht es dann nur noch um den Einzugstermin. Den soll die Frau des Vermieters klären und anrufen.

Adél spricht noch immer nur das Nötigste. Kalenberger lädt sie zum Essen in der Lister Meile ein.

Kalenberger entscheidet sich für ein Baguette mit Hähnchenbrust, lässt es dann wegen der Mayonnaise aber nach dem ersten Bissen im Abfalleimer verschwinden.

Am Montag ist sie vor Obanczek im Büro. Die Laborergebnisse zum Intarsientisch müssten eingetroffen sein. Aber erst einmal lüften, einen Kaffee ansetzen, die Blumen gießen und das Bild hinter ihrem Schreibtisch eine Kleinigkeit schräg hängen. George-Washington-Brücke über dem Hudson. Extra für Obanczek gekauft. Er liebt die geraden Linien. Wenn er gute Laune hat, lacht er über die schräge Brücke, wenn er schlechte hat, hängt er das Bild kommentarlos wieder gerade. Kalenberger stört das nicht, es hängt schließlich in ihrem Rücken.

Obanczek kommt, grüßt, zieht die Jacke aus und lächelt, als sein Blick auf die Wand hinter Kalenberger fällt. Die Woche kann gut werden.

Das Ergebnis der Laboruntersuchung ist auch eingetroffen. Es sind menschliche Knochen, wie Kalenberger Obanczek sofort mitteilt. „Allerdings", sie liest weiter vom Bildschirm ab, „ist der Tisch aus der Zeit von siebzehnsechzig bis siebzehnachtzig. Die Knochen sind höchstens vierzig, fünfzig Jahre alt. Gehobene Amateurarbeit. Was immer uns das auch sagen soll. Stammen von einer Frau Ende vierzig, Anfang fünfzig."

„Hört sich irgendwie abartig an", sagt Obanczek.

„Wenn das menschliche Knochen sind, kann es sich nur um den kleinen Teil eines Skeletts handeln. Wo ist dann der Rest?"

„Pfeif' mal, vielleicht kommt es angerannt."

„Sei nicht so pietätlos!"

„Ich kann dazu nichts sagen, ich gehöre offiziell zu einer anderen Ermittlungsgruppe."

„Nicht mehr lange!" Kalenberger nimmt den Telefonhörer und ruft den Ersten Kriminalhauptkommissar an. Sie muss nicht lange auf ihn einreden, bis ihr Obanczek zugeteilt wird. „Aber nur bis zum Widerruf im Falle eines dringenderen Falles."

Obanczek grinst. „Endlich komm' ich mal wieder zum Frühstück in die Markthalle."

„Aber jetzt lässt du dir erst einmal den letzten Wohnsitz von Kornelius Wiedmann geben. Vor dem Seniorenheim natürlich. Wir sollten uns seine Wohnung ansehen, vielleicht gibt es noch mehr solcher kunstgewerblich hochstehender Einrichtungsgegenstände!"

Sie fahren nach Hemmingen, Dorfstraße, Gänsemarsch und so sieht es auch aus. Idyllisch. Alte

Gemäuer, angebaute Werkstätten, eine Dorfkapelle, ein Gutshof. Obanczek parkt den Wagen möglichst nah an einer Mauer, steigt über den Beifahrersitz aus.

„Da können Sie nicht stehen bleiben, das ist ein Privatgrundstück!"

„Ja ja", sagt Obanczek. „Wenn jemand Hilfe braucht, kümmert sich niemand drum, aber stell dein Auto ein wenig zweifelhaft ab, schon hast du die Klugscheißer am Hals!"

„Reg' dich nicht auf. Sie hat schlecht geschlafen oder Migräne."

„Zu wem wollen Sie denn?"

„Also doch Neugier, und Neugier lässt sich leicht manipulieren."

„Zu Herrn Wiedmann."

„Wiedmann ist tot."

„Das wissen wir."

„Und warum kommen Sie dann?"

Obanczek und Kalenberger gehen an der kleinen Mauer entlang bis zu einem kniehohen Türchen. Obanczek reckt sich über das Türchen. „Wir sind von der Polizei und wollen nur mal sehen, wie Herr Wiedmann gelebt hat. Vor seinem Aufenthalt in der Seniorenresidenz."

Die Nachbarin kommt heran. „Zurückgezogen, sehr zurückgezogen! Ich hab ihn höchstens einmal in der Woche gesehen, wenn er den Müllsack vor die Tür gestellt hat. Wenn er überhaupt da war."

Kalenberger und Obanczek sehen sich blitzschnell an.

„Hatte er denn keine Familie?"

„Doch doch", meint die Nachbarin. Sie trägt Wollstrümpfe in ihren offenen Sandalen. In ihrem Haus ist es wohl fußkalt. „Er war verheiratet, hatte eine

Tochter." Sie dreht sich kurz zur Haustür um, grinst. „Sie haben nicht zufällig eine Zigarette?"

Obanczek verneint und Kalenberger macht eine entschuldigende Geste.

„Hätte doch sein können."

„Wir kommen aus der Innenstadt, sind schon genug Feinstaub gefährdet!"

„Da ist es hier auf dem Land wirklich angenehmer. Aber die Tochter musste zu Pflegeeltern, als seine Frau gestorben ist. Rosel hieß sie, seine Frau. Rosel Pfeiffer. Sie hat ihren Mädchennamen beibehalten. Künstlerin eben. Hier im alten Dorf wohnen viele Künstler. Rosel war Goldschmiedin. Hat wunderschöne Armreifen gemacht. Ganz dünne und breite, mit eingravierten alten Zeichen. Sahen aus wie frisch aus einem Pharaonengrab. Waren richtig teuer, und ich war's meinem Mann nicht wert. Nicht mal zur Silberhochzeit. Er wollte noch bis zur Goldenen Hochzeit warten und fand das witzig. Aber Rosel konnte auch ein richtiges Biest sein: Kornelius mach dies, Kornelius mach das!"

„Wann ist sie denn gestorben?"

Die Nachbarin schaut wieder zur Tür, kramt in ihrer Schürzentasche und zieht eine Zigarettenpackung heraus. Sie steckt sich eine halbierte Zigarette an.

Jemand ruft im Haus: „Komm jetzt! Komm sofort!"

„Er ist so ungeduldig!" Sie bläst den Qualm durch die Nase aus.

„Wer?"

„Karl!"

„Ihr Mann?"

„Mein Papagei, mein Mann ist schon vor Jahren gestorben. Vor zweiunddreißig Jahren, um genau zu sein. Und da war Kornelius' Frau schon eine ganze Weile tot. Sie soll sich das Leben genommen haben, sagt man. Kornelius hatte eine Geliebte in Hannover. So wird zumindest gemunkelt. Die Leiche wurde jedenfalls nicht gefunden, obwohl alle Kiesgruben monatelang abgesucht wurden. Die bei Pflegeeltern lebende Tochter habe ich nie wiedergesehen. Man erzählt, sie hätte Kornelius den Tod an ihrer Mutter angelastet. Sie ist hier auch nie mehr aufgekreuzt. – Die Rosel war schon eine nette Frau, sie hat mir mal ein bisschen Gold für eine Zahnkrone abgegeben und die hält noch heute!"

Die Nachbarin tritt ihre Zigarettenkippe aus und sperrt den Mund auf, um Kalenberger und Obanczek die Wertarbeit bewundern zu lassen.

Kalenberger dreht sich zur Seite und Obanczek verzieht das Gesicht. „Die Frau von Herrn Wiedmann ist also zwischen neunzehnhundertsechzig und neunzehnhundertsiebzig gestorben?"

Die Nachbarin schließt den Mund, überlegt, nimmt dann ihre Finger zur Hilfe. „Das könnte hinkommen."

„Wissen Sie zufällig, ob Herr Wiedmann ein Hobby hatte?"

„Das weiß ich ganz genau. Jedes Jahr hat er seine Holzarbeiten auf unserm Adventsbasar ausgestellt. Das ganze Jahr über war er in seiner Werkstatt und hat gedrechselt oder wie man das nennt, aber beim Adventsbasar war er immer dabei. Und was er für schöne Sachen gebastelt hatte. Puppenstuben, Vogelhäuschen und Frühstücksbrettchen. Und alle mit so feinen, wie sagt man, Einlegearbeiten."

„Intarsien?"

„So bezeichnet man es wohl."

Aus dem Haus der Papagei: „Komm jetzt! Komm sofort!"

„Einlegearbeiten und Flugzeugmodelle waren seine ganze Leidenschaft. Die ganze Werkstatt hing voll davon. Er soll sogar Patente gehabt haben. Aber die Leute reden viel, wenn der Tag lang ist. Ich muss rein", sagt die Nachbarin, „sonst spricht Karl den ganzen Tag nicht mehr mit mir. Wünsche noch einen schönen Tag." Sie schlurft zur Haustür zurück.

„Eine Frage noch", Obanczek erhebt seine Stimme. „Ihr Mann hieß nicht zufällig Karl?" „Mein Mann hieß Erwin. Karl, das war was anderes!" Sie kichert und schließt die Haustür hinter sich.

Kalenberger hat bereits das Handy am Ohr. Sie fordert einen Schlüsseldienst an. Alles weitere ergibt sich, wenn sie erst einmal im Haus von Kornelius Wiedmann sind.

„Möchtest du hier wohnen?", fragt Obanczek.

„Nicht für Kuchen", sagt Kalenberger. „Da wird jeder Schritt von dir belauert ..."

„... aber sollte es ein Einbrecher auf dein Hab und Gut abgesehen haben, hat plötzlich niemand was gesehen."

Eine Katze schreitet ohne Hast über die schmale Straße. Als sie den Plastikfrosch vor der gegenüberliegenden Haustür passiert, blinken die Augen des Frosches.

Obanczek kichert. „Zumindest haben sie bereits moderne Informationstechnik eingeführt."

„Was siehst du mal wieder, was ich nicht sehe?"

„Schon mal an Fielmann gedacht?"

„Blödbarde!"

„Der Frosch ist mit einem Bewegungsmelder ausgerüstet", Obanczek deutet mit der Kinnspitze auf die Eingangstür, „und vom Bewegungsmelder wird dann eine Videokamera in Gang gesetzt. Möchte nicht wissen, wie viele Knutschereien und sonstige Liebkosungen bereits auf der Festplatte aufgezeichnet wurden."

„Kann man's den Leuten bei unserm Fernsehprogramm verdenken?"

„Leben wir bereits in einem Überwachungsstaat?"

„Geh' doch zur FDP, wenn's dir nicht passt. Da kannst du schnell Karriere machen, schneller als bei der Polizei."

„Wieso?", fragt Obanczek.

„Viele Posten und wenig Personal. Da bist du schnell oben."

Ein kleinerer blauer Lieferwagen biegt in die Straße ein, hält direkt vor den Füßen der beiden Beamten.

Schlüsseldienst Trockenbrott – Tag und Nacht.

Ein dickerer Mann in blauer Latzhose steigt aus.

„Wär' nichts für mich!" Obanczek gibt dem Mann die Hand.

„Über den Witz habe ich vor fünfzig Jahren selber gelacht."

„Worüber?" Auch Kalenberger reicht dem Mann die Hand.

„Trocken Brot bei Tag und Nacht", witzelt Obanczek.

„Ich müsste trotzdem Ihre Ausweise sehen, bevor ich in Aktion trete."

Es dauert keine drei Minuten, da springt die Tür von Herrn Wiedmanns Haus auf. Der Schlüsseldienst verabschiedet sich, Kalenberger muss irgendetwas unterschreiben, ohne sich das Schriftstück durchlesen zu können. Obanczek steht bereits im Hausflur.

„Wir sollten die Fenster öffnen", schlägt Kalenberger vor, als sie zu Obanczek ins Haus tritt. Die Haustür lässt sie auch offen, um die Luft besser zirkulieren zu lassen.

Wäre nicht der Staub auf den Möbeln, könnte man von einer kurzfristigen Abwesenheit des Bewohners ausgehen. Nach seinem Auszug muss also jemand die Wohnung aufgeräumt und geputzt haben. „Vielleicht weiß die Nachbarin, wer sich hier nützlich gemacht hat", sagt Obanczek.

Kalenberger geht voraus ins Wohnzimmer. Alles wie fürs Fotoalbum aufgeräumt. „Das wird wohl die Stiftungskanzlei investiert haben, um das Haus für einen Immobilienmakler vorzubereiten."

„Nach Wertgegenständen brauchen wir da wohl nicht zu suchen."

Auf dem Esstisch steht eine Blumenvase mit Tulpen aus Stoff und Seide, daneben sorgfältig arrangierte Zeitschriften des gehobenen Niveaus.

Zwischen zwei Kristallgläsern auf der Anrichte eine Servierflasche mit dunkelroter Flüssigkeit. Auf einem kleinen Beistelltisch vor dem Massagesessel ein Schachspiel. „In drei Zügen matt“, sagt Obanczek. Er nimmt einen Läufer vom Spielbrett, will ihn an eine aussichtsreichere Stelle wieder abstellen, stutzt und betrachtet die Figur genauer.

„Elfenbein?“, fragt Kalenberger.

„Wahrscheinlich.“

Kalenberger nimmt ihm die Figur aus der Hand. „Komisches Elfenbein. Die Figur ist so leicht.“

„Der Elefant hatte eben leichte Knochen!“

Kalenberger lässt die Figur aufs Brett fallen, tritt einen Schritt zurück und sieht sich um.

„Was ist?“, fragt Obanczek.

„Schau dich doch mal um. Überall Exponate von Wiedmanns Drechselkunst.“

„Ach du Schei …“

„Das kannst du ruhig laut sagen und aussprechen.“

Auf dem Wohnzimmerschrank finden sich mehrere Kerzenständer, eine Lampenfassung und ein Zweig mit Eicheln und Eichenblättern. Im Schrank hinter Glas Brieföffner, Krippenfiguren, Osterschmuck eine Sammlung von Eulen in unterschiedlicher Größe.

Die beiden Kommissare sehen sich an. „Denkst du auch gerade das, was ich lieber gar nicht denken mag?“

„Wir sollten uns seine Werkstatt ansehen.“

Die Kommissare gehen von Raum zu Raum, entdecken in einer Küchenschublade Vorlagegäbelchen mit weißem Stiel und in einer Wandvitrine im

Schlafzimmer eine ganze Westernstadt mit Cowboys und Indianern. Eine Tür zum Hinterhof oder direkt in die Werkstatt finden sie nicht.

Sie verlassen das Haus, sehen sich um, finden seitlich eine Treppe mit Steinstufen, die zu einer Kellertür führt. Natürlich abgeschlossen.

„Soll ich nochmals den Schlüsseldienst bemühen?", fragt Obanczek.

„Ich schau noch mal in der Wohnung nach, meist hängen die Schlüssel irgendwo an der Garderobe."

Kalenberger kommt nach kurzer Zeit mit einem ganzen Schlüsselbund und zwei einzelnen Schlüsseln zurück. Sie probieren erst die einzelnen Schlüssel aus, die Tür springt bereits beim zweiten Versuch auf.

Es ist dunkel im Kellerraum. Es riecht muffig und erdig, Kalenberger kommt das Bild einer Efeuhecke in den Sinn.

Obanczek hat einen Lichtschalter ertastet. Neonröhren flammen auf, den Raum hat niemand sauber gemacht.

„Komisch", wundert sich Kalenberger, „der Strom müsste doch längst abgestellt sein."

„Wiedmann wird dazu nicht mehr in der Lage gewesen sein, und der Stromversorger bucht ab, bis nichts mehr zu holen ist."

An der Wand stehen eine Bohrmaschine, eine Bandsäge und eine Drechselbank. Von der Drechselbank gibt es auch noch eine kleinere Ausführung auf dem Arbeitstisch, davor ein bequemer Arbeitsstuhl und darüber zwei separate Arbeitsleuchten.

Alles scheint auf seinen Einsatz zu warten, nur das Material ist wohl knapp geworden. Seitlich an der Wand Vollholzbretter in unterschiedlichen Stärken, aber von dem Knochenmaterial ist nichts zu sehen.

Obanczek öffnet den Arbeitsspind, am Bügel hängt ein grauer Kittel und rechts auf den Regalbrettern sind säuberlich Feinwerkzeuge zum Sägen, Schleifen und Gravieren eingeordnet. Auf dem oberen Regalbrett ein Tiegel mit Handwaschpaste, Schrauben und Nägel in verschieden großen Gläsern, und als sich Obanczek auf die Zehenspitzen stellt, entdeckt er direkt vor der Rückwand ein Spaghettiglas mit Schraubverschluss. Er hebt es vorsichtig über die andern Gläser hinweg. In dem Spaghettiglas eine dünne Goldplatte mit einem eingravierten Herzen und dem Namen Kornelius. Angelehnt an einen halbierten Unterarmknochen. Elle oder Speiche? Obanczek kann sich die Zuordnung nicht merken.

Unten auf dem Boden des Glases noch wenige kleinere Knochen und Knochensplitter.

„Wenn es das ist, was ich denke", meint Obanczek, „wird mir schlecht." Er stellt das Glas angewidert auf den Arbeitstisch.

„Ich denke mal, Frau Wiedmann lässt grüßen!"

„Wie makaber du sein kannst!"

„Wie kommt ein Mann mit deinem Seelenkostüm zur Kripo?"

„Nichts anderes gelernt." Obanczek fängt sich immer mit flapsigen Sprüchen.

„Wenn es so ist, wie ich denke, haben wir es hier mit einem Mord zu tun, der niemals in unseren Akten gelandet ist. Wiedmann bringt seine Frau um und lässt sie dann Knochen für Knochen verschwinden …"

„Wie kann man aber einen Knochen so sauber vom Fleisch lösen? An dem Knochen im Glas ist nichts geschabt oder verbrannt und weitere Methoden fallen mir so spontan nicht ein."

„Wir sollten hier mal die Spurensicherung durchgehen lassen!" Kalenberger nimmt ihr Handy aus der

Tasche. Spricht einige Zeit, beendet das Gespräch und sieht sich nach Obanczek um. Der ist bereits wieder die Treppe hinauf ans Tageslicht gestiegen.

Kalenberger nimmt das Spaghettiglas, will es mitnehmen, stellt es dann aber zurück. Was sollte es ihnen nützen, und als Dekoration auf dem Schreibtisch macht es keinen guten Eindruck.

Obanczek hat noch einmal die Nachbarin herausgeklingelt. „Außer seinen Bastelarbeiten hatte Wiedmann kein anderes Hobby?"

„Ich denke nicht." Die Nachbarin wischt sich die Hände an der Schürze ab. „Und wenn er eins hatte ..., weiß ich lieber nichts davon, er war mir schon ein wenig unheimlich. So als Einzelgänger."

„Einmal im Jahr bei einem Schlachtfest oder bei einem befreundeten Metzger ausgeholfen hat er nicht?"

„Die alte Zinkwanne im Garten ist noch von seiner Tochter, oder haben Sie ein Hackebeil in seinem Keller entdeckt?" Die Nachbarin schüttelt sich.

„So ganz ohne Freunde und Bekannte ist das Leben auch nicht angenehm."

„Es lag an ihm. Er wollte doch nicht. Er hat keine Einladung angenommen und ist zu keinem Fest gegangen. Früher, ja, früher, da war er viel mit so einem Waldschrat unterwegs. Er hat sich für die Vogelwelt und das Wild interessiert. Morgens um vier sind sie los und vor dem Frühstück waren sie schon zurück. Aber Fritz ist nun auch schon lange tot und danach hat sich Wiedmann kaum noch aus seinem Mauseloch getraut."

Kalenberger und Obanczek verabschieden sich ohne Handschlag, wer weiß, was die Nachbarin an der Schürze abgewischt hat.

Die Spurensicherung trifft ein und die beiden Beamten müssen zurück an ihre Schreibtische.

„Manchmal“, behauptet Obanczek, „riecht es bei uns auch wie hier in der Werkstatt.“

„Du bist ein Ekel, wie soll ich das jetzt wieder aus dem Kopf kriegen?“

„Bei einem Kaffee in der Markthalle! Brainstorming!“

„Du rechnest wohl mit einer schnellen Lösung“, meint Kalenberger.

„Warum?“

„Ein Espresso ist schnell getrunken.“

„Ja, aber danach bestelle ich mir einen Milchkaffee und dann wieder einen Espresso und dann ...“

„Also, was hältst du von der ganzen Sache?“

„Genau das Gleiche wie du - ich hör' dir zu!“

„Das ist Arbeitsverweigerung. Möchtest du ein Croissant? - Mit Schinken oder Käse?“

„Knochenschinken!“

„Hallo“, ruft Kalenberger zur Bedienung hinter der Theke, „keine Croissants, mir ist der Appetit vergangen.“

Obanczek gibt seinen Milchkaffee in Auftrag.

„Wir haben also einen Toten, der menschliche Knochen zu Intarsien verarbeitet hat“, sagt Kalenberger.

„Dann wurde er eventuell selber getötet. Wie diese Sängerin. Wer hat etwas vom Tod der beiden alten Leute?“

„Diese merkwürdige Stiftung.“

„Dann sind da noch die verschwundenen Pfleger und der Brief aus Australien.“

„Hört sich irgendwie verworren an“, sagt Kalenberger.

„Könnte aber auch ganz einfach sein.“ Obanczeks Milchkaffee wird serviert. „Alles Zufall!“

„Auch an Zufälle muss man glauben und ich bin kein gläubiger Mensch. Gehen wir mal davon aus, dass alles einen Sinn hat, wer würde von den Ereignissen profitieren?"

„Dazu fällt mir spontan dieser amtliche Betreuer ein. Er sammelt das Geld für die Stiftung, ist am Erlös beteiligt und wenn es sich die Alten noch einmal anders überlegen: Zack, Kissen aufs Gesicht und bis sechzig zählen."

„Ein Ansatz", sagt Kalenberger. „Da der Intarsientisch von der Rechtsanwaltskanzlei am Opernplatz in die Auktion gegeben wurde, haben wir einen Grund vorstellig zu werden." Sie greift zum Handy, um einen Termin zu vereinbaren. Obanczek zahlt. Alles. Und Kalenberger bekommt vor Überraschung kein Wort heraus. Ihr Gesprächsteilnehmer muss zweimal nachfragen.

Adél faltet die Geschirrhandtücher. Anja kommt herein. „Da ist jemand für dich am Telefon."

„Wo?"

„Im Pflegerinnenzimmer!"

Adél schaut auf ihr Handy, alles funktionsbereit, wer ruft heute noch übers Festnetz an.

„Ja?"

„Haben Sie sich am Samstag eine Wohnung in der List angesehen?" Eine weibliche Stimme.

„Ja, natürlich. Wir haben doch unsere Handynummern hinterlassen."

„Mein Mann hat den Zettel wohl verlegt, er konnte sich aber erinnern, dass Sie im Altenheim am Löns-Park arbeiten."

„Wie schön, dass Sie mich gefunden haben. Wir sind sehr an der Wohnung interessiert."

„Soweit ist auch alles in Ordnung. Ich habe nur noch ein paar Fragen."

„Fragen Sie nur."
„Sie wollen zu zweit mit Ihrer Mutter einziehen?"
Adél schluckt. „Wir sind nicht Mutter und Tochter!"
„Sondern?"
Adél weiß nicht, was sie sagen soll. Am liebsten würde sie auflegen. Sie hüstelt, wechselt den Hörer in die andere Hand, atmet tief ein. „Wir sind Freundinnen."
„Ach? Davon hat mein Mann eigentlich nichts gesagt. An eine Wohngemeinschaft wollen wir eigentlich nicht vermieten."
„Wir sind seriös." Etwas Plausibleres fällt Adél gerade nicht ein. Sie spürt, wie ihre Hände zu zittern beginnen, da ist wieder dieser Druck in der Schläfe, sie muss die Augen schließen und sich an der Wand abstützen.
„Das lässt sich leicht sagen." Die Stimme der Gesprächspartnerin klingt auf einmal sehr abweisend.
„Meine Freundin ist Beamtin bei der Kripo und ich bin Altenpflegerin!" Die Reflexe sind wieder da.
„Beamtin bei der Kripo? Welches Dezernat?"
„Morddezernat."
„Wie schrecklich. Aber wenn das so ist, dann werden Sie in der Wohnung wohl keine wilden Orgien feiern."
„Wir haben beide einen anstrengenden Beruf, da brauchen wir abends unsere Ruhe."
„Ich verstehe! – Dann kommen Sie doch am Samstag so gegen achtzehn Uhr zur Vertragsunterzeichnung in die Wohnung. Das geht doch?"
„Höchstwahrscheinlich! – Wenn kein Mord dazwischen kommt!"
„Köstlich, Ihr Humor." Die Vermieterin kichert.
„Angeboren", kontert Adél.

„Wir sehen uns dann am Samstag!“

„Moment“, ruft Adél ins Telefon.

„Ja bitte?“ Das klingt schon wieder vorsichtiger.

„Ich gebe Ihnen meine Handynummer“, erwidert Adél. „Wenn was dazwischen kommt, können Sie mich anrufen.“

„Es darf nichts dazwischen kommen“, sagt die Vermieterin. Sie kichert schon wieder. „Ich habe auch meinen Humor!“

Adél legt ein wenig verdutzt auf. Sie geht zurück zu ihren Geschirrtüchern. Haben sie nun die Wohnung oder nicht?

Ein Rechtsanwalt wie Japp Kubian ist natürlich sehr beschäftigt. „Einen Termin“, die Sekretärin seufzt. „Muss es unbedingt mit Herrn Kubian sein? Wir haben in der Kanzlei eine sehr fähige Referendarin, bei ihr könnte ich Ihnen einen Termin schon …“

„Herrn Kubian persönlich!“

„Das wird aber nichts in den nächsten vierzehn Tagen.“

Leider haben die Kripobeamten keine offiziellen Druckmittel. Kalenberger spielt den Intarsientisch aus und deutet eine kriminelle Verwicklung an.

Die Sekretärin sagt: „Moment.“ Das Gespräch wird unterbrochen, es dauert eine Weile, bis wieder Geräusche auf der anderen Seite zu hören sind. „Kubian!“

„Kripo Hannover.“

„Was soll mit dem Tisch sein?“

„Das möchten wir doch gern persönlich mit Ihnen besprechen.“

Die Stummschaltung wird aktiviert. Kubian bespricht sich wohl mit seiner Sekretärin. „Hallo?“ Er ist zurück. „Um sechzehn Uhr könnte ich Sie für eine halbe Stunde dazwischenschieben."

„Dann also um sechzehn Uhr."

Adél fährt auf dem Fahrrad nach Hause. Das Handy klingelt. Hoffentlich sagt die Vermieterin nicht ab.

Bevor Adél anhalten kann, ist der Anruf beendet. Adél will schon wieder aufsteigen, da ertönt das Handy erneut. Unbekannte Nummer.

„Ja?"

„Hallo Süße, ich hab dein Foto im Internet gesehen. Echt geil. Wie wär's denn mit einem Treffen?"

„Arschloch!"

„Da sag ich nur: ja, ja, ja!"

Adél drückt das Gespräch weg. Schon erklingt wieder das Rufzeichen. Adél stellt die Verbindung her, ohne sich zu melden. Auf der anderen Seite ein schnelles Atmen. „Hallo, ist da der gefallene Engel?" Die Stimme klingt älter als beim vorherigen Anrufer. „Ich würde dich gerne auffangen."

Das klang nicht all zu rabiat. Adél meldet sich. „Bevor ich auf dein Angebot eingehe: Woher hast du meine Handynummer?"

„Sag' ich dir alles, wenn wir uns sehen. Ich kann auch zu dir kommen."

„Wenn du mir nicht verrätst, woher du die Nummer hast, passiert gar nichts."

„Aus dem Internet. Facebook. Gefallener Engel sucht kräftige Arme. Wirklich tolle Bilder und dein Figürchen, zum Zungenschnalzen."

„Dann schnalz mal schön!" Adél legt auf und schaltet das Handy aus.

Sie fährt so schnell sie kann, springt zur Wohnung hinauf und schaltet das Laptop an.

Facebook. Engel. Gefallener Engel. Zwölf Angebote, Vierundzwanzig. Achtundvierzig … Adél scrollt sich durch die Liste, findet nichts Auffälliges. Männliche gefallene Engel, weibliche, zerstörte Barbiepuppen, aggressive Musikgruppen, einzelne Flügel. Wie soll sie … Ihr Blick bleibt an einem kleinen Profilfoto hängen. Mit einem Schlag weiß sie, worum es geht. Die Fotos zu den angeblichen Filmaufnahmen. Sie hat gar nicht bemerkt, in welchen Posen sie abgelichtet wurde. Vierzehn mal Adél nackt. Und unter jedem Foto ihre Handynummer.

Sie ruft Chili an. Chili muss mehrmals nachfragen, um zu verstehen, worum es geht. Adél verhaspelt sich immer wieder. Doch dann beruhigt sie sich etwas, Chili kann die Fotos sowieso nicht aufrufen, solange sie den Facebook-Namen nicht preisgibt.

Chili will den Profilnamen gar nicht wissen. Er kann ihr helfen. Dafür braucht er ihre SIM-Karte. Adél telefoniert mit einer Aldi-Freischaltung, aber ihre Telefonnummer ist an die SIM-Karte gekoppelt. Sie soll nachsehen, wie viel Guthaben noch auf ihrem Konto ist. Achtzehnsechsundzwanzig. Chili wird ihr eine SIM-Karte mit neuer Handynummer besorgen. Freundschaftsdienst. Er wird ihre Kontaktdaten auf die neue SIM-Karte überspielen und dann kann sie die alte Karte vernichten. Sie könnte auch ihr altes Konto kündigen und sich das Restgeld überweisen lassen, doch am besten wäre …

Adél macht sich gleich auf den Weg zu Chili am Kröpcke.

Obanczek drückt auf den Klingelknopf der Kanzlei.
„Ja bitte?"

„Kripo Hannover, wir haben einen Termin."

„Mit wem?"

Obanczek schaut Kalenberger fragend an. Kalenberger grinst ihn an, verzögert die Antwort, meint dann: „Japp Kubian!"

„Rechtsanwalt Japp Kubian erwartet Sie."

Der Türöffner summt, Obanczek stemmt sich gegen die Tür. Türen zu Rechtsanwaltskanzleien sind immer festungsgleich und schwer. „Wetten", frotzelt Obanczek, „an den Wänden hängen die angesagtesten Künstler der *art cologne* ..."

„... oder Eigenproduktionen der Gattinnen mit Blick auf die Toscana."

Doch das Büro der Kanzlei ist einfach, schlicht, hell und zweckmäßig.

„Du und deine Vorurteile", murmelt Kalenberger.

„Sie haben alles verschwinden lassen, bevor sie geöffnet haben!"

„Sie möchten zu Herrn Kubian?"

„Nein!"

„Nein?"

„Wir müssen!"

Die Sekretärin verzieht das Gesicht zu einem gequälten Lächeln. „Ich sag' Bescheid, dass Sie eingetroffen sind."

An den beiden Arbeitsplätzen hinter der Sekretärin werden die Tastaturen der Computer bearbeitet. Beide Damen tragen Kopfhörer in den Ohren.

„Ich kannte mal eine", sagt Obanczek, „die konnte gleichzeitig schreiben und chatten. Fehlerfrei!"

„Schreiben oder chatten?"

„Beides!"

Ein schlanker Mann, Mitte fünfzig kommt ins Vorzimmer. Grau, akkurat, teuer. Dazu eine auffällig designte Krawatte und eine Brille mit mohnrotem Rand. „Sie wollten zu mir?" Er macht eine einladende Geste in Richtung des Zimmers, aus dem er gerade gekommen ist.

Schwerer alter Schreibtisch, Lederkombination im Chesterfield-Style, an der hinteren Wand ein Flachbildschirm in Tischgröße und in der Ecke der unvermeidliche kränkelnde Ficus.

Man setzt sich, Kubian will etwas anbieten, die Beamten lehnen ab. „Wenn wir vielleicht ein wenig zügig zum Kernpunkt Ihres Kommens vordringen könnten."

„Gern", Obanczek beugt sich vor. „Sie haben den Tisch von Kornelius Wiedmann in eine Auktion gegeben?"

„Haben wir?"

„Herr Wiedmann ist in der Seniorenresidenz am Hermann-Löns-Park gestorben und hat sein Vermögen der Stiftung *Mutter-Kind-Besseres Leben* vermacht."

„Ach so, ja, das kann sein. Ich bin natürlich nicht über jedes Teil des Nachlasses informiert. Warum ist das so wichtig?"

Kalenberger schaut sich im Büro um, so aufgeräumt müsste es mal an ihrem Arbeitsplatz aussehen. Dafür aber ohne jede Persönlichkeit. Die steckt vielleicht in den Schubladen seines Schreibtisches. Aktfotos, Pornohefte und Wettscheine für illegale Hundekämpfe.

„Der Tisch hat sehr schöne Intarsien ... aus Menschenknochen."

„Aus Menschenknochen?" Zum ersten Mal löst sich Kubians Blick von seinen Gesprächspartnern. Er schaut kurz hinüber zum Fenster, um sich aber gleich wieder auf sein Gespräch zu konzentrieren. „Das hört sich ziemlich makaber an."

„Sie haben doch mit Herrn Wiedmann zu tun gehabt. Können Sie sich vorstellen ..."

„Nein nein, ich hatte persönlich nichts mit Herrn Wiedmann zu tun, ich habe ihn nicht einmal gekannt. Er hat sein Erbe der Stiftung vermacht. Wir sind dafür verantwortlich, dass sein Erbe an die Stiftung fließt." Wieder dieser kurze Blick zum Fenster.

Kalenberger folgt seiner Blickrichtung, schaut genauer hin und muss sich ein plötzlich aufkommendes Lachen verkneifen.

„Sie tragen also das vererbte Geld und den Erlös aus den Hinterlassenschaften zusammen und überweisen das Geld nach Dublin?"

„Das wird alles exakt festgehalten und kann jederzeit auf richterlichen Beschluss offengelegt werden."

„Uns ist aufgefallen, dass viele Leute aus dem Altenstift der Stiftung in Dublin ihr Vermögen hinterlassen."

„Ach, schau'n Sie." Wieder dieser schnelle Blick. „Da ist auch viel Menschliches dabei. Wir brauchen gar nicht drum herum zu reden. Herr Tiedemann hat einige amtliche Betreuungen in der Residenz. Da geht es eben nicht nur um amtliche Formulare, da wird auch manch privates Wort gewechselt. Herr Tiedemann hatte nun mal einen tragischen Unglücksfall in der eigenen Familie und da liegt ihm die Stiftung besonders am Herzen. Bevor das Geld nun den ungeliebten Hinterbliebenen vermacht wird, entschließt sich manch ein Heimbewohner, noch ein gutes Werk zu tun und sein Erbe der Stiftung zu vermachen."

„Könnten wir eine Aufstellung der Vermächtnisse der letzten, sagen wir mal, fünf Jahre einsehen? Uns interessiert nur die Seniorenresidenz am Hermann-Löns-Park."

„Die Aufstellung liegt im Tresor, ich kann sie Ihnen also jederzeit vorlegen - wenn Sie eine richterliche Anordnung vorweisen können."

„Wir werden uns darum bemühen." Obanczek sieht Kalenberger an, Kalenberger hebt ganz leicht die Schulter. „Wir melden uns dann wieder bei Ihnen."

„Sie sind mir willkommen."

Die beiden Beamten stehen auf. Man verabschiedet sich. „Noch eine Frage", sagt Kalenberger. „Dieser Elfenbein-Buddha auf der Fensterbank ist nicht aus der Hinterlassenschaft von Herrn Wiedmann?"

„Erlauben Sie!"

„Das lässt sich doch leicht klären. Übermitteln Sie uns einen Kaufbeleg, eine Rechnung oder sonst etwas, woraus die Herkunft hervorgeht. Ein so kostbares Teil werden Sie doch nicht gerade auf dem Flohmarkt am Leineufer erworben haben."

„Also schön, der Buddha ist aus dem Besitz von Herrn Wiedmann. Ich habe ihn bis zur Einstellung in eine Auktion zu mir genommen."

„Damit er nicht wegkommt!", höhnt Obanczek.

„Wie kommen Sie ..."

„Das lässt sich sicher alles amtlich nachvollziehen, Erbschein, Aufstellung der Hinterlassenschaften, Taxierung, Veräußerung und so weiter. Macht allen eine Menge Arbeit."

„Also schön, Sie können die Aufstellung der Erbschaften und Erblasser aus der Residenz am Hermann-Löns-Park einsehen. Aber nur einsehen, hier an meinem Schreibtisch!"

„Damit sind wir einverstanden!"
„Und der Buddha auf der Fensterbank?"
„Geht ans Auktionshaus ..."
„... und der Einlieferungsschein umgehend an uns!"

Knapp zwanzig Minuten hält es der Herr Rechtsanwalt mit den überaus sorgfältig ermittelnden Beamten in seinem Büro aus, dann verabschiedet er sich zu einem auswärtigen Termin. Die Tür seines Büros zum Vorzimmer lässt er weit offen, bespricht sich mit seiner Sekretärin und verlässt die Kanzlei.

„Hoffentlich ist der Akku meines Handys ausreichend geladen!", sagt Kalenberger.

„Mein Handy hat auch eine Kamera und der Akku platzt geradezu vor Kraft!"

So wird Seite für Seite geprüft und abgelichtet. „Wenn ich das richtig überblicke", stellt Obanczek nach zweieinhalb Stunden fest, „sind in den letzten drei Jahren über acht Millionen allein von der Residenz in die Stiftung geflossen und ..."

„Brauchen Sie noch lange?" Die Sekretärin steht im Türrahmen. Sie schaut ein wenig verbittert. „Eigentlich habe ich schon seit einer dreiviertel Stunde Feierabend."

„Wir sind schon unterwegs!" Kalenberger schließt die Aufstellung. „Und ..." Sie weist mit dem Daumen auf die Buddhafigur.

„Der Auktionator wurde bereits informiert. Er erscheint morgen früh."

„Dann legen Sie die Figur doch besser zusammen mit der Abrechnungsmappe in den Tresor. Soll sich doch keiner dran vergreifen!"

Die Sekretärin grinst.

„Und jetzt?"

Die schwere Holztür schließt sich hinter ihnen. Kalenberger bleibt stehen. „Wenn da wirklich nachgeholfen wird, nachdem die Alten das entsprechende Testament unterschrieben haben, könnten wir es mit mehr als einem Dutzend Morden zu tun haben."

„Oder mit keinem einzigen." Obanczek überlegt, wo er das Auto abgestellt hat. „Als amtlicher Betreuer wird er sich nur die Kandidaten aussuchen, die ziemlich allein dastehen. Wenn das Testament dann ausgefüllt oder ein altes geändert ist, braucht er doch nur abzuwarten, bis sein Kandidat den Löffel abgibt. Dann fließt das Geld ganz ohne sein Nachhelfen beim Dahinscheiden."

„Das lässt sich doch ziemlich leicht herausfinden. Wir brauchen nur das Datum der Testamente mit dem Todesdatum der Erblasser zu vergleichen."

„Wir?"

Kalenberger schaut geistesabwesend auf die blank polierte Firmentafel neben der Tür. „Hohenstein-Lauer, Kubian und Meyerholz?"

„Wer lesen kann, ist klar im Vorteil."

„Da war doch was mit dieser de Mason?"

Sie überqueren die Theaterstraße, Kalenberger steuert die Rathenaustraße an, Obanczek kann sich plötzlich an den Parkplatz erinnern und will in die entgegengesetzte Richtung. Die Chefin bestimmt. Man setzt sich vor ein Café, Kalenberger packt ihr neues Tablet aus, öffnet mehrere Dateien. „Da ist es!" Sie tippt auf den Bildschirm, eine andere App öffnet sich, Kalenberger sagt: „Mist!" – Sie ist noch in der Eingewöhnungsphase mit der neuen Technik. Drückt noch mehrmals, bis sie die gewünschte Datei wiederfindet.

Dorothea de Mason stammt aus Deutschland, hat in München, Frankfurt und Paris studiert. War kurz mit dem deutschen Anwalt H.-L. verheiratet, ist dann nach Frankreich gegangen …

„Anwalt H.-L. Davon gibt es nicht so viele. Ich tippe auf Hohenstein-Lauer!"

„Bloß nicht, dann ist die Datei wieder weg!"

„Du kümmerst dich beim Amtsgericht um die Erbschaften!"

„Und du?"

„Ich recherchiere an meinem Tablet." Kalenberger steckt das Tablet wieder in ihre Tasche, eine Bedienung kommt, die beiden Beamten stehen auf. „Es ist doch ein bisschen kalt", bemerken sie und gehen.

Adél ist nicht zu Hause. Auf dem Küchentisch ein Zettel. Leichte Unruhe steigt in Kalenberger auf. *Liebste,* schreibt Adél, *ich bin zum Kröpcke gefahren. Keine Panik! Ich brauche eine neue SIM-Karte für mein Handy. Über Chilis Beziehungen. Bin bald zurück. Küsschen.*

So gehört es sich! Kalenberger kocht sich einen Cappuccino. Keinen richtigen, einen aus der Tüte mit heißem Wasser drüber. Sie füllt ihr Sprudelbad für die Füße mit handwarmem Wasser. Ein Geschenk von Adél. Nicht mehr neu, aber durchaus noch zu gebrauchen. Kalenberger schaltet ihr Tablet ein. Sie will es ausprobieren. Zuerst der Wetterbericht. Dann ihr Horoskop.

Krebs:
Liebe & Partnerschaft
Sie wissen selbst, dass es keinen wirklichen Grund gibt, warum Sie Ihren Gefühlen nicht trauen sollten. Schließen

Sie alte Geschichten endlich ab und lassen Sie sich auf etwas Neues ein. Auch ein kleiner Flirt ist ein neuer Anfang!

Karriere & Beruf
Sie wollen zu viel und überfordern sich kontinuierlich. Schalten Sie mal einen Gang runter und finden Ihre innere Mitte. Mit etwas mehr Ruhe wird Ihnen die Arbeit viel leichter von der Hand gehen.

Gesundheit & Wohlbefinden
Bei Ihrer Feierlaune steigt auch Ihr Konsum von Genussmitteln. Ihr Körper schreit nach Vitaminen und Ruhe. Schaffen Sie eine Balance, damit Ihr Körper keinen Schaden nimmt.

Glücksfarbe
Grau schenkt Ihnen Harmonie und Ausgleich.

Okay, bis zur *Glücksfarbe* war das Angebot akzeptabel, aber Grau … Sie schaut in ihr Notizbuch, dann ruft sie in Luxemburg an. Eine Automatenstimme: „Herzlich willkommen. Sie sind mit *Doma International Consulting* verbunden. Das Büro ist zur Zeit nicht besetzt. Bitte hinterlassen Sie Ihren Namen, Ihre Telefonnummer und Ihr Anliegen. Sie werden umgehend zurückgerufen."

Tolle Ansage. Sie braucht Dorothea de Mason direkt. Also ein Anruf bei Manfred Muhs vom Wirtschaftskommissariat. Privat.

Manfred hört Heavy Metal. Laut, sehr laut. Kalenberger brüllt ins Telefon. Die dröhnende Musik wird abgeschaltet.

„Marike Kalenberger. Noch immer kein Ergebnis?"

„Ach du … Mist. Total untergegangen bei all der Arbeit. Du weißt schon: unterbesetzt und überlastet. Steuer-CDs, Selbstanzeigen, missgünstige Konkurrenten!“

„Und über den Kleinkram vergisst du eine deiner größten Lieben?“

„Nee, ehrlich, das bist du! Du glaubst gar nicht, wie scharf …“

„Dann hab ich also etwas gut bei Dir?“

„Immer! Wo wollen wir uns treffen?“

„Bestimmt nicht in deiner Krachbude. Ich brauche nur was aus deinem Giftschrank.“

„Das hört sich gar nicht gut an. Außerdem habe ich überhaupt keinen Giftschrank.“

„Und ich habe keine Geduld. Ich brauche die Handynummer von Dorothea de Mason!“

„Hab ich nicht. Kann ich auf die Schnelle auch nicht besorgen.“

„Ihr Männer mit euren großen Sprüchen. Wenn man mal Hilfe braucht, nur heiße Luft. Du bist kein bisschen besser …“

„Moment, lass mich mal überlegen. Gib mir mal ein paar Stichworte.“

„Zirkusfestival in Monte Carlo, Bayreuther Festspiele, Sumatra-Zigarillos.“

„Hm, hmm …“

„Alter Mann denk schneller, ich will noch in die Badewanne!“

„Soll ich dir den Rücken schrubben?“

„Lenk nicht ab!“

„Also zum Stichwort Bayreuther Festspiele könnte mir eventuell etwas einfallen. Lass dir mal das Badewasser ein: Bevor es überläuft, hab' ich zurückgerufen!“

„Weißt du, was ich von deinen Versprechungen halte?“ Da hat Manfred bereits aufgelegt.

Kalenberger trocknet ihre Füße ab, kippt das Wasser vom Sprudelbad ins Klo. Geht ans Fenster, schaut auf die Straße, ob Adél zu sehen ist. Sie nimmt ihr Handy, wählt Adéls Nummer. Der Anschluss ist tot. Kein Zeichen, keine Mailbox, kein Piep.

Kalenberger legt auf. Gleichzeitig klingelt das Handy in ihrer Hand.

„Sitzt du schon in der Badewanne?"

„Ich steh gerade davor und zieh' mich aus."

„Was für eine erbauliche Vorstellung."

„Spinn nicht rum!"

„Spielverderberin!" Dann nennt er Kalenberger eine Handynummer. „Es gibt nicht viele Stellen in Deutschland, die VIP-Karten für Bayreuth zu vergeben haben. Aber ... die Nummer hast du nicht von mir, und jetzt komm ich rüber!"

„Bleib lieber bei dir zu Hause - die Tür klemmt!"

Adél ruft an.

„Wo steckst du?", fragt Kalenberger.

„Ich bin schon auf dem Rückweg. Mein Handy hat gesponnen. Chili hat den Technikkram ganz schnell gerichtet. Soll ich uns ein Stück Kuchen mitbringen?"

„Zum Abendessen?"

„Dann eben Pizza!"

„Neiiin! Keine Pizza oder ich sperr' dich aus!"

„Chinesisch?"

„Irgendwas mit Hühnchen und ohne Glutamat."

„Schwerer geht's wohl nicht?"

Eigentlich wollte Kalenberger mit Adél das chinesische Süppchen und das Huhn süß-sauer am Tisch bei einem launigen Gespräch verzehren. Doch Adél muss im Fernsehen das Ende einer Serie sehen, Kalenberger könnte ihr den Schluss vorhersagen, doch sie will Adél den Spaß nicht verderben.

Sie nimmt ihr Essen und geht in die Küche. Schmeckt nicht schlecht, das Süppchen und auch das Huhn ... Doch bevor es verzehrt ist, siegt Kalenbergers Neugier. Sie wählt die Telefonnummer, die ihr Manfred Muhs übermittelt hat.

„Ja?"

„Mein Name ist Marike Kalenberger, ich arbeite bei der Kripo Hannover."

„Mein Gott, was lasst Ihr Euch denn noch einfallen. – Ich habe einen Handyvertrag, ich will meinen Stromanbieter nicht wechseln und an keiner Marketingumfrage teilnehmen. Ich verbitte mir ..."

„Halt, nicht auflegen. Ich bin wirklich von der Kripo!"

„Das kann doch jeder sagen. Geben Sie mir Ihre Telefonnummer und ich rufe Sie morgen auf Ihrer Dienststelle an."

„Ich rufe privat an und habe auch nur ganz wenige Fragen."

„Privat?"

„Meine Handynummer ..."

„... habe ich auf meinem Display. Was wollen Sie?"

„Wie schon gesagt, ich habe eine private Frage: Sie waren einmal mit dem Anwalt Hohenstein-Lauer von der Kanzlei Hohenstein-Lauer, Kubian und Meyerholz verheiratet?"

„Gott sei Dank nur ein Mal!"

„Und Sie verwalten das Geld der Stiftung *Mutter-Kind-Besseres Leben*?"

„Daher weht also der Wind. Aber da gibt es nichts, was im Geheimen blüht. Alles wird ordnungsgemäß aufgeführt und korrekt abgerechnet."

„Ich würde mir die Unterlagen gerne einmal ansehen."

Dorothea de Mason lacht. „Da gibt es eine Menge Leute, die das gerne würden. Doch Diskretion ist nun mal das Prinzip unserer Stiftung. Das war's nun aber, Sie haben meine Zeit schon lange genug beansprucht."

Damit ist das Gespräch beendet. Kalenberger ist zufrieden: Dorothea de Mason ist die Verflossene von Hohenstein-Lauer und eine Verbindung zur Anwaltskanzlei könnte durchaus bestehen.

Adéls Fernsehserie ist beendet. Nicht die Serie, nur die Folge. Kalenberger schüttelt den Kopf über ihre eigene Ungenauigkeit. Da war wohl der Wunsch der Vater des Gedankens. Adél schaut eine Sendung über den deutschen Wald. Sie schaut nicht, die Sendung läuft über den Bildschirm und Adél löst ein Sudoku-Rätsel in einer Zeitschrift.

Buntspecht, Trauerschnäpper, Waldlaubsänger. Eigentlich eine ganze Menge an Entertainment für eine Einrichtung ohne Steuerzahler. Blaumeisen, Grünspecht, Baumläufer …

Kalenberger gähnt, nimmt Adél die Fernbedienung vom Oberschenkel. Jetzt die Trümpfe des Naturfilms: Rehwild, Hirsche und Wildscheine. Und dann ein bisschen was für die Wissenserweiterung. Ameisen als Polizei des Waldes. *Die Roten Waldameisen sind nützliche Helfer im Wald. Da sie auch Aas und kranke Tiere fressen, werden sie häufig als Gesundheitspolizei des Waldes bezeichnet. Durch den Abbau von Holz und Laub für den Nestbau …*

Adél fährt zusammen, als Kalenberger abrupt aufsteht. Sie holt ihr Handy aus der Handtasche und ruft Obanczek an. Es dauert eine Weile, bis Obanczek das Gespräch annimmt. „Hast du denn überhaupt kein Privatleben?"

„Sei nicht sauer, ich hab auch nur eine Frage."

Obanczek gähnt, er tippt irgendwas auf dem Computer, spielt wahrscheinlich ein PC-Spiel. Es piepst, rattert und pfeift.

„Wir waren doch im Haus vom alten Wiedmann."

Jetzt fallen Maschinengewehrschüsse. Kalaschnikow!

„Ja. Ich erinnere mich! Bis morgen!"

„Halt. Das war noch nicht alles."

„Du hattest deine Frage."

„Dann eben nicht als Frage: Mir ist in Erinnerung, dass der alte Wiedmann in seinen jüngeren Jahren öfter mit einem Jagdpächter unterwegs war."

„Stimmt. Die Nachbarin hat etwas von einem Waldschrat gesagt."

„Und jetzt lass mal dein Spiel für einen Augenblick Spiel sein. Überleg dir mal, was dabei herauskommt, wenn eine Leiche zum Beispiel im Ameisenhügel von Roten Waldameisen abgelegt wird."

„Muss es unbedingt eine rote sein?"

„Einer aasfressenden Ameise eben."

„Ich nehme an, dann bleiben nach einiger Zeit nur die Knochen übrig. Fein säuberlich abgenagt ..."

„... und bereit zur weiteren Verarbeitung."

„Cool", erwidert Obanczek, „worauf du alles kommst!"

„Öfter mal Kinderfernsehen schauen, statt Ballerspiele daddeln. Bis morgen!"

Adél schaut Kalenberger skeptisch an. „Ihr seid auch ganz bestimmt nur Arbeitskollegen?"

„Du Dummchen!" Kalenberger setzt sich neben Adél und nimmt sie in den Arm. „Du weißt doch, dass es entschieden ist."

„Jetzt bin ich wach!"

Kalenberger stellt ihren Regenschirm in den Papierkorb neben der Bürotür. Sie öffnet die Tür des Wandschranks, nimmt einen kleinen Handspiegel heraus und betrachtet ihre Frisur. „Pudel platt!" Sie legt den Spiegel zurück.

„Früher trugen die Frauen so durchsichtige Plastikhauben, die wie eine Ziehharmonika gefaltet waren. „Sah krank aus, aber die Haare waren tipptopp!"

„Lenk nicht ab. Hast du die Daten der Testamente mit den Todesdaten verglichen?"

„Alles andere wäre Arbeitsverweigerung ..."

Kalenbergers Handy klingelt. Jedesmal ergreift sie leichte Panik. Es wird doch nichts mit Adél sein?

Eine Frau meldet sich. Kalenberger hat keine Ahnung, was ihr die Frau mitteilen will. Dann fallen die Worte *Wohnung, Besichtigung* und *List.*

„Es tut mir sehr leid", sagt die Gesprächspartnerin.

„Was?", fragt Kalenberger, sie ist noch nicht fit.

„Das habe ich Ihnen doch gerade erklärt. Es wird nichts mit der Vertragsunterzeichnung. Wir müssen die Elektroleitungen neu verlegen lassen."

„Wie lange wird das dauern?"

„Das ist noch nicht abzusehen. Wir rufen Sie an, sobald die Handwerker raus sind."

„Schade", sagt Kalenberger. „Sie sind aber sicher, dass es nichts mit unserer besonderen Lebensform zu tun hat?"

„Ihre *Lebensform* geht uns nichts an. Jeder muss sehen, wie er zurechtkommt. Aber dass eine deutsche Beamtin ... Das hätte es früher nicht gegeben."

„Zu Kaisers Zeiten wurde die Wäsche auch noch mit der Hand gewaschen."

Keine Reaktion mehr auf Kalenbergers ärgerliche Erwiderung. Sie legt ihr Handy auf den Tisch.

„Du bist jetzt mit Adél zusammen?", fragt Obanczek.

„Ja."

„Richtig zusammen?"

„Ja!"

Damit, weiß Kalenberger genau, ist das Thema für Obanczek erledigt. „Was hast du herausgefunden?"

„Nichts Dramatisches. In den letzten zwei Jahren haben zwölf Bewohner der Seniorenresidenz am Hermann-Löns-Park der Stiftung Mutter-Kind-Besseres Leben ihre Hinterlassenschaft vermacht."

„Das ist doch schon mal was."

„Aber zwischen Testament und Tod lagen bis zu acht Monate. Keiner der Erblasser ist innerhalb von vierzehn Tagen nach der Testamentserstellung gestorben."

„Man muss den Tatsachen ins Auge sehen: Die Alten werden also nicht dazu gedrängt, ihr Vermögen der Stiftung zu vermachen und danach ins Jenseits befördert, damit sie ihre Meinung nicht noch einmal ändern können."

„Auch bei der Opernsängerin steht ein Mordverdacht auf schwachen Füßen. Sie ist zwar unmittelbar nach der Testamentsänderung gestorben, aber ich würde das auf das Konto Zufall buchen."

„Ihre Tochter ist da anderer Meinung."

„Für mich entfällt der Mordverdacht in Zusammenhang mit der Stiftung."

Kalenberger seufzt. „Jede Menge neue Erkenntnisse, aber keinen Schritt weiter."

„Nichts ist eben nichts und dabei wollen wir es auch belassen. Es gibt so viele neue Fälle, an denen wir uns abarbeiten können."

„Bevor wir einen neuen Fall bearbeiten, würde ich gern ein paar Tage Urlaub machen. Ich hab da … War der alte Wiedmann eigentlich auf der Liste der Erblasser?"

Obanczek blättert in seinen Unterlagen. „Ich … ich glaube … ich glaube … nicht!"

„Kein Glaube oder ein Nicht?"

„Ein Nicht!"

„Mir ist unwohl bei der ganzen Geschichte. Da liegt irgendetwas direkt vor unserer Nase und wir sehen es nicht."

„Dann lass uns mal zusammenfassen." Obanczek steht auf und knipst die Kaffeemaschine auf der Fensterbank an. „Wo fangen wir an, oben oder unten?"

„Der Fisch stinkt vom Kopf her."
„Du bist mal wieder mit Kaffeegeld dran."
„Lenk jetzt nicht ab. – Die Geschäftsführerin der Stiftung, Dorothea de Mason, mauert. Keine Informationen woher das Geld kommt und wohin es geht."
„Zumindest in Bezug auf die Seniorenresidenz können wir übers Amtsgericht nachvollziehen, von wem das Geld kam und wie viel es war. Es könnte sich um einen zweistelligen Millionenbetrag handeln."
„Dieser amtliche Betreuer …"
„Karl-Josef Tiedemann."
„… bedrängt die Alten, ihr Geld der Stiftung Mutter-Kind-Besseres Leben zu vermachen. In der Anwaltskanzlei am Opernplatz ist Otto Hohenstein-Lauer Herr über die Hinterlassenschaften, lässt sie zu Geld umwandeln und überweist das Vermögen an die Stiftung in Dublin, die von seiner Ex verwaltet wird."
„Also eine echte Zugewinngemeinschaft, verwerflich, aber nichts für uns als Mordkommission."
„Wir könnten den Fall ans Wirtschaftskommissariat abgeben, wenn da nicht die ungewöhnliche Knochenverarbeitung wäre, der etwas überraschende Tod der Opernsängerin und eventuell das Verschwinden der beiden Pfleger."
Obanczek holt die Kanne aus dem Kaffeeautomaten und füllt die Tassen auf.
„Ich denke mal, wir sollten uns um Intarsien-Wiedmann kümmern und hier besonders um seine so früh verstorbene Ehefrau."
Wieder das Handy. Diesmal ist es Adél. Sie wollte Tischdecken aus dem Keller holen und wurde in dem Raum eingesperrt. Kalenberger kann nicht direkt helfen, sonst würde ihre Verbindung mit Adél auffallen.

Sie wird eine Polizeistreife informieren. „Eigentlich könntest du doch auch selber anrufen."

„Danke! Kann ich eben nicht. Hier ist es stockdunkel, das Licht funktioniert nicht und auf dem Handy hab ich dich als Notrufnummer programmiert. Tut mir leid, wenn ich dich gestört habe ..."

„Ach, Adél verzeih. Die Streife braucht keine zehn Minuten, nicht mal fünf!"

„Ich habe Angst."

„Ich bleib am Telefon, bis die Streife eintrifft."

Adél beginnt zu summen: Das Wandern ist des Müllers Lust.

Kalenberger deckt mit einer Hand das Telefon ab, wendet sich an Obanczek. „Informier' bitte eine Polizeistreife. Adél wurde im Keller der Seniorenresidenz eingesperrt. Es ist dringend!"

Obanczek nickt und Adél singt jetzt so laut, als wollte sie irgendwelche Gespenster vertreiben.

Kalenberger tritt mit dem Handy am Ohr ans Fenster, zählt die Autos auf dem Parkplatz, verzählt sich und fängt noch einmal von vorne an. Adél grölt: „Der Mond ist aufgegangen,/die goldnen Sternlein prangen/am Himmel hell und klar./Der Wald steht schwarz ..."

„Sie sind da!", informiert Obanczek seine Chefin.

„Adél, hörst du mich? Adél, sie sind schon auf dem Parkplatz! Adél ..."

Adél singt unverdrossen weiter. Doch plötzlich bricht sie ab, schreit auf, zwei fremde, beruhigende Stimmen, Adél verstummt, der Anruf wird beendet.

Obanczek spricht noch ein paar Sätze mit einem der Polizisten, legt dann auch auf. „Der Türschlüssel steckte von außen. War wohl nur ein Streich unter Kollegen."

„Und dafür schaltet man die Sicherung aus?"
„Kommt darauf an, wer es ist. Ein enttäuschter Liebhaber ist zu allem fähig!"
Obanczek grinst.
„Sie bringen deine Adél jetzt nach Hause."
Kalenberger setzt sich, schaut auf die vorbeifliegenden Elemente des Bildschirmschoners, trinkt einen Schluck Kaffee.
„Wir ...", sie räuspert sich, „wir müssen mehr über die Frau vom Wiedmann erfahren."
„Nach über vierzig Jahren?"
„Ein Mensch verschwindet niemals ganz."
„Also schön", sagt Obanczek, „fangen wir mit der Befragung der ehemaligen Nachbarn an. Wenn jemand was beobachtet hätte, wär' das bestimmt schon bei der Polizei gelandet."
„Sie war doch Künstlerin, hat mit Schmuck gearbeitet. Da könnte sie einer Künstlervereinigung angehört haben, zumindest wird sie sich an Verkaufsausstellungen beteiligt haben."
„Also ab ins Zeitungsarchiv!"
„Leine-Nachrichten in Laatzen?"
„Hannoversche Allgemeine, die Leine-Nachrichten gibt es erst seit ungefähr zehn Jahren."
„Ich ruf' vorher an", behält sich Kalenberger vor, „damit wir keine wertvolle Arbeitszeit verlieren."
Die Zeitung unterhält kein Archiv, das so weit zurückreicht. Allerdings sind die Ausgaben in der Stadtbibliothek oder der Gottfried Wilhelm Leibniz Bibliothek archiviert.
„Die Leibniz Bibliothek ist doch auf der anderen Straßenseite."
„So viel Ehrgeiz muss nun auch wieder nicht sein. Wir fahren zur Stadtbibliothek am Aegi!"

„Toll“, sagt Obanczek, „ich nehme einen Latte macchiato!“

„Erst die Arbeit und dann die Mittagspause!“

ZWÖLF

Adél putzt die Tische im Aufenthaltsraum feucht ab. Anja beginnt auf der entgegengesetzten Seite mit dem Ausbreiten der Tischdecken. Anja hat gute Laune. Sie singt: „Danke, für meine Arbeitsstelle, Danke, für jedes kleine Glück. Danke, für alles Frohe, Helle und für die Musik.“ Immer wieder dieselbe Strophe und dazu noch recht laut.

„Wenn dich die Thanneisen hört, gibt es einen Eintrag in die Personalakte.“

„Die Tanne kann mich nicht hören. Sie ist zu einem Symposium mit den Krankenkassen gefahren und kommt nicht vor morgen Abend zurück. Aber du wirst es ihr sicher stecken, du stehst doch jetzt besonders gut mit ihr.“

„Ich?“ Adél geht zu Anja hinüber. Anja hat Charakter und hübsch ist sie auch. Besonders gefallen Adél die graugrünen Augen zum schwarzen Haar. Wenn Kalenberger mal zu einem Symposium ist … „Wie kommst du darauf?“

„Man munkelt, sie hätte dir eine Festanstellung angeboten.“

„In Aussicht gestellt.“

„Und was hat sie als Gegenleistung dafür verlangt? Ein bisschen Unfrieden säen, ein bisschen spionieren, die Kollegen in die Pfanne hauen?“

„Mit keinem Wort hat sie …“

„Bist du wirklich so naiv? Das macht sie immer so. Sie sucht sich jemanden aus, der auf die Anstellung angewiesen ist und gibt ihm einen Job über der Qualifikation. Es gibt wenige, die sich dagegen gewehrt haben.“

„Auf mich kannst du dich verlassen. Ich hab schon so viel Dreck gefressen, da werd' ich für ein paar Euro bestimmt nicht zur Petze."

„Das sagen sie alle, dann werden sie ganz unauffällig, widersprechen nicht, schlucken alles und sind ganz Ohr."

„Und du?"

„Natürlich kann sie nicht alle einwickeln. Man hat so seinen Kreis, der zusammenhält und sich wehrt."

„Da mach ich mit!"

„Wir werden sehen."

„Hat sich die verschwundene Polin auch gewehrt?"

„Sie hat zumindest nicht gekuscht. Aber die Tanne hat sie so unter Druck gesetzt, dass sie Hals über Kopf abgehauen ist. Kein Wort hat sie gesagt, nicht mal uns, und plötzlich war sie verschwunden."

„Und Strübing?"

„Berthold? – Du bist auf einem guten Weg, noch ein bisschen Ausquetschen und du hast was gut bei der Tanne."

Adél überlegt. Wenn sie in der Residenz jemandem vertraut, dann Anja. Es könnte natürlich auch eine Falle sein. Doch wenn man immer nur misstraut, steht man schnell alleine in irgendeiner verlassenen Ecke. Und isoliert sein, macht krank. „Also, das ist so ..." Adél zieht einen Stuhl unter dem Tisch hervor. „Ich bin mit einer von der Kripo zusammen."

„Die Ältere, die hier schon mal war?"

„Ja, die Ältere, die hier schon mal war."

„Ist deine Privatsache, geht mich nichts an!" Sie nimmt sich auch einen Stuhl und setzt sich.

„Sie ermittelt im Todesfall der alten Opernsängerin ..." Dann gibt Adél Anja einen kleinen, sehr eingeschränkten Überblick über ihr Privatleben und die Gründe für ihr Herumschnüffeln. „Aber es bleibt unter uns?"

„Darauf kannst du dich verlassen! Ich habe selbst noch ein Hühnchen mit Tanne zu rupfen."

„Ach?" Adéls Überraschung sollte gleichzeitig nach Frage klingen, doch Anja winkt ab. „Ein andermal, jetzt wird gearbeitet. Wer sollte es tun, wenn nicht wir?" Sie steht auf und nimmt die nächste Tischdecke. „Danke, für meine Arbeitsstelle, Danke, für jedes kleine Glück ..."

Swetlana schaut in den Aufenthaltsraum. „So vergnügt?"

„Ihr kannst du auch vertrauen", ruft Anja Adél zu, „sie gehört zu den Guten!"

„Wo soll ich parken?", fragt Obanczek, als sie die Hildesheimer Straße hinauffahren.

„Wo Platz ist!"

„Weißt du was, du ..." Plötzlich verstummt Obanczek. Zwei Autos vor ihm wird eine Parklücke frei. „Kannst du bitte ein Handyfoto machen, als Beweis, dass ich am Aegi geparkt habe?"

„Brauchst du das für deine Selbstbestätigung?"

Sie betreten die Stadtbibliothek und fragen sich durch zum Archiv und melden sich an. Die alten Ausgaben der Hannoverschen sind auf Mikrofilm gespeichert und können an einem Lesegerät eingesehen werden.

„Wo wollen wir anfangen?"

„Wir gehen von ihrem möglichen Todesdatum aus und suchen dann rückwärts."

„Und wonach suchen wir?

„Nach den acht Todsünden."

„Waren es nicht nur sieben?"

„Acht", sagt Kalenberger, „du bist die achte!"

„Das sind über dreihundert Ausgaben pro Jahr."

„Wir beschränken uns erst einmal auf die letzten fünf Jahre vor ihrem Tod."

„Das sind über tausendfünfhundert Ausgaben!"

„Weniger als du Freunde hast bei Facebook und die hast du doch auch alle im Griff."

Obanczek lässt die Seiten ziemlich schnell durchlaufen.

„Drei Stichworte", konstatiert Kalenberger, „Pfeiffer, Hemmingen, Kunstausstellung."

„Das kann dauern."

„Wenn du was gefunden hast, kannst du es abspeichern und ins Büro mitbringen."

„Was soll ich?", fragt Obanczek entrüstet.

„Mir den Autoschlüssel geben und sorgfältig arbeiten. Noch ist deine Beförderung nicht durch."

Eine junge Dame vom Bibliothekspersonal tritt neben das Lesegerät. „Kann ich Ihnen helfen?"

„Aber gerne!", entgegnet Obanczek und zieht von einem der anderen Schreibtische einen Stuhl ab.

„Na schön", Kalenberger grinst, „ich bleib' noch ein wenig, um zu helfen. Dann wirst du schneller fertig."

„Das ist jetzt auch nicht mehr nötig. Wir kommen sicher auch gut zu zweit zurecht. Wir sehen uns dann morgen im Büro."

„Sie heißt Tanja-Luise und schwebt über den Dingen."

„Wer?"

„Die nette Dame aus dem Bibliotheksteam, die mir an dem Mikrofilmlesegerät geholfen hat."

„Eigentlich habe ich dir das immer gewünscht, aber wenn das jetzt losgeht, lass es bitte nicht zu stressig werden. - Kaffee?"

„Nur noch auf den roten Knopf drücken."
„Wieso schwebt sie über den Dingen?" Kalenberger hängt ihre Jacke in den Schrank.
„Sie gehört zu einem Team, das mit Heißluftballons über Hannover und die Umgebung schwebt. Sie darf ganz alleine mit einem solchen Teil in die Luft gehen."
„Ganz alleine?"
„Könnte sie. Aber sie hat mich fürs übernächste Wochenende zu einer Ballonfahrt ins Blaue eingeladen. Willst du vielleicht mitkommen?"
Der Kerl weiß doch ganz genau, dass sie Höhenangst hat. Kalenberger knipst ihren Computer an. „Mach' ein paar Fotos und zeig sie mir, das reicht!"
„Schade, mit dir hätte es doppelten Spaß gemacht." Das klang leicht ironisch.
„Was hast du, oh, pardon, habt ihr herausgefunden?"
„Ich hab dir die Daten zusammengestellt. Schau in deine Unterlagen!"
„Weißt du eigentlich, dass du eine wunderschöne Stimme hast? Du könntest glatt im Rundfunkchor singen."
„Aber nur, wenn ich neben dem Sopran stehen darf."
„Also, lies vor!"
„Es gibt mehrere interessante Artikel. Rosel Pfeiffer heißt mit richtigem Namen Rosalie Pfeiffer. Auf Kunstgewerbeausstellungen hat sie des Öfteren ausgestellt, hatte sogar mal eine eigene Verkaufstheke in einem Friseurgeschäft. Merkwürdigerweise wird ihr plötzliches Verschwinden nicht thematisiert. Nur in einem kleinen Artikel wird von einer *eventuellen* Selbsttötung gesprochen. Woran mag der Schreiber dabei gedacht haben?"

„Können wir ihn befragen?"
„Nein. Autounfall!"
„Weiter nichts?"
„Wenn's dir zu langsam geht, lies doch selber."
„Wo hab ich denn meine Brille? Wo hab ich sie denn …"
„Da ist nicht mehr viel. Das kannst du auch ohne Brille lesen. Ein Nachruf. Drei Jahre nach ihrem Verschwinden."
„Zeigen", sagt Kalenberger. Ein Klick auf Obanczeks Tastatur und auf Kalenbergers Bildschirm öffnet sich ein Scan.

Rosalie (Rosel) Pfeiffer
Du bleibst bei uns - wir werden Dich nicht vergessen
Kornelius Wiedmann Bianca Pfeiffer

„Ziemlich popelig für einen großen Verlust!"
„Du sollst denken und nicht spekulieren", fordert Kalenberger.
„Worüber?"
„Bianca Pfeiffer ist doch wohl die Tochter, von der die Nachbarin gesprochen hat. Warum heißt sie nicht Wiedmann?"
„Einfache Erklärung: Pfeiffer und Wiedmann waren nicht verheiratet. Oder sie waren verheiratet, Pfeiffer hat ihren Namen behalten und die Tochter stammt nicht aus der Ehe mit Wiedmann."
„Recherchieren!", sagt Kalenberger. Daria hat ihr übers Internet ein Kuchenrezept geschickt. Will sie sich gleich mal ansehen. Daria hat sich in letzter Zeit sehr zurückgehalten, obwohl sie einmal fast befreundet waren. Aber Kalenberger wollte sich nach ihrer Rückkehr nicht aufdrängen. Schließlich musste Daria ihren

Schreibtisch für Kalenberger räumen. Aber jetzt ... Wäre schön, wenn es wieder ein bisschen freundschaftlicher zwischen Ihnen zugehen würde.

„Ist recherchiert", sagt Obanczek. „Verheiratet und Pfeiffer hat die Tochter wohl mit in die Ehe gebracht."

„Also schön." Kalenberger speichert das Kuchenrezept und schließt die Datei. „Schauen wir dem Grauen ins Angesicht. Die Leiche von Rosel Pfeiffer wurde nie gefunden?"

„Nein."

„Dann gehen wir mal davon aus, dass Wiedmann Rosel Pfeiffer umgebracht und ihre Knochen zu Intarsien und kleinen Plastiken verarbeitet hat. Aber dafür müsste es einen Grund geben, und wenn der uns noch interessieren sollte, auch eine Verbindung in unsere Zeit. Ansonsten: Pfeiffer und Wiedmann tot, Klappe zu!"

„War das nicht umgekehrt?"

„In unserm Beruf muss man kreativ sein!"

„Eine Verbindung führt zu unserem kunstsinnigen Anwalt Hohenstein-Lauer. Er hat eine der makabren Plastiken auf die Seite geschafft. Vielleicht hat er irgendwelche Zusammenhänge herausgefunden und wollte Wiedmann erpressen."

„Der hatte doch nichts, selbst sein Haus war bis über den Schornstein an die Bank verpfändet. Das hab ich überprüft."

„Ich auch!"

„Die Bank wird sich über unsere doppelte Recherche gewundert haben. Ich glaube aber eher, dass Hohenstein-Lauer wirklich nur die Plastik hat mitgehen lassen, weil sie ihm gefallen hat. Es muss einen anderen Zusammenhang geben, wenn überhaupt."

„Nur bei Wiedmann und der Operndiva ist die Zeitspanne zwischen Testamentsunterzeichnung und Tod so knapp, dass man Absicht unterstellen könnte, wenn man denn wollte."

„Das ist doch total konfus", entgegnet Kalenberger. „Ein Mann bringt vor vierzig Jahren seine Frau um. Wenn die Angaben der Nachbarin stimmen, hatte er eine Geliebte und wir haben ein Motiv. Und jetzt wird es hirnrissig: Warum sollte der Mörder nach so langer Zeit ermordet werden, obwohl bei ihm nichts zu holen war?"

„Rache", sagt Obanczek, „ich tippe auf Rache. Rache ist immer ein starkes Motiv."

„Nach vierzig Jahren?"

„Vielleicht konnte der Täter ihn nicht früher unbemerkt erwischen?"

„Wenn ich so vierzig Jahre zurückdenke", überlegt Kalenberger, „ich könnte niemanden ... könnte ich doch! Aber nicht wirklich."

„Hass, Neid, Eifersucht", meint Obanczek, „Eifersucht vergeht nie!"

„Du musst es wissen! Was gibt es heute in der Kantine?"

„Wildlachsfilet mit Reis auf Salbeischaum."

„Bei uns?"

„Hab ich das behauptet?"

„Wo gehst du denn hin?" Adél steht im Flur und wischt die Bilderrahmen ab.

„Ich geh eine ...", ganz leise fügt Anja hinzu: „... paffen."

„Ich komm' mit", schlägt Adél vor, „ich hab's mir so lange verkniffen. Aber wo? Wenn uns die Tanne erwischt, gibt's eine Abmahnung."

„Komm' einfach mit!" Im Vorübergehen klatscht Anja mit der Hand gegen eine halb geöffnete Tür. „Teatime, Sweety!"

„Ich komm nach!“ Swetlanas Stimme.

Anja geht mit Adél die Treppe zum Keller hinunter. „Hier kommst du rein, wenn du unartig bist“, sagt Anja und zeigt auf eine Tür. „Sargkeller!“

„Da verzichte ich lieber auf die Zigarette!“

„Weichei!“ Anja fischt einen Schlüsselbund aus der Hosentasche.

„Wo hast du denn die Schlüssel her?“

„Tja, wo hab ich die wohl her? Freiwillig hat Tanne sie nicht rausgerückt!“ Anja schließt die Tür zur Außentreppe auf. Neben der Tür ist ein offener Verschlag zum Abstellen der Gartengeräte. Anja bietet Adél eine Zigarette an. Adél nimmt an und lässt ihr Feuerzeug aufflammen. „Es geht doch nichts über gute Freundinnen!“ Sie bläst den Rauch aus, der aus der Abstellkammer durch einen Abluftschacht abziehen kann. „Ich war hier schon mal im Keller, aber von dem kleinen Versteck habe ich nichts gewusst.“

Swetlana kommt. „Wir müssen aufpassen, einige von den Alten sind richtige Petzen.“

„Weil ihnen langweilig ist!“

Anja schließt die Tür von außen ab. Adél lehnt sich gegen die rückwärtige Wand, ihre Füße schmerzen. Feierabend erst in zwei Stunden!

Swetlana ist sauer. Ihr Freund hat sich ein Handy mit allem Schnickschnack und einem viel zu teuren Tarif aufschwatzen lassen. „Aber ich hol‘ mir meine Freischaltung bei Aldi.“ Sie versucht Kringel mit ihrem Zigarettenqualm in die Luft zu blasen. „Aber so ist das bei uns, ich kauf‘ meine Schuhe bei Deichmann und er gibt ungerührt achtzig Euro für ein T-Shirt aus.“

Es knirscht etwas auf dem Kies hinter der Wohnanlage. Etwas Großes. Anja übergibt ihre Zigarette an Swetlana. „Ist das die Tanne?“ Sie steigt vorsichtig zwei, drei Stufen die Treppe hinauf und schaut über den Rand der Betonmauer. Sie braucht nur einen Augenblick, dann kommt sie rückwärts die Treppe herunter. „Das ist nicht die Tanne ...“, sie nimmt Swetlana die Zigarettenkippe ab und wirft sie in den Gully, „Das ist Harnischfeger, der Bestatter!“

„Was will der denn hier? Wir haben doch gar keinen Abgang“, sagt Swetlana.

„Egal, lass uns verschwinden, der verpfeift uns doch sofort bei seinem heißen Feger.“

„Oder du machst die Beine breit, dann ist er stumm wie ein Fisch.“

Swetlana und Adél lassen ihre Kippen ebenfalls in den Gully fallen.

„Der ist doch hinter jeder her, die er erwischen kann.“

„Wenn seine Tanne das wüsste, würde sie ihm den Hals umdrehen!“

„Nun mach schon!“ Anja zieht das Schlüsselbund aus der Tasche. Sie will den Schlüssel ins Schloss stecken, oben klappt eine Autotür. „Zu spät!“, flüstert Anja. „Zurück!“

Die drei Frauen verbergen sich in dem Verschlag, drücken sich eng aneinander.

Ein Mann steigt die Stufen herunter, sieht gar nicht aus wie ein Bestatter. Reithose und Lederstiefel. In der Hand trägt er eine Plastiktüte von Aldi. Er scheint es eilig zu haben, schließt die Kellertür auf und ist nicht mehr zu sehen. Wieder wird eine Tür aufgeschlossen, eine Weile herrscht Stille, dann ein dumpfer Ton.

„Die Tür ist zu!“, sagt Swetlana.

„Psst!“, zischt Anja.

Harnischfeger kommt heraus, ohne Plastiktüte, schließt die Kellertür ab und steigt möglichst schnell, immer zwei Stufen auf einmal, die Treppe wieder hinauf. Gleich darauf wird das Auto gestartet und der Wagen rollt über den Kies davon.

„Jetzt aber zurück an die Arbeit", sagt Swetlana, „die Zigarettenpause war ein bisschen lang!"

Schon öffnet Anja die Kellertür.

„Mich würde interessieren", meint Adél, „was er im Sargkeller abgestellt hat. Es sah aus, als hätte er mehrere Stangen Zigaretten in der Plastiktüte."

„Nun kommt schon!" Anja wird ungeduldig.

„Und wenn es keine Zigaretten, sondern Dynamitstangen sind?", erschrickt Swetlana. „Wer sich an der Tanne vergreift, dem traue ich alles zu."

„Nun werdet mal nicht komisch!" Anja wartet schon an der Treppe zum Erdgeschoss.

„Das lässt mir jetzt den ganzen Tag keine Ruhe!" Swetlana schaut ängstlich auf die Tür des Sargkellers.

„Na schön", bemerkt Anja, „um des lieben Friedens willen." Sie kehrt um, fingert an ihrem Schlüsselbund herum und schließt die Tür des Sargkellers auf. Sie knipst das Licht an, tritt einen Schritt zur Seite.

Swetlana streckt den Kopf vor, macht einen Schritt in den Raum. Kahl, spartanisch, aufgeräumt. In der Mitte zwei Böcke zum Aufstellen des Sargs, an der hinteren Wand ein weißes Regal mit Tüchern, Desinfektionsmitteln, einem kleinen Radio. Links das Großfoto einer Friedhofskapelle. Die Plastiktüte steht vor dem Regal. „Nun schau schon nach", fordert Anja auf, „ich kann nicht den ganzen Tag hier rumstehen."

„Ich trau mich nicht." Swetlana kommt wieder in den Flur.

„Angstschisser!", sagt Anja, schiebt sich an Swetlana vorbei, ist mit wenigen Schritten am Regal, schaut kurz in die Plastiktüte. „Nur gerollte Handtücher!" Sie dreht sich um, stockt, schaut wieder zum Regal. Etwa in Augenhöhe ist ein weißes Tuch um einen Regalpfosten geknotet. Anja löst den Knoten, besieht sich das Tuch genauer, kommt damit in den Flur. „Das ist ein Tuch von Magda, sie hat es ständig getragen."

„Wer?", fragt Adél.

„Magda Kuscherski, die verschwundene Pflegerin!"

„Bist du sicher?

„Ganz sicher!"

„Das ist doch nur ein weißes Tuch!"

„Mit einem schwarzen Drachen und einem M in einer Ecke. Ein solches Tuch hat nur Magda getragen und sonst niemand!"

„Schaut mal, es könnte als Putztuch verwendet worden sein."

Als Adél Feierabend macht, überlegt sie, ob sie sich das Tuch irgendwie beschaffen soll, um es Kalenberger zu zeigen. Doch das Wichtigste ist wohl die Information, dass ein solches Tuch Magdas im Sargkeller gefunden wurde.

Adél besteigt ihr Fahrrad und überlegt. Anja wird mit großer Wahrscheinlichkeit recht mit der Zuordnung haben. Also: Magdas Tuch im Sargkeller. Wann ist es Magda abhandengekommen? Vor ihrem Verschwinden. Natürlich! Könnte auch nach ihrem Verschwinden passiert sein. Wenn jemand Magdas Aufenthaltsort kennen würde. Bestatter Harnischfeger? Er könnte sie beauftragt haben, die Operndiva zu beseitigen. Er beteiligt sie an dem Vermögen und besorgt ihr ein sicheres Versteck. Dann könnte er auch wissen, wo sie sich im Augenblick aufhält. Aber: Harnischfeger und Magda? Um ans Geld zu kommen, müsste es eine Verbindung zwischen Harnischfeger und der Vermögensverwaltung geben. Über Thanneisen. Mit ihr soll Harnischfeger sehr gut befreundet sein. Meint Anja. Also: Magda bringt die Operndiva um, Harnischfeger wendet sich wegen der Beteiligung am Vermögen an Thanneisen und nimmt gleichzeitig Magda aus dem Spiel. Vielleicht aus eigenem Interesse. Magda müsste doch über zwanzig Jahre jünger sein als Thanneisen. Und Männer denken nun mal ... Er hat also mit Magda einen Quickie im Sargkeller, bei manchen erhöht eine makabre Umgebung noch das Verlangen, er fesselt sie mit dem Tuch an den Regalpfosten, sie haben ihren Spaß, und als sie aufbrechen, vergessen sie das Tuch. Oder das Tuch ist noch vor Magdas Verschwinden in Harnischfegers Besitz oder ... „Du Armleuchter, kannst du denn nicht aufpassen!" Beim Einbiegen von der Bismarckstraße in die Elkartallee rauscht Adél mit ziemlicher Wucht in das Vorderrad eines anderen Radfahrers. Adél fällt mit dem Fahrrad zur Seite auf ein Knie. „Hornochse!" Sie rappelt sich auf. Die Hose hat am linken Knie ein Loch. Sieht cool aus, auch wenn es höllisch wehtut. „Nimm doch das Auto, wenn du nicht Rad fahren ..." Der Mann steht wie versteinert neben seinem Rad und rührt sich nicht. Erst jetzt schaut ihm Adél ins Gesicht.

„Ich werde alles tun, bellissima ..."

Ausgerechnet der Pizzabäcker. Total verdattert. Er ringt nach Luft, scheint mit den Augen nach Eingebungen des Himmels zu suchen.

„Sie werden gar nichts tun, nur verschwinden! Was machen Sie überhaupt hier? Pizza mit dem Fahrrad ausfahren?"

„Ich habe ein wenig ..."

„Ach egal, gehen Sie mir bloß aus dem Weg!"

„Darf ich Ihnen wenigstens das Fahrrad nach Hause schieben? Ich könnte meins an der Laterne anschließen."

Adél ganz ruhig: „Lassen Sie mich einfach nur vorbei. Die paar Schritte nach Hause werde ich schon noch alleine schaffen."

„Ich könnte Ihnen als Schadenersatz ..."

„Auf *Ihren* Schadenersatz kann ich gerne verzichten!"

Fast hätte Adél gelacht, wie scheinbar begossen Tomaso vor ihr steht, und für einen kleinen Augenblick kann sie sogar Kalenbergers Zärtlichkeit für Tomaso nachempfinden. Doch dann schmerzt wieder das Knie und er soll einfach nur verschwinden.

Zuhause angekommen kann sie das Fahrrad nicht mal mehr in den Keller hieven. Sie wird Kalenberger bitten, die Gefälligkeit zu übernehmen, bevor wieder ein Schreiben der Hausverwaltung im Briefkasten liegt: *Wir möchten nochmals darauf hinweisen, dass die Fahrräder nicht vor dem Haus abgestellt ...*

Ja ja! Diesmal ist es kein Schreiben in einem weißen Umschlag, sondern ein etwas abgerissener Zettel, der wohl auch absichtlich beschmutzt wurde.

Lesbisch, laut und lästig! – Kom zu mir ich zäme dich!

Adél setzt sich auf die Treppe. Mit allem wird Tomaso nach dem Einwurf des Zettels in den Briefkasten gerechnet haben, nur nicht mit ihr. Muss das ein Schreck gewesen sein. Aber vielleicht ist es ganz gut für ihre Beziehung mit Kalenberger, geht es Adél durch den Kopf: Wenn sie erfährt, dass Tomaso diese dämlichen Schreiben in den Briefkasten geworfen hat, wird sie sich wohl nicht mehr zum Abendessen einladen lassen.

Sie humpelt die Treppe hinauf, spürt die Schmerzen im Knie kaum noch.

Adél deckt den Tisch, stellt eine Kerze im silbernen Kerzenhalter auf den Tischläufer, davor eine Glückwunschkarte aus dem Vorrat in der Schrankschublade.

Als der Schlüssel ins Schloss gesteckt wird, zündet Adél schnell die Kerze an und setzt sich erwartungsvoll auf den Küchenstuhl.

Rumoren im Flur, dann erscheint Kalenberger auf Strümpfen. „Nanu! Du bist zu Hause und hast mir nicht aufgemacht?"

„Ich bin verletzt. Ich hab mich mit dem Fahrrad auf die …"

„Na!"

„… Nase gelegt. Aber dann war es doch das Knie."

„Tut es sehr weh?" Kalenberger hängt ihre Weste über die Rücklehne des freien Stuhls, geht dann zu Adél hinüber und begrüßt sie mit einem Kuss. „Zeig' mal!"

Adél holt das Bein unter dem Tisch hervor. Kalenberger macht: „Oje". Erschrocken hält sie die Hand vor den Mund. Im Loch der Jeans ist deutlich die geschundene blutige Haut zu sehen. „Du hättest die Wunde sofort versorgen sollen!"

„Dann wäre mir deine fürsorgliche Liebe entgangen!"

„Aber aufstehen kannst du noch selber?"

Adél erhebt sich, Kalenberger öffnet ihr den Gürtel der Jeans, Adél lacht und Kalenberger bemerkt: „Zieh' sie selber aus!"

„Wie gemein! Ich brauche Liebe, denn Liebe heilt alle Wunden!"

Kalenberger geht ins Bad und holt das Erste-Hilfe-Set. Sie setzt sich Adél gegenüber auf den Stuhl und legt das lädierte Knie auf ihren Oberschenkel. Dann beginnt die Prozedur mit vielen Ohs, Aus und zwischen den Zähnen eingesogener Luft von Adél.

„Stell dich nicht so an!", meint Kalenberger, und Adél fragt: „Hast du eine andere?"

Schließlich wickelt Kalenberger eine Mullbinde um die versorgte Wunde und stellt ihren Stuhl wieder an den Tisch. „Was soll das? Ich hab doch gar keinen Geburtstag." Sie zeigt mit dem Erste-Hilfe-Set auf die Glückwunschkarte und wirft das Set dann auf die Couch.

„Lies selber! Da meint es eine besonders gut mit dir!"

„Wer?"

„Ich!"

Kalenberger schüttet sich erst noch ein Glas Mineralwasser ein, bevor sie die Karte in die Hand nimmt:

Herzlichen Glückwunsch ...

Kalenberger schlägt die Karte auf:

... Pizza Diabolo sagt Adio!

„Ein Gutschein?"

„Eher das Gegenteil. Ein letzter Gruß – hoffe ich – von deinem Pizzabäcker." Dann erzählt Adél von ihrer Begegnung mit Tomaso.

„Scheißkerl!", moniert Kalenberger.

„Liebe macht blind!"

„Zumindest haben wir es jetzt mit der Wohnungssuche nicht mehr so eilig." Kalenberger holt eine Flasche Rotwein aus dem Regal. „Wenn er sich hier noch einmal blicken lässt, erschieße ich ihn."

„Und ich soll den Dreck wieder wegmachen?"

„Na schön, dann wird er eben aufgehängt!"

Kalenberger stellt die Pfanne auf den Herd und holt eine Packung Frühlingsrollen aus dem Tiefkühlschrank. Vegetarische Füllung. Muss gesund sein. Es gibt keine vegetarischen Salmonellen!

Kalenberger schüttet den Rotwein ein, prostet Adél zu. „Wie war dein Tag?"

„Reicht das nicht? Einmal voll auf die ...“

„Und sonst?“

„Ziemlich interessant. Anja hat ein Halstuch von Magda gefunden.“

„Von der verschwundenen Pflegerin?“

„Jau!“

„Wo?“

„Im Sargkeller. Frag' mich nicht, wie wir da hingekommen sind. Jedenfalls ist sich Anja ganz sicher.“

Kalenberger holt ihr Notizbuch aus der Tasche, die sie im Flur abgestellt hat. Sie schreibt sich einige Stichworte auf.

Sie klappt das Buch zu, lehnt sich auf den Tisch und schaut Adél direkt an. „Ich weiß zwar noch nicht, wie ich deinen Hinweis verarbeiten soll, aber irgendwie wittere ich Gefahr. Und auf mein Gespür konnte ich mich bisher immer verlassen. Du solltest nicht mehr in die Seniorenresidenz gehen.“

„Schreibst du mich krank?“

„Ich bring' dich morgen früh zum Arzt, dann sehen wir weiter.“

Es klingelt an der Wohnungstür. „Ich ahne, wer das ist!“ Kalenberger springt auf und eilt zur Tür. Sie schaut erst gar nicht durch den Spion, reißt die Tür auf. Da steht Lotte Rohrbach, die Nachbarin. Kalenberger hätte sie fast nicht erkannt. Lotte Rohrbach ist erblondet und die Haare reichen nur noch bis zu den Ohrläppchen. Stimmt da alles in der Ehe? Frauen ändern ihr Aussehen nur dann so rigoros, wenn's kriselt. Oder die Krise überstanden ist, wie auch immer.

„In der letzten Zeit sind so einige Missverständnisse zwischen uns aufgetreten.“

„Komm doch rein“, sagt Kalenberger, „dann muss ich es Adél nachher nicht noch einmal erzählen.“

„Geht leider nicht, die Zwillinge haben Fernsehverbot, und dann kommen sie immer nur auf dumme Gedanken."

„Nicht so schlimm", sagt Kalenberger, „Adél hat eine rasche Auffassungsgabe!" Das ging in Richtung Küche.

„Also: Ich möchte, wir möchten euch zum Abendessen einladen. Mein Mann kann am Samstag frisch geräucherte Forellen mitbringen."

„Geräucherte Forellen?", fragt Kalenberger. Wie aufs Stichwort abwartend schleicht Augenstern um ihre Beine. „Da kommen wir doch gern. Und einen schönen Weißwein bringen wir auch mit, wenn wir dürfen."

Kalenberger kehrt an den Küchentisch zurück. Adél hat Rotwein nachgeschenkt. „Mag ich Fisch?" Sie kräuselt ein wenig die Nase.

„Geräucherte Forelle ist kein Fisch", stellt Kalenberger fest.

„Was denn?"

„Eine Delikatesse!"

„Ich werd's probieren." Augenstern steht vor ihrem Stuhl und putzt sich das Schnäuzchen.

Die Frühlingsrollen sind fertig. Überfertig. Das *Über* kann man mit dem Messer abkratzen.

„Bist du weitergekommen?" Adél gibt einen ordentlichen Spritzer Sojasoße auf ihre Frühlingsrollen.

„Übertreib' nicht so", sagt Kalenberger, „da glimmt nichts mehr unter der Asche!"

„Lenk' nicht ab."

„Es ist merkwürdig" – Kalenberger teilt eine Rolle mit der Gabel – „ich fühle mich wie in einer Ausnüchterungszelle. Keiner will was von mir, keiner fragt mich nach Erkenntnissen, niemand will einen Bericht sehen. Ich befürchte schon, dass Obanczek mir in Wirklichkeit nicht zugeteilt ist, mich vielmehr bewachen soll, damit ich keinen Blödsinn mache."

„Klingt nicht besonders aufregend."

„Ist es auch nicht. Ich habe in meinem ganzen Berufsleben bei der Kripo noch nie so entspannt gearbeitet. Vielleicht sind uns die Verbrechen ausgegangen oder ich soll geschont werden."

„Ich hab mal von Sondereinheiten gelesen, die sich nur um ungeklärte Fälle kümmern, die schon lange zurückliegen. So eine Cold-Case-Abteilung gibt es, glaube ich, in Berlin. Und sie hat richtig Erfolg. Vielleicht bist du so ein Prototyp für Hannover?"

Kalenberger reicht eine Frühlingsrolle nach, Adél nimmt sie auf ihren Teller.

„Wir haben jede Menge Auffälligkeiten, vage Spuren, überraschende Verbindungen, aber nirgends ist ein Ansatz, daraus wirklich einen Fall zu machen. Eigentlich müssten wir die Operndiva und den Knochenschnitzer ausbuddeln lassen, um die Todesursache eindeutig zu klären. Über solch einen Antrag würde sich bei den gegebenen Verdachtsmomenten ein Staatsanwalt allerdings kranklachen. ‚Wissen Sie, was das kostet? Und alles auf Kosten der Steuerzahler. Ermitteln Sie, statt zu buddeln!'"

„In der Südstadt soll es übrigens auch schöne Wohnungen geben."

Doch Kalenberger ist in Gedanken. „Ich muss an einer Stelle neu beginnen, die ich bisher übersehen habe. Aber wo?"

Es wird ein entspannter Abend. Adél kühlt ihr Knie, im Fernsehen gibt es Fußball, Kalenberger räumt den Küchenschrank aus, um ihn auszuwischen. Adél muss sich bedienen lassen, weil sie sich nur unter

Schmerzen bewegen kann – was ihr Kalenberger nicht so ganz abnimmt.

Sie gehen früh zu Bett, Adél hat zwei Schlaftabletten genommen und segelt schnell ins Reich der Träume. Kalenberger liegt noch länger wach und grübelt, nicht konzentriert, nicht konsequent, sie lässt die Gedanken einfach so vorüberziehen. Bevor auch sie schließlich in den Schlaf sinkt, erscheint für kurze Zeit ein entspannendes, versöhnliches Bild. Die Terrasse eines Weinguts, auf einer kleinen Bank sitzt ein Paar, nicht mehr jung, er küsst ihr die Hand. Kalenberger denkt sofort an Frankreich, dann entschwindet das Bild und Kalenberger nimmt sich fest vor, an Frankreich als Wiedervorlage für den morgigen Tag zu denken.

Mit Adél im Wartezimmer beim Arzt fällt Kalenberger das Traumbild von der vergangenen Nacht ein. Dem Andrang nach zu urteilen, müssen sie noch eine ganze Weile auf Adéls Behandlung warten.

Kalenberger zückt ihr Handy und ihr Notizbuch. Sie ruft Frau Scheffel an. Frau Scheffel hat es eilig. Sonst wär' sie wohl nicht Frau Scheffel. Der Impresario ihrer verstorbenen Mutter heiße Pierre Langiller, er sei nach Frankreich zurückgekehrt, auch auf ihre Kosten, und seine Handynummer habe sie auch.

Kalenberger notiert die Nummer. „Kann ich dich einen Augenblick alleine lassen?", fragt Kalenberger. Ohne die Antwort abzuwarten, steht sie auf. „Bleib schön brav sitzen, bis du aufgerufen wirst", flüstert sie Adél zu, „ich bewache den Ausgang!"

Kalenberger verlässt die Arztpraxis und setzt sich draußen auf den Rand eines Blumenkübels. Sie wählt die Telefonnummer von Pierre Langiller.

Überraschenderweise wird das Gespräch sofort angenommen und Kalenberger fällt siedend heiß ein, dass sie kein Französisch spricht.

„Sprechen Sie Deutsch?"

„Wer sind Sie und was wollen Sie von mir?"

Ein feines zartes Stimmchen mit einem ganz leichten charmanten Akzent.

„Ich bin von der Kripo Hannover. Frau Scheffel hat mir Ihre Handynummer gegeben."

„Ha, Frau Scheffel! Bestellen Sie ihr einen herzlichen Gruß von mir."

Wenn das Gespräch in dem angeschlagenen Tempo weitergeht, wird es teuer!

„Ich habe nur ein paar Fragen. Sie waren doch mit Frau …", Kalenberger schaut in ihr Notizbuch, „… mit Claudia Hartwich befreundet …"

„Sie meinen Chiara Napolitani! Und damit erst gar kein falscher Eindruck entsteht: Ich war ihr Impresario und sonst nichts."

„Und sonst nichts?"

„Ich interessiere mich für Frauen nur auf rein platonischer Ebene."

Wieder eine Fährte ins Nichts? „War …", wieder ihr Blick ins Notizbuch, „…Chiara Napolitani denn genauso platonisch veranlagt?"

„Chiara Napolitani hat sich nie in meine Privatangelegenheiten gemischt ..."

„… und Sie in ihre?"

„Sie hat mir alles anvertraut. Sie wusste, dass es bei mir bestens aufgehoben ist."

„Frau Napolitani soll während ihres Engagements in Hannover eine Beziehung eingegangen sein."

„Eine Beziehung, die ein Leben lang gehalten hat. Da macht sich das Publikum oft völlig falsche

Vorstellungen vom Liebesleben einer Diva. Chiara war treu im künstlerischen Sinne. Sie hatte durchaus unterschiedliche Liebesabenteuer an den Stätten ihrer großen Erfolge. Rom, Mailand, Madrid, Berlin, New York, aber nur eine einzige Beziehung über all die Jahre."

„Können Sie sich vielleicht noch an den Namen ihres Geliebten erinnern?"

„Den Nachnamen weiß ich nicht mehr ganz genau, Friedmann, Siegmann oder so. Aber seinen Vornamen hab ich nicht vergessen. *Wie schön geschmückt der festliche Raum! / Die Lichter funkeln am Weihnachtsbaum! / O fröhliche Zeit! O seliger Traum …* Das schönste Weihnachtsgedicht, das ich kenne. Von Peter Cornelius. Und so hieß auch der Freund von Chiara."

„Peter?"

„Das hätte ich mir in diesem Zusammenhang nicht merken können. Er hieß Cornelius Friedmann oder Siegmann oder so. Aber wozu wollen Sie das alles wissen? Wieso interessiert sich die Kripo für mich und die Beziehungen von Frau Napolitani? Sind Sie überhaupt von der Kripo?"

„Sie haben mir sehr geholfen, Herr Langiller …"

„Langijé!"

„…regen Sie sich nicht auf, es ist alles bestens, genießen Sie den Sonnenuntergang auf Ihrer Terrasse."

„Terrasse? Ich hab ein Zweibettzimmer in einem Pflegeheim und es gibt nicht einmal Wein zum Essen!"

Kalenberger legt auf. Träume sind auch nicht mehr das, was sie mal waren. Cornelius Friedmann oder Siegmann? – Kornelius Wiedmann!

Adél kommt aus der Arztpraxis.

„Blaue Binde ums Knie – eine Woche arbeitsunfähig. Und wenn es dann nicht besser ist …"

„Vier Wochen?"

„Nein, dann ab zum Röntgen! Kassenpatientin, privat hätte er mich sicher gleich zum Röntgen, zur Krankengymnastik und Massage geschickt."

„Bettruhe?"

„Mit dir gern!"

„Schluss jetzt mit dem Unfug, ich muss überlegen."

Kalenberger bringt Adél nach Hause, fährt dann in die Waterloostraße.

Aus den Lautsprechern von Obanczeks Computer piepst und blubbert es, als Kalenberger das Büro betritt. Obanczek tippt auf eine Taste, schaut Kalenberger an, wird sogar ein wenig rot.

„Was spielst du denn?"

„Räuber und Gendarm."

„Und du bist Hotzenplotz?"

„Der Kaffee ist gerade frisch aufgebrüht."

„Lenk nicht ab! Das kommt alles in deine Personalakte!"

Kalenberger setzt sich an ihren Schreibtisch, zieht die Schuhe aus. „Was gibt's Neues?"

„Nichts Berufliches!"

„Fortschritte bei Anna-Luise?"

„Tanja-Luise! - Wir gehen morgen zum Italiener!"

„So ist es im Leben: Der eine pflegt sein Privatleben und der andere rackert sich für das Wohl der Allgemeinheit ab. Kornelius Wiedmann war der Liebhaber unserer Operndiva! Nehmen wir mal an, seine Frau Rosel stand den beiden im Weg und dieses Hindernis hat er irgendwie aus dem Weg geräumt. Er versteckt die Leiche einige Zeit im Haus, und als ihm die Situation zu brenzlig wird, wirft er sie den Ameisen zum Fraß vor. Zum Beispiel. Die Knochen verarbeitet er dann in seinen Basteleien. Alle Spuren restlos beseitigt und freie Bahn ..."

„Da war noch die Tochter. Sie könnte misstrauisch geworden sein."

„Ich kann mir nicht vorstellen, dass sie mit Wiedmann weiter unter einem Dach gewohnt hat. Laut Nachbarin hat sie ihn für den Tod der Mutter verantwortlich gemacht. Vielleicht hat sie sogar etwas geahnt, konnte aber keine Hinweise und noch weniger Beweise finden."

„Was ermitteln wir da eigentlich?", erkundigt sich Obanczek. „Die Leute sind alle tot und Tote kann man nun mal nicht vor den Richter bringen."

„Ich bin sicher, dass es eine Verbindung zur Gegenwart gibt."

„Welche?"

„Tja, wenn ich das wüsste!" Kalenberger scrollt ihre Notizen über den Bildschirm, bleibt ein, zwei Mal hängen, scrollt weiter, holt sich noch einen Kaffee."

„Mist!", sagt Obanczek. Kalenberger schaut zu ihm hinüber. „Früher konnte man aus den Büroklammern noch so hübsche kleine Figuren biegen, hat mir immer beim Nachdenken geholfen, aber heute … Plastik, alle aus Plastik. Wie soll man da weiterkommen?"

Kalenberger schüttelt den Kopf, schaut wieder auf ihren Bildschirm. „Wow!"

„Gibt's doch noch Büroklammern aus Draht?"

„Manchmal sitzt dir der Floh auf der Nase und du siehst ihn nicht!"

„Welcher Floh?"

„Mittelkaukasisches Nomadensprichwort."

„Ehrlich?"

„Schau mal auf deinen Bildschirm, ich hab dir eine Datei rübergeschickt."

Obanczek beugt sich vor, scheint den Text mehrmals zu lesen, setzt sich dann wieder zurück. „Okay, man hätte es ein wenig flüssiger formulieren können."

„Den Nachruf für Rosel Pfeiffer?"

„Hast du einen Liebesbrief erwartet?"

„Von dir?"

„Schau dir bitte noch mal die Unterzeichner an."

„Na schön, wenn es der Wahrheitsfindung dient: Kornelius Wiedmann und ... nee."

„Ich nehme an, du denkst das Gleiche wie ich?"

„*Bianca* Pfeiffer!"

„Der Vorname ist nicht allzu häufig."

„Bianca Thanneisen! Wenn sie die Tochter von Rosel Pfeiffer ist, könnte sie ein starkes Motiv haben. Wie schon gesagt: Rache verjährt nie!"

„Hypothese ..."

„Bevor ich es vergesse, ich komme morgen später zum Dienst, ich muss vorher noch zum Zahnarzt."

„Hypothese! Bianca Thanneisen findet Indizien, dass ihre Mutter keinen Selbstmord begangen hat, sondern von ihrem Stiefvater, Rosels Mann, ermordet wurde. Über Jahrzehnte findet sie keine Möglichkeit, ihre Rachegefühle zu befriedigen, weil sie nicht im Gefängnis landen will. Zu ihrem heißen Herzen hat sie eben auch einen klaren Verstand. Sie hat ihre Rache schon fast vergessen, da liefert ihr das Schicksal den Stiefvater und seine Geliebte aus. Ob Wiedmann seine Stieftochter nach all den Jahren erkannt hat, ist zu bezweifeln. Schließlich hatte sich sein Gedächtnis längst verabschiedet, und wenn er was vor sich hingebrabbelt hat, wer sollte ihn ernstnehmen?"

„Das hört sich gut an", sagt Obanczek, „nee, eigentlich schlecht, aber das ist gut. Für unsere Arbeit. Als Nächstes müssen wir herausfinden, ob Bianca Thanneisen auch wirklich Bianca Pfeiffer ist."

„Wir? – *Du* rufst beim Standesamt an! Bei deinen Beziehungen eine deiner leichtesten Übungen."

„Ich hab überhaupt keine Beziehung, schon gar nicht zum Standesamt."

„Ich werde es Anna-Luise schon nicht stecken."

„Tanja-Luise!"

„... anschließend das Einwohnermeldeamt oder lass dir was einfallen."

DREIZEHN

Adél hat sich vorgenommen, die Fenster zu putzen. Schließlich geht es mit dem Umzug nicht so schnell voran, um die schmutzigen Fenster ignorieren zu können. Doch kaum hat sie die Trittleiter aus der Abstellkammer geholt, klingelt es an der Haustür.

„Ja?"

„Ich bin's!"

Adél überlegt kurz. Tomaso ist es nicht, sie drückt auf den Türöffner.

Ein junger Mann kommt die Treppe herauf. Mann ist übertrieben. Eine schmale Gestalt in Jeans und Kapuzenpulli.

Adél kennt ihn nicht, er muss auf die falsche Klingel gedrückt haben. Ein Falter versucht durch das geschlossene Fenster ins Freie zu gelangen. Das Fenster wird nur ein paarmal im Jahr geöffnet, hat nicht mal einen Griff. Armer Falter!

Adél will schon zurück in die Wohnung, der junge Mann hustet, keucht.

Adél stutzt: „Twitter?" Er braucht noch sechs Stufen, noch fünf, bleibt stehen, schaut zu ihr auf. Seine Haare sind verklebt.

„Wo kommst du denn her?"

Twitter ist auf dem oberen Treppenabsatz angekommen, hält sich am Geländer fest. „Kann ich reinkommen?"

Adél überlegt. Sie haben so manchen Absturz miteinander überlebt. Einerseits tut ihr Twitter leid, andererseits möchte sie keinen Kontakt mehr zur Szene haben.

„Komm!" Sie lässt Twitter eintreten. Er schlurft hinter ihr her in die Küche, Adél zieht einen Stuhl unter dem Tisch hervor. „Setz dich!"

Twitter setzt sich.

„Magst du etwas trinken?"

Twitter nickt fast unmerklich.

„Wasser oder Cola?"

„Ich brauche ein paar Euro. Dringend. Du bist meine letzte Rettung!" Er hat Tränen in den Augen.

Adél wird auf Twitter aufpassen müssen. Trotz seines lethargischen Auftretens kann er flink reagieren wie ein Frettchen, sollte er etwas bemerken, das sich zu Bargeld umwandeln lässt.

„Ich komme gerade vom Arzt. Wir haben kein Geld im Haus. Kalenberger wollte auf der Rückfahrt vom Büro zum Geldautomaten."

„Nur ein paar Euro!"

Keinen einzigen Euro, sonst steht er morgen wieder vor der Tür. „Ich kann dir leider nicht helfen."

„Du bekommst es morgen zurück."

„Ich werde Chili anrufen, ob er sich um dich kümmern kann." Ohne Twitter aus den Augen zu lassen, tastet Adél nach ihrem Handy.

„Chili? Chili kommt her?" Twitter springt auf. „Ich muss weg, ich muss weg. Chili wird mich umbringen. Er ist bestimmt schon auf der Treppe, lass mich raus ..." Er wankt zum Fenster, will das Fenster öffnen, Adél hält ihn zurück, bedient gleichzeitig ihr Handy. „Chili?"

Twitter dreht sich um, schlurft zur Tür und stolpert die Treppe hinunter.

Adél heult. Sie schließt die Tür. Auf dem Fußboden vor der Garderobe liegt ihr Portemonnaie. Es fehlen dreißig Euro. Wie hat er die nur so schnell greifen können.

Adél läuft ins Wohnzimmer und reißt einen Fensterflügel auf: „Scheißkerl!“ Twitter ist bereits verschwunden.

„Ich hasse Exhumierungen“, sagt Kalenberger. „Können wir nicht irgendeinen jungen ehrgeizigen Kollegen dafür gewinnen? Ich würde ihm zum Dank sogar einen Kuchen backen.“

„Das ist gegen die Ehre“, sagt Obanczek, „ich schreibe den Antrag und dann …“

„… nehmen wir es zusammen in Angriff.“

„Gilt dafür auch der Kuchen?“

„Der halbe!“

„Diesmal gebe ich mich nicht mit einem leeren Versprechen zufrieden!“

Der Staatsanwalt zeigt offensichtliche Freude, Kalenberger und Obanczek zu sehen. „Sammeln Sie schon für Halloween? Wo geht denn diesmal die Party ab?“

„Wir beantragen eine Exhumierung von Claudia Hartwich und Kornelius Wiedmann wegen des Verdachts auf vorsätzliche Tötung, veranlasst von Bianca Thanneisen, vermutlich unter Tatbeteiligung von Markus Harnischfeger …“

„Ja ja, ich habe Ihren Antrag gelesen. Gibt es auf der Party wieder diese köstliche Blutbowle mit den abgetrennten Fingern?“ Der Staatsanwalt lacht ein wenig zu laut. „Ich habe im ersten Moment doch wirklich geglaubt, da schwimmen Finger in der …“ Er schaut Obanczek an, dann Kalenberger. Sein freudiges Lachen wirkt auf einmal ein wenig gequält. „Warum sind Sie bloß so miesepetrig? Nur gut gelaunte Kripobeamte sind gute Kripobeamte. Aber Exhumierung, na ja, ist kein angenehmes Thema. Wird genehmigt, aber erst mal nur ein Sarg, und dann sehen wir weiter!"

„Eine Frohnatur", bemerkt Kalenberger, als sie im Flur sind. „Ich mach' mich auf den Weg zum Bestatter und du organisierst die ganzen Vorbereitungen."

Kalenberger fährt zum Bestattungsinstitut. RiP in Neuwarmbüchen. Sie trifft einen sportlichen Mann Anfang fünfzig, der sie nach ihren Wünschen fragt.

„Kripo Hannover", stellt sich Kalenberger vor. Sie holt ihren Dienstausweis aus der Jackentasche. „Sind Sie Markus Harnischfeger?"

„Wir gehen am besten in mein Büro", erwidert der Mann, ohne ihre Frage direkt zu beantworten.

Er bietet ihr einen grauen Schalensessel vor seinem Schreibtisch an, setzt sich selber hinter den Schreibtisch. „Ja, ich bin Markus Harnischfeger."

„Es geht um zwei verstorbene Bewohner der Seniorenresidenz am Hermann-Löns-Park."

Harnischfeger schaut sie merkwürdig abwesend an, er scheint durch sie hindurchzublicken.

„Ich habe ein paar Fragen an Sie."

„Haben Sie mich verstanden?"

„Ja, klar, natürlich."

„Soweit wir wissen, übernehmen Sie meist die Bestattungen, wenn ein Bewohner der Residenz verstorben ist?"

Harnischfeger nickt ganz leicht. „Wir sind ein renommiertes Institut, bereits in der vierten Generation ..."

„Dann haben Sie auch die Beisetzungen von Claudia Hartwich und Kornelius Wiedmann übernommen?"

„Das kann ich überprüfen!" Wie in Trance wendet sich Harnischfeger nach rechts, öffnet eine

Schreibtischschublade und legt eine größere Kladde auf den Tisch. „Hartwich, sagten Sie und ...“

„Wiedmann!“

„Das kann ich bestätigen. Beide Bestattungen wurden von unserm Institut durchgeführt.“

„Wir gehen davon aus, dass die beiden Senioren keines natürlichen Todes gestorben sind.“

„Nicht? Der Totenschein war ordnungsgemäß von einem Arzt ausgestellt.“

„Ist Ihnen bei der Einsargung der Verstorbenen etwas aufgefallen?“

„Was meinen Sie damit genau?“

„Hämatome nach Gewalteinwirkung, Verletzungen, Wunden, Hautabschürfungen.“

„Sicher nicht, sonst würde ich mich erinnern. - Wer sollte denn ein Interesse am Tod der beiden alten Leute haben?“

„Ich fasse kurz zusammen: Sie wissen nichts von kriminellen Handlungen im Zusammenhang mit den beiden Verstorbenen?“

„Natürlich nicht!“

Sein rechter Mundwinkel zuckt.

„Dem Antrag auf Exhumierung ist von der Staatsanwaltschaft zugestimmt worden. Die Exhumierung wird morgen, spätestens übermorgen durchgeführt. Bleiben Sie trotzdem dabei, nichts zu wissen?“

„Exhumierung?“, murmelt Herr Harnischfeger. Er klappt die Kladde zu, legt sie in die Schublade des Schreibtisches zurück. Kalenberger will gehen, erhebt sich. Harnischfeger richtet sich hinter seinem Schreibtisch auf, in der Hand eine Pistole.

„Jetzt ist es also soweit!“

Er drückt die Schublade zu, das Schloss rastet ein.

Bevor sich Kalenberger auch nur einen Schritt bewegen kann, steckt sich der Bestatter die Waffe in den Mund und drückt ab.

Der Kopf zerbirst, Kalenberger wendet sich ab, sie will es nicht mitansehen und sieht es trotzdem. Hat nur eine Chance, nicht zusammenzuklappen: Ganz ruhig atmen. - Der rechte Arm wird schwer. - Der rechte Arm wird warm. - Der Atem wird ruhig - es atmet dich ... Ein unverschämter Gedanke lässt sie kichern: Wer macht nachher bloß die ganze Sauerei weg?

Plötzlich hat sie eine unbändige Wut auf den Mann, der sich einfach so erschossen hat. Der Boden unter ihren Füßen schwankt, sie braucht Hilfe, fingert ihr Handy aus der Tasche und ruft Obanczek an. Sie schildert ihm bruchstückhaft das Geschehen. Obanczek dirigiert sie mit dem Telefon am Ohr aus dem Büro, lässt sie den Ausstellungsraum durchqueren und geleitet sie am Handy vor die Tür des Bestattungsinstitutes. Er legt nicht auf, verspricht zu kommen, sei schon unterwegs.

Die folgende Viertelstunde dehnt sich für Kalenberger fast bis in die Unendlichkeit. Ihr wird schlecht. Sie muss immer wieder denken: Wer macht die ganze Sauerei bloß weg?

Sie hockt sich auf den Terrakotta-Übertopf neben der Eingangstür, konzentriert sich wieder auf ihren Atem, starrt auf ihre Schuhspitzen. Blutspritzer! Sie hasst diesen Arsch von Harnischfeger.

Zwei Polizeiautos treffen ein, Obanczek kommt in seinem Privatwagen, lässt die Tür auf und stürmt auf Kalenberger zu. „Alles in Ordnung?“

„Nichts ist in Ordnung!“ Kalenberger steht auf und fällt nach vorn direkt in Obanczeks Arme. „Ich bring' dich zum Arzt!“

„Ich will nach Hause."

„Willst du mit jemandem sprechen?"

„Adél ist zu Hause."

Obanczek hält Kalenberger mit einem Arm, bedient mit dem anderen das Handy, spricht sich mit der Polizeidirektion ab.

„Du solltest doch besser ..."

„Wenn du mich nicht fahren willst ..." - Kalenberger strafft sich, befreit sich aus Obanczeks Armen - „... nehme ich mein eigenes Auto."

„Soweit kommt es noch." Obanczek will Kalenberger stützen, doch Kalenberger will keine Berührung. Sie gehen zu Obanczeks Auto hinüber. Er fährt sie nach Hause und Adél nimmt Kalenberger in die Arme, ohne etwas zu fragen oder ein Wort zu sagen.

Obanczek sieht sich nach einem Glas und einer Flasche Mineralwasser um. Kalenberger sollte jetzt etwas trinken, doch die Umarmung nimmt kein Ende, und Obanczek trinkt selber das Mineralwasser.

Obanczek stellt sich ans Fenster, schaut auf die Straße, grüne Bäume, schon fallen vereinzelt gelbe Blätter auf den Gehweg, ein Hund führt ein rotes Mäntelchen spazieren.

Kalenberger löst sich von Adél. „Wie war dein Tag?" Sie sieht sich um, nimmt sich selber ein Mineralwasser.

„Sicher besser als deiner", sagt Adél.

„Ich komme heute nicht mehr ins Büro", sagt Kalenberger zu Obanczek. „Du wirst Einzelheiten brauchen."

Obanczek schaut gequält. „Hast du mal ein Stück Papier und einen Schreiber? Ich bin Hals über Kopf aufgebrochen und hab auf die Schnelle nichts mitgenommen."

„Professionell", sagt Kalenberger, „wirklich sehr professionell." Überrascht stellt sie fest, dass sie ihre Tasche in der Hand hält. Sie tastet ihre Jacke ab, findet ihr Handy.

„Möchtest du einen Kaffee?", fragt Adél.

Kalenberger nickt, Obanczek leckt sich über die trockenen Lippen, Adél gibt Obanczek einen Schreibblock und einen Stift. Obanczek hockt sich an den Tisch. Kalenberger berichtet ihm von dem Besuch im Bestattungsinstitut. Ohne zu stocken, ohne Gefühlsregungen, präzisiert an der einen oder anderen Stelle mehrmals ihre Darstellung, stellt ihre Tasche auf der Arbeitsfläche der Küchenschränke ab.

Obanczek wird angerufen, nimmt das Gespräch an, spricht wenige Worte und beendet es wieder. Schließlich überfliegt er nochmals das Aufgeschriebene, steht auf. „Ich muss los!"

„Schick mir eine Datei von meiner Aussage."

„Heute nicht, liegt morgen auf deinem Schreibtisch. Aber lass dir ruhig Zeit mit dem Wiederkommen."

„Morgen um acht!", sagt Kalenberger.

Adél bringt Obanczek zur Tür. „Passen Sie bitte auf sie auf", meint Obanczek, „noch scheint alles ganz normal, aber der Zusammenbruch kommt bestimmt. Wenn Sie Hilfe brauchen, rufen Sie mich einfach an." Er gibt ihr seine Karte. „Ach, Sie sind Obanczek?", bemerkt Adél. Obanczek nickt.

„Halt' ihn nicht von der Arbeit ab", ruft Kalenberger aus der Küche, „er ist im Dienst!"

Adél schließt die Tür, kommt zurück, stellt sich vor Kalenberger. „Ich denke mal, dir ist was Schlimmes passiert."

„Harnischfeger hat sich vor meinen Augen erschossen."

„Ach, du lieber Himmel! Willst du darüber reden?“
„Jetzt nicht. Erst will ich einen Cognac.“
„Wir haben keinen Cognac.“
„Eine Grappa tut es auch.“
Adél holt die Flasche aus dem Schrank, schüttet ein. „Ich weiß, wie es ist, dem absoluten Grauen über den Weg zu laufen.“
„Mir ist kalt!“
„Ein guter Grund ins Bett zu gehen.“
Sie ziehen sich nicht einmal aus. Adél nimmt die Schnapsflasche und die Gläser mit, kuschelt sich dann in Kalenbergers Arm. Ganz sanft streichelt sie ihren Busen. Kalenberger seufzt. Nach einiger Zeit beginnt sie, stockend zu erzählen. Sie unterbricht sich immer wieder, kann nicht weitersprechen. Adél küsst sie ganz vorsichtig, auf die Hand, den Arm, legt ihren Kopf zwischen Kalenbergers Brüste. Kalenberger beruhigt sich, kann zu Ende berichten. Dann dauert es ein paar Augenblicke, Stille, nur das Hupen eines Autos ist von der Straße zu hören, und ganz leise beginnt Kalenberger zu weinen. Die Schluchzer werden heftiger und schließlich bricht die ganze Panik in Tränen, Wimmern und unverständlichen Worten aus Kalenberger heraus. Adél hält sie nur fest.

Es ist früh am Morgen. Sehr früh. Bevor die ersten Besucher auf den Friedhof kommen, sollte die Aktion abgeschlossen sein.
„Du?“ Obanczek ist augenscheinlich überrascht, als er Kalenberger sieht.
„Wen hast du denn erwartet? Den Geist von Zarah Leander?“
„Aber gestern habe ich gedacht, ich kann das auch alleine übernehmen.“

„Ich kann besser begreifen, was ich selber sehe!"

Die Grabstätte von Kornelius Wiedmann ist mit rotweißem Flatterband abgesperrt, ein kleinerer Bagger hat bereits die Erde ausgehoben und auf dem Weg neben der Grabstätte aufgehäuft. Jetzt steht ein Mann in der Grube und hebt die feuchte Erde Schaufel für Schaufel heraus.

„Mutest du dir nicht zu viel zu?" Obanczek kaut Kaugummi. Dann ist er mehr als nervös.

„Passiert doch nichts", sagt Kalenberger. „Wir sind doch nur Beobachter. Der Sarg wird geschlossen in die Pathologie gebracht. Der ist noch viel zu frisch, um auseinanderzufallen."

Der Mann in der Grube stößt mit seiner Schaufel auf den Sarg, der Bagger muss noch einmal ran und die seitliche Erde ausheben. Schließlich springt ein zweiter Mann hinein, sie versuchen, den Sarg an einem Ende hochzuheben. „Ist der schwer!", sagt einer der Männer. „Dabei ist es nicht einmal Eiche!" Der Baggerfahrer muss mit in das klaffende Erdloch, die drei Männer heben unter Stöhnen gemeinsam den Sarg an, der Baggerfahrer legt ein Seil darunter, dann die gleiche Prozedur auf der anderen Seite. Der Baggerfahrer klettert als Erster wieder heraus, die zurückgebliebenen Männer reichen ihm nacheinander die Seilenden an, steigen dann über eine Sprossenleiter selber ans Tageslicht.

„Das war's", sagt Obanczek.

„Moment", sagt Kalenberger. Sie geht zu einem der Arbeiter. Der nimmt sich gerade eine Zigarette, bietet ihr auch eine an. Kalenberger lehnt ab. „Machen Sie öfter solche Ausgrabungen?"

„Gelegentlich." Der Mann grinst und pustet den Zigarettenqualm in den grauen Himmel. Obanczek kommt hinzu. Der graue Lieferwagen der

Spurensicherung rollt über den Kiesweg heran. Zwei Männer steigen aus, grüßen in die Runde.

„Sie haben sehr geächzt unter der Last“, sagt Kalenberger zu dem Raucher.

„Bin auch nicht mehr der Jüngste.“

„Du machst doch jeden zweiten Tag Krafttraining!“, geht ihn sein Kollege an.

„Du weißt doch selber, wie schwer das Teil ist.“

Der Baggerfahrer rollt heran, macht die Seilenden an der schmalen Schaufel fest und versucht, den Sarg aus der Tiefe zu heben. Geht nicht auf Anhieb. Der Bagger muss erst noch ein Stück vorrollen, kippt dann sogar ein wenig nach vorne, aber dann lässt sich die Holzkiste doch bewegen, ihre letzte Ruhestätte zu verlassen. Langsam. Zentimeter für Zentimeter.

„Wie kann ein Sarg so schwer sein?“ Obanczek dreht sich wieder zu Kalenberger.

„Wir werden gleich feststellen warum.“

„Hier?“

„Manche Sachen dulden einfach keinen Aufschub – Da stimmt doch was nicht!“

„Können wir den Sarg einladen? Wir haben auch noch andere Termine.“

„Moment!“, sagt Kalenberger. Sie wendet sich allgemein an die herumstehenden Männer: „Wer kann den Sarg öffnen?“

Die Männer schauen sich an, betrachten die Umgebung, hohe Bäume, polierte Marmorsteine, rote Grablaternen.

„Sie sind doch ein Mann der Tat“, spricht sie den Krafttrainierten an, „öffnen Sie den Sarg.“

„Dazu habe ich keine Befugnis.“

„Ich erteile sie Ihnen hiermit und übernehme die Verantwortung!“

„Nun kommen Sie schon", sagt Obanczek. Er geht zum Sarg hinüber, beginnt, einen der acht Knebelverschlüsse aufzuschrauben.

Die Arbeiter lassen ihn gewähren. Kalenberger glaubt, ein leichtes Grinsen zu erkennen.

„Nur noch die Zigarette aufrauchen!"

Doch so lange will Obanczek nicht auf die Hilfe warten. Schraube sechs, auf, sieben, auf, acht auf ... „Helfen Sie mir wenigstens, den Deckel abzuheben."

„Fangen Sie ruhig schon einmal an!"

Obanczek fasst unter die Schmalseite des Deckels, ruckt, nichts bewegt sich, Obanczek ruckt mit größerer Kraftanstrengung. Nichts.

„Fritz, gib mir mal den Akkuschrauber!", bittet der Raucher.

Der Baggerfahrer greift unter den Sitz in seinem kleinen Bagger, holt einen abgestoßenen roten Alukoffer heraus, reicht ihn dem Raucher. Schritt für Schritt löst der Raucher mit dem Elektrowerkzeug die Schrauben, die unauffällig den Deckel mit dem Unterteil verbinden.

„Jetzt sind Sie dran!"

Er legt den Akkuschrauber zurück in den Alukoffer.

Wieder versucht Obanczek den Deckel anzuheben, diesmal zeigt sich ein Schlitz zwischen Deckel und Sargschalung, Obanczek vergrößert den Spalt, schaut in den Sarg, sagt: „Ach, du lieber Himmel!" Lässt vor Schreck den Deckel los.

„Was ist denn?" fragt Kalenberger. Sie tritt neben Obanczek, auch die anderen kommen neugierig hinzu.

„Bitte treten Sie zurück", drängt Obanczek, „treten Sie hinter das Absperrband, damit wir unseren polizeilichen Ermittlungen nachkommen können."

„Für die Drecksarbeit sind wir gut genug ...“, mault der Raucher, doch die Männer gehen zurück, nicht hinter das Band, sie stellen sich neben den Bagger.

„Also los!“, fordert Kalenberger auf.

Obanczeks Hände zittern, als er den Sargdeckel erneut anfasst. Er hebt ihn mit einem Ruck bis in Kniehöhe. Kalenberger guckt hinein. „Das kann doch nicht wahr sein!“

Die Männer stehen plötzlich wieder neben ihnen. „Da liegen ja zwei drin!“ Der Baggerfahrer hebt den Deckel bis zur Schulterhöhe. „Ein alter Mann und eine junge Frau!“

„Mach' den Deckel zu“, sagt Kalenberger und zu den Männern der Spurensicherung: „Sofort in die Pathologie!“

Die Männer laden den Sarg in den Lieferwagen.

„Und nun?“, fragt Obanczek.

„Feierabend“, ruft der Baggerfahrer, „abrücken!“

„Nein“, erwidert Kalenberger, „Sie werden noch gebraucht!“ Sie zieht ihr Handy aus der Tasche, geht ein paar Schritte zur Seite, ruft den Staatsanwalt an. „Jetzt brauche ich Ihre Genehmigung zur zweiten Exhumierung und dann wahrscheinlich einen Haftbefehl.“

„Warum nicht gleich den Haftbefehl?“

„Weil das eine das andere bedingt.“

„Aha! - Angehörige?“

„Werden von mir benachrichtigt!“

„Exhumierungsbeschluss liegt auf Ihrem Schreibtisch!“

Kalenberger geht zu Obanczek. „Exhumierungsbeschluss für Claudia Hartwich wird gerade ausgestellt. Kümmere du dich um die Ausgrabung. Ich rufe Frau Scheffel an.“

Das Gespräch wird von ihrer Sekretärin angenommen. Frau Scheffel sei zwar im Haus, könne aber nicht gestört werden. Sie verhandle mit einer chinesischen Delegation.

„Natürlich, Sie haben Ihre Anweisungen. Kann ich verstehen. Wird aber schwierig für Sie, wenn Sie Frau Scheffel später erklären müssen, warum Ihnen Ihre Anweisungen wichtiger waren als Frau Scheffels geliebte Mutter."

„Moment."

Es knackt in der Leitung, dann leises Stimmgengewirr.

„Ja bitte?"

„Kalenberger."

„Ich habe jetzt überhaupt keine …"

„Ich wollte Ihnen auch keinen Roman erzählen! Wir müssen Ihre tote Mutter exhumieren. Ihr Verdacht, dass Ihre Mutter keines natürlichen Todes gestorben sei, scheint sich zu verfestigen."

„Wann?"

„Sofort!"

„Ich kann hier nicht weg!"

„Ihre Anwesenheit ist auch nicht erforderlich. Ich wollte Sie nur informieren!"

„Danke!"

Damit ist das Gespräch beendet. Kalenberger sieht sich um, der Bagger fährt gerade durch eine Gräbergasse in ein anderes Feld.

„Das dauert mindestens eine Stunde!" Obanczek steckt das Kaugummi in ein Papiertaschentuch. „Wollen wir in der Zwischenzeit einen Kaffee trinken gehen?"

Kalenberger winkt einem der Arbeiter, er soll die Grube provisorisch abdecken.

„Rufen Sie uns, wenn der zweite Sarg oben ist." Obanczek gibt dem Mann seine Handynummer. „Wir schicken Ihnen eine Streife zur Absicherung!"

„Also los!", sagt Kalenberger.

VIERZEHN

Kirchröder Straße. Café *Kaffeeklatsch*. Neben röstfrischem Kaffee gibt es feinste Pralinen, Trüffel und Schokoladen. Eine besondere Atmosphäre zwischen Klön-Ecken und Coffee to go. Weckt morgens die müden Geister und bietet abends ein unaffektiertes Plätzchen zum Relaxen.

Obanczek nimmt dann doch eine Trinkschokolade.

„Du bist so ruhig", sagt Obanczek, „trotz des gestrigen Tages."

„Ich hab da ein Spezialverfahren, um möglichst schnell aus so grässlichen Situationen herauszukommen."

Draußen hält die Bahn. Eine Frau mit einem nur spärlich verpackten Lampenschirm steigt aus. Keiner kann auf dem schmalen Bahnsteig an ihr vorbeikommen. Und die Frau hat Zeit!

„Saufen hilft nur bedingt", sagt Obanczek. Er nippt an seiner Schokolade. „Hab ich selbst ausprobiert. Du kannst dir die Stimmung euphorisch saufen, aber der Katzenjammer wird umso größer."

„Ich packe mir die Ereignisse in eine Geschichte und kann sie dann von außen sehen, als wäre sie mir nie passiert. Alles in der letzten Therapie gelernt."

„Hört sich gut an. Dann erzähl' mir mal die Geschichte zu unserer neuesten Entdeckung."

„In Wiedmanns ...", Kalenberger schaut sich nach Mithörern um, „... Schlafstube ist als unfreiwilliger Gast die verschwundene Pflegerin eingezogen. Sie wird als Mitwisserin aufgefallen sein, darum musste sie dran glauben. Der Bestatter hat die Heimstätte von

W. einfach untervermietet. Er wusste, dass alles auffliegt, sobald wir die Kiste öffnen lassen und hat sich deshalb ins Jenseits verabschiedet."

„Schön", sagt Obanczek. Er bestellt sich noch eine Schokolade, Kalenberger schaut auf ihre Armbanduhr, nimmt auch noch einen Kaffee. „Der Bestatter war also der Handwerker und beauftragt hat T., die endlich ihre Rachegelüste befriedigen wollte."

„So oder so ähnlich."

„Ich bin mir da nicht so sicher. Schau dir T. doch einmal an. Selbst ein Mann mit gravierender Sehschwäche würde kaum für sie morden."

„Er könnte ihr hörig gewesen sein."

„Das ist die eine Möglichkeit. Dann müssen wir herausfinden warum. Oder es hängt alles irgendwie ganz anders zusammen."

„Das werden wir jetzt untersuchen."

Diesmal trödelt Kalenberger mit dem Zusammenkramen ihrer Sachen, bis Obanczek alles bezahlt hat. Ist schließlich auch mal dran.

„Verrückt", erzählt der Baggerfahrer, als sie zum Friedhof zurückkehren, „der Sarg ist noch schwerer als der erste."

Sie haben ihn auf zwei Metallböcke abgesetzt und den Blick vom Gehweg her mit einer Plane notdürftig verstellt.

„Bedienen sie sich", spottet der Raucher, „die Schrauben sind raus."

Kalenberger blickt auf Obanczek. „Immer ich", mault Obanczek, „stell dich wenigstens hinter mich, damit du mich auffangen kannst, wenn ich aus den Latschen kippe."

„Sei tapfer, du bist ein Mann!"

Obanczek atmet tief ein und hebt den Deckel an. Es riecht nicht gut. Im Sarg ein unordentliches Durcheinander, die weiße Bespannung ist an vielen Stellen abgerissen, der Rücken eines jüngeren Mannes ist zu erkennen, Jeans, ein kariertes Hemd und Maden im Nacken. Unter ihm eine schmale weiße Gestalt, den Kopf zur Seite gelegt.

„Das reicht!", konstatiert Kalenberger, „ab in die Pathologie."

„Die kommen erst in einer halben Stunde", sagt der Baggerfahrer. Die Männer stehen etwas abseits, haben sich den Blick in den Sarg ersparen wollen. „Die sind die ersten Leichen noch nicht losgeworden. Da fehlen noch Formulare."

Kalenberger deutet mit dem Kopf auf eine Bank am Gehweg. Sie gehen hinüber und setzen sich.

„Wer ruft an?", fragt Obanczek.

„Diesmal du!"

Obanczek wählt die entsprechende Rufnummer, muss einen Augenblick warten. „Es ist soweit, Herr Staatsanwalt. Nein, keine Rotweinbowle, wir brauchen einen Haftbefehl, ausgestellt auf Bianca Thanneisen wegen vierfachen Mordes beziehungsweise Anstiftung zu vierfachem Mord. Die Einzelheiten lass ich Ihnen nachher zugehen, wenn wir wieder im Büro sind."

Obanczek horcht ins Handy.

„Nein, Presse brauchen wir noch nicht. Wird sich bei der Aktion auf dem Friedhof wohl nicht allzu lange hinauszögern lassen, aber von uns aus erst einmal nicht."

Das Gittertor im gemauerten Eingangsbogen des Friedhofs steht noch offen, gerade biegt der graue Kastenwagen der Spurensicherung ein.

„Also auf ins Büro!" Und zu den Arbeitern: „Machen Sie alles wieder so schön, wie es vorher war."

„Kommen die Särge denn nicht zurück?“
„Okay“, entscheidet Obanczek dann, „decken Sie auch das hier nur provisorisch ab, wir melden uns.“

Obanczek hat noch nicht einmal seine Jacke ausgezogen, da sind die Daten für den Haftbefehl bereits an die Staatsanwaltschaft abgeschickt. Begründung folgt.
„Und nun?“, fragt Obanczek.
„Willst du Mittag machen? Ich hab keinen Appetit.“
„Ich auch nicht!“
„Also die Thanneisen. Wie wollen wir vorgehen?“
„Es wird äußerst mühsam, ihr alles nachzuweisen. Vielleicht können wir ihr ein Geständnis entlocken.“
„Dazu brauchen wir eine Strategie.“ Kalenberger nimmt sich den Hefter mit den Unterlagen. „Fang an!“
„Thanneisen will Rache an der Operndiva und ihrem Stiefvater für den Tod ihrer Mutter. Sie schafft es irgendwie, Harnischfeger in ihren Bann zu ziehen oder zu erpressen. Thanneisen oder Harnischfeger bringen die beiden Alten um, Kissen aufs Gesicht, halbe Minute, Tod ohne Spuren einer Gewalteinwirkung. Der Pfleger …“
Kalenberger schaut in die Aufzeichnungen und liest „Berthold Strübing!“
„Strübing glaubt nicht an den normalen Tod der Operndiva …“
„Nenn' sie beim Namen: Claudia Hartwich!“
„… an den normalen Tod von Claudia Hartwich. Er forscht nach, fällt auf und wird aus dem Weg geräumt. Genau die gleiche Abfolge im Fall Kornelius Wiedmann. Die Pflegerin …“
„Magda Kuscherski!“
„… Magda Kuscherski bezweifelt den natürlichen Tod des alten Mannes und wird zum Schweigen gebracht.“

„Vier Morde. Ein bisschen viel für eine Frau wie Bianca Thanneisen?"

„Sie hatte doch einen kräftigen Helfer!"

Das Telefon klingelt. Die Staatsanwaltschaft. Wo die Details blieben, der Staatsanwalt sei nur noch eine halbe Stunde im Haus. Und die ersten Pressevertreter hätten sich auch schon gemeldet und sich nach der Aktion auf dem Friedhof erkundigt.

„Wir wollen nichts überstürzen", sagt Kalenberger, „Präzision geht vor Schnelligkeit!"

„Und die Presse ..."

Kalenberger legt auf.

„Dann werden wir der Thanneisen mal auf den Zahn fühlen."

„Befragung oder Vernehmung?"

„Bleiben wir erst einmal bei einer Befragung."

Adél putzt ihr Fahrrad vor der Haustür. Ist sicher nicht gestattet. Doch sie kommt bis zum Hinterrad, bevor sie angesprochen wird. Ein älterer Mann mit Hund. Der Mann kaut zwischen den Silben an der Luft oder seinem Gebiss, der Hund schnüffelt an Adéls Hosenbein.

„Muss auch mal sein", sagt der Alte. „Ich hab immer gern mein Fahrrad geputzt. Heute putze ich nur noch meine Schuhe. Aber genauso gründlich."

Das war aber ein langer Anlauf für: *Vor dem Haus dürfen keine ...*

„Riechen Sie das auch?" Der Alte schnüffelt. „Schweinebraten! Dann könnte es heute Mittwoch sein. Freitags roch es immer nach Fisch und samstags nach Erbsensuppe. In der Hoppenstedtstraße gab's sonntags Braten und dienstags Rotkohl, aber freitags überall Fisch. Ist alles vorbei. Heute essen die Leute nur noch Grünzeug und so Sachen, von denen man nicht einmal die Namen behalten kann."

„Ich esse auch nur noch ganz wenig Fleisch."

„Ist auch gesünder, aber gerochen haben die Braten doch besser. Und nach dem Krieg …"

Adél denkt an blaues Meer, Sonnenschein und Palmen. Die Ohren stellt sie auf Durchzug. Hat sie jahrelang in der Schule geübt. Chemie: Wir kommen zum Periodensystem.

„… hören Sie mir überhaupt zu?"

„Nein! - Ja, nein, natürlich. Ist doch interessant, was Sie berichten."

„Er hat immer diese blaue Jeanshose an, die auch mal eine Wäsche nötig hätte. Ich will Sie aber nicht weiter stören." Wie auf ein Stichwort erhebt sich der Hund vom Sitz in den Stand.

„Moment mal." Adél steht auf, kann sich nur noch an Brocken des Nachkriegsberichts erinnern. „Gab's denn damals schon Jeans?"

„Sie hätten doch sagen können, dass Sie das alles nicht interessiert. Aber nicht zuhören, ist unhöflich. Der junge Mann mit den Jeans ist übrigens Jetztzeit. Komm, Filou, wir gehen."

„Warten Sie doch bitte. Ich war wirklich in meinen eigenen Gedanken. Welchen jungen Mann meinen Sie?"

„Dünn, sehr dünn und irgendwie fahrig. Kann nicht still stehen und die Augen sind ständig unterwegs."

„Wie alt?"

„Kann ich schwer schätzen, aber noch jünger."

„Und der hat …"

„… mir berichtet, er wäre Ihr Bruder. Sie wohnen doch in der ersten Etage?"

„Ich habe keinen Bruder."

„Ich hab mir schon gedacht, dass es Ihnen nicht recht ist."

„Was?"

Der Hund setzt sich wieder. Eine Kehrmaschine der Stadtreinigung fährt vorbei, es dauert eine Weile, bis man sich wieder gegenseitig hören kann. Der Hund schaut sein Herrchen an und streckt sich lang auf dem Pflaster aus.

„Er lungerte hier herum, stellte sich in die Haustür, schien zu klingeln, ging immer wieder auf den Gehweg zurück und schaute zu den Fenstern hinauf."

„Schwarze Haare und Kapuzenjacke?"

„Schwarze Haare? Weiß ich nicht, aber so eine Kapuzenjacke. Ist das doch Ihr Bruder? Nun ja, man kann sich seine Verwandtschaft nicht aus…"

„Ich kann mir schon denken, wer es ist, aber einen Bruder habe ich trotzdem nicht."

„Ginge mich auch gar nichts an. Ist mir auch unangenehm … Komm Filou, wir gehen!" Doch der Hund gähnt nur.

„Bitte, was ist passiert?"

„Ich wollte ihm helfen und hab gefragt, ob er jemanden sucht. Da hat er mir von der verunglückten Mutter im Krankenhaus erzählt. Er brauche dringend Geld für eine Fahrkarte nach Karlsruhe - oder war es Kaiserslautern? Jedenfalls stecke er arg in der Klemme. Ob ich ihm mit fünfzig Euro aushelfen könnte. Er würde seiner Schwester, also Ihnen, auch sofort Bescheid geben und Sie würden das Geld umgehend zurückerstatten."

Adél starrt den Mann an. „Auf alle Fälle hat er immer neue Ideen, um andere anzupumpen. Ich hoffe, Sie haben ihm die Geschichte nicht abgenommen?"

„Nein, natürlich nicht - nur …"

„Nur?"

„Ich hab ihm zwanzig Euro gegeben. Er hat mir leidgetan, wie er gezittert hat und außerdem … Sie sind doch eine nette junge Frau."

„Danke! Wenn Sie einen Augenblick warten können, springe ich eben nach oben und hole das Geld. Sie bekommen es natürlich zurück. Warten Sie …" Adél sucht schon nach dem Haustürschlüssel.

„Das hat jetzt keine Eile", beschwichtigt der ältere Mann, „wir sehen uns bestimmt bald wieder und ich erzähle Ihnen die Geschichte vom ganzen Krieg!"

Er lächelt.

„Ich werde zuhören", verspricht Adél. „Wann hat der Typ Sie denn abge… betrogen?"

„Vorgestern. Komm, Filou, jetzt drehen wir noch eine Runde."

„Danke!", sagt Adél. „Klingeln Sie bitte, sobald er sich wieder blicken lässt."

„Ich glaub kaum, dass er hier wieder auftaucht." Filou steht schon auf der Straße. „Er muss doch davon ausgehen, dass wir miteinander gesprochen haben, und ich dann zur Polizei gegangen bin."

„Sie sind sehr nett!"

„Und Sie sind leider viel zu jung."

Adél bricht die Fahrradwäsche ab, geht in die Wohnung hinauf und ruft Chili an. Chili wird mit Twitter sprechen, sobald er ihn sieht, aber die zwanzig Euro wird sie wohl kaum zurückerhalten. Adél dreht sich eine Zigarette und raucht diese am Küchentisch. Hört das denn nie auf?

In der Seniorenresidenz riecht es nach Blumenkohl und Sanitärreiniger. Außerdem ist der Fahrstuhl ausgefallen. Bianca Thanneisen sitzt in ihrem Büro, hat sich erst gar nicht verleugnen lassen. Man setzt sich in die Besucherecke.

Thanneisen sieht blass aus, noch blasser als sonst. Ihr Make-up ist nicht ganz so perfekt wie gewohnt, Kalenberger glaubt, eine ganz leichte Alkoholfahne, mit Pfefferminzgeschmack unterlegt, zu riechen.

Thanneisen bestellt bei Frau Hedegaard Kaffee für alle.

„Sie haben die Nachricht des Todes von Markus Harnischfeger erhalten?", fragt Obanczek.

„Schlimm, sehr schlimm. Und, ja, wir waren zusammen, seit fast drei Jahren. Ich verstehe es einfach nicht."

„Was ist daran nicht zu verstehen?"

„Warum?"

„Ganz einfach zusammengefasst", bemerkt Kalenberger, „wir haben die Särge von Claudia Hartwich und Kornelius Wiedmann ausbuddeln lassen, die unter seiner Regie beigesetzt wurden."

Thanneisen fasst in ihre Tasche, holt eine Packung Tic Tacs heraus und steckt sich zwei der Pfefferminzpastillen in den Mund. „Was hat das mit seinem Selbstmord zu tun?"

Kalenberger und Obanczek sehen sich an. „Die beiden Leichen haben nicht alleine in ihren Särgen gelegen. Zu Claudia Hartwich hatte sich Berthold Strübing gesellt und zu Kornelius Wiedmann Magda Kuscherski." Obanczek grinst herausfordernd. „Ob sie etwas miteinander hatten, versuchen wir gerade herauszubekommen."

„Hartwich und Strübing in einem …"

„Alle mausetot."

Thanneisen schluckt, sie schließt die Augen, springt auf und versucht zur Tür zu kommen. Doch sie übergibt sich gerade in dem Augenblick, als Frau Hedegaard mit dem bestellten Kaffee eintreten will. Die Sekretärin stellt das Tablett irgendwo ab. „Soll ich einen Notarzt holen?"

Thanneisen hustet. „Schon gut!" Sie hält sich ein Taschentuch vor den Mund, strafft sich wieder. „Können Sie die Schweinerei bitte aufwischen lassen? Es geht schon wieder." Sie kommt zurück in die Besucherecke und nimmt Platz. „Das war zu viel, ich habe einen schwachen Magen."

„Sie haben also nichts von der Doppelbelegung gewusst?", fragt Obanczek.

„Erlauben Sie mal …" Thanneisen springt erneut auf.

„Beruhigen Sie sich, bitte!" Kalenberger unterstreicht ihre Worte mit einer beschwichtigenden Handbewegung. „Wir müssen Sie allerdings darauf hinweisen, dass unsere Zweifel nicht unbegründet sind."

„Es ist wohl besser, wenn ich meinen Anwalt hinzuziehe. Ich muss mir nicht alles gefallen lassen, nur weil Sie von der Kripo sind."

„Sie kannten doch Claudia Hartwich und Kornelius Wiedmann?"

„Natürlich, ich kenne alle Bewohner unserer Residenz!"

„Kornelius Wiedmann war doch ihr Stiefvater und Claudia Hartwich zu ihrer Zeit in Hannover seine Geliebte."

„Darauf wollen Sie also hinaus. Ich glaube auch heute noch, dass er für das Verschwinden meiner Mutter verantwortlich war. Ich habe meine Mutter über alles geliebt und damals hätte ich ihn ohne Bedenken umbringen können. Sogar mit eigenen Händen. Aber heute … nach all den Jahren … Ich fand es fast versöhnlich, dass die beiden nach so vielen Jahren hier in der Seniorenresidenz wieder zusammengekommen sind. Claudia Hartwich hat kaum gewusst, dass ihr Geliebter ganz unerwartet in ihrer Nähe war, dafür war sie wohl zu kurz hier und eine solche Erkenntnis bedarf doch einer gewissen Zufallskonstellation. Aber Wiedmann wäre es nicht mehr bewusst geworden, auch wenn man es ihm gesagt hätte. Eine tragische Konstellation." Thanneisen hat sich wieder gefangen.

„Wie unsere Laborberichte ergeben haben, hat Wiedmann Ihre Mutter wohl wirklich umgebracht. Doch der Tathergang lässt sich nach all den Jahren nicht mehr rekonstruieren und die Leiche Ihrer Mutter ..."

„... wurde niemals entdeckt!", vollendet Kalenberger. Sie will Thanneisen nicht ohne Grund mit den Intarsienarbeiten belasten.

Frau Hedegaard kommt mit einem roten Plastikeimer und Aufwischer am Stiel. Sie geht zum Fenster und kippt es leicht auf. Man wartet, bis Frau Hedegaard mit ihrem Plastikeimer verschwindet.

„Unser Puzzle ist fast gelöst. Es fehlt nur noch der Bericht der Pathologen zu den Todesursachen, zumindest der jungen Leute, wenn man die der Alten eventuell nicht mehr feststellen kann. Gehen wir mal davon aus, die beiden Pfleger wurden vergiftet, dann wären Sie unsere Hauptverdächtige. Harnischfeger wurde dann nur noch zur Beseitigung der Leichen gebraucht. Sollten die Pfleger aber durch äußere Gewalteinwirkung gestorben sein, käme Harnischfeger als Täter und Sie als Auftraggeberin infrage. Die Aufklärung ist also nur noch eine Frage der Zeit."

„Mit einem Geständnis würden Sie Ihr Gewissen und uns die Arbeit erleichtern", sagt Obanczek. „Frau Thanneisen, wollen Sie uns etwas zu den Todesfällen sagen?"

„Ich bin selber stutzig geworden, als die beiden gestorben sind, sicherlich nicht als Liebespaar. Ich vermute hinter dem Ableben handfeste finanzielle Interessen."

„Kornelius Wiedmann war ein armer Schlucker, selbst das Haus gehörte ihm nicht mehr."

„Vertuen Sie sich da mal nicht. Vielleicht hatte er kein Interesse mehr an seinem Haus. Könnte doch sein, dass er meine Mutter irgendwo dort verbuddelt hat. Aber was sich da wirklich im Hintergrund abspielte, entzieht sich meiner Vorstellungskraft. Dafür haben wir doch eigentlich auch die Polizei. Jedenfalls wollte ich mich nicht so einfach hintergehen lassen und habe drei meiner Pflegerinnen gebeten, sich unauffällig in der Seniorenresidenz nach Auffälligkeiten umzusehen und umzuhören."

Obanczek sieht Kalenberger an, Kalenberger nickt fast unmerklich.

Obanczek scheint den Hinweis falsch verstanden zu haben.

„Ich werte das als Ablenkungsmanöver, haben Sie uns sonst nichts zu sagen?"

„Doch!" Bianca Thanneisen erhebt sich. „Verlassen Sie sofort mein Büro und lassen Sie sich ohne richterliche Anweisung nicht mehr in unserer Seniorenresidenz blicken."

„Das ist Ihr gutes Recht", sagt Obanczek, „aber glauben Sie nur nicht, dass Sie uns damit los sind. Wir können Sie jederzeit vorladen lassen!"

Im Auto berichtet Kalenberger von Thanneisens Angebot an Adél, sie für Spitzeldienste hinzuzuziehen und dafür unauffällig auf Adéls polizeiliches Führungszeugnis zu verzichten.

„Es könnte also stimmen, dass sie nicht selber Hand angelegt hat", sinniert Obanczek, „aber verdächtig bleibt sie weiterhin."

„Vielleicht finden wir Hinweise in der Wohnung des Bestatters."

„Och nö. Kein Witwenbesuch auf nüchternen Magen."

„Aber einen Espresso in der nächsten Kaffeebar."

Es werden dann doch ein Latte und ein paar winzig kleine Sandwiches. Und ein Schinkensandwich lässt sich Obanczek sogar noch einpacken. Für unterwegs.

„Straße?", fragt Obanczek.

Kalenberger schaut auf ihrem Tablet nach: „Am Stahlgarten!"

Obanczek tippt den Straßennamen ins Navi ein.

„Finger weg!", bestimmt Kalenberger. „Das ist grobe Fahrlässigkeit und außerdem verkehrsgefährdend." Sie dreht das Navi in ihre Blickrichtung.

„Wohin?", fragt Obanczek.

„Geradeaus!"

„Gleich sind wir in Celle."

„Du immer mit deinen Übertreibungen." Kalenberger schaut wieder auf ihr Tablet.

„Doch Celle?"

„Quatsch. Ich hab mich verlesen. Am Sahlgarten statt Am Stahlgarten." Kalenberger bearbeitet das Navi. „Die Straße liegt nicht in Alt-, sondern in Neuwarmbüchen."

„Sag ich doch, fast Celle."

Edle graue Fassade, blank geputzte Fenster, zwei Urnen, eine in gewagtem Rosa, darüber ein eingängiger Spruch: *Sorgen Sie sich nicht – sorgen Sie vor!*

Sie betreten einen karg ausgestatteten Raum, Fliesen, Grünpflanzen und ein Schreibtisch aus Glas.

Eine junge Frau kommt mit einem melancholischen Lächeln auf sie zu. Sieht wahnsinnig gut aus, muss sogar Kalenberger konstatieren. Groß, schlank, doch mit weiblichen Rundungen an den richtigen Stellen. Kaum dreißig. Ihre jugendliche Frische steht in merkwürdigem Kontrast zum konservativen Grau ihres strengen Hosenanzugs. Aber knallrote Manolo Blahniks an den Füßen.

Kalenberger schätzt Frauen immer nach ihren Schuhen ein. Die Blicke der beiden Frauen treffen sich, fünfundzwanzig Jahre Überheblichkeit in den Augen der Jüngeren. „Guten Tag." Am Revers ein Schildchen: *Margret Pfitzner*. „Was kann ich für Sie tun?"

„Wir sind von der Kripo!"

Das Lächeln gefriert. „Ich bin nur eine Angestellte, über Herrn Harnischfeger weiß ich rein gar nichts."

Kalenberger und Obanczek schauen sich nur kurz an. „Und worüber wissen Sie rein gar nichts?", fragt Kalenberger.

„Über seine persönlichen Verhältnisse."

„Wer könnte etwas darüber wissen?"

„Herr Harnischfeger war sehr diskret."

Kalenberger entgeht nicht der Anflug von Röte, der für einen Moment die Nasenflügel von Margret Pfitzner färbt. „Ist vielleicht seine Frau zu sprechen?"

„Das weiß ich nicht!" Plötzlich Härte in ihren Augen.

„Könnten Sie bitte einmal nachfragen?"

„Das können Sie auch selber, ich gebe Ihnen ihre Telefonnummer." Sie geht zum Schreibtisch, nimmt sich einen Zettel aus einer Box und notiert ein paar Zahlen.

„Null, acht, neun ...", liest Kalenberger. „Das ist aber nicht in dieser Gegend. Ist Frau Harnischfeger verreist?"

„Frau Harnischfeger wohnt in München. Das Ehepaar ist seit fünf Jahren geschieden."

„In welcher Beziehung stehen Sie denn zu Herrn Harnischfeger?", fragt Obanczek.

Plötzlich ist die ganze Nase rot. „In einer sehr vertrauensvollen!" Sie schlägt die Hände vors Gesicht. „Es ist alles so schrecklich. Sich einfach so zu erschießen, ohne einen Brief oder ein Abschiedswort zu hinterlassen."

„Das kann ich mir gar nicht vorstellen", bemerkt Obanczek, „so viel wir über Herrn Harnischfeger erfahren haben, war er doch ein aufrichtiger und sensibler Mann."

„Kein Wort und keine Zeile."

Kalenberger nimmt den Faden auf. „Vielleicht hat er seinen Abschiedsbrief nur gut versteckt, damit er nicht in fremde Hände fällt. Wo ist denn sein Büro?"

Margret Pfitzner schluchzt, dreht sich um und geht voraus zu einer Glastür im Hintergrund. Kalenberger weiß, wohin sie führt. Kalenberger betritt sehr zögerlich den Raum, doch keine Spuren vom vergangenen Drama. Nur ein leichter Desinfektionsgeruch liegt noch in der Luft.

Kalenberger und Obanczek sehen sich um. Spartanische Einrichtung. Eigentlich kein Platz, um etwas zu verstecken. Ein flaues Gefühl macht sich in Kalenbergers Magen breit.

„Ich habe schon überall gesucht", sagt Margret Pfitzner. „Im Schrank nur alte Belege, die Kundendatei, Oberhemd und Socken zum Wechseln. Aber sonst: nichts! Ich habe sogar in den Socken nachgesehen."

„Aber so herzlos wird er doch nicht gewesen sein." Obanczek trieft vor Mitgefühl. „Was ist denn in den Schreibtischschubladen?"

„Die sind verschlossen."
„Und die Schlüssel …"
„… hat nur Herr Harnischfeger!"
„Haben Sie schon versucht, mit einem Brieföffner ein wenig herumzustochern?"
Das hätte Obanczek nicht sagen sollen. Margret Pfitzner funkelt ihn voller Kälte an. „Wir hatten Respekt voreinander."
„Dann werden Sie wohl nie erfahren, ob Ihnen Herr Harnischfeger eine letzte Botschaft hinterlassen hat. Wenn keine weitere Verwandtschaft vorhanden ist, wird wohl seine Frau herkommen, um den Nachlass zu regeln."
„Ich habe auch schon gedacht, dass in den Schubladen etwas sein könnte, und wenn es nur ein paar Zeilen wären."
„Ich mache Ihnen einen Vorschlag", sagt Obanczek, „Sie stauben draußen im Besucherraum die Urnen ab und wir schauen mal, ob wir hier mit Beschwörung weiterkommen."
„Beschwörung?"
„Sesam öffne dich!"
Margret Pfitzner sieht ihn misstrauisch an. „Auf Ihre Verantwortung!"
„Darauf können Sie sich verlassen!"
Wenige Augenblicke später zieht Obanczek sein Schlüsselbund aus der Tasche, löst ein kleineres Taschenmesser aus dem Schlüsselring. Eigentlich kein Taschenmesser, eher ein Multifunktionswerkzeug.
„Wenn wir dich nicht so gut erzogen hätten, wärst du bestimmt auf die schiefe Bahn geraten", sagt Kalenberger.
Die Glastür geht auf. Margret Pfitzner schaut herein: „Haben Sie mich gerufen?"

„Nein", antwortet Obanczek, „wir sind noch in der Trainingsphase."

„Ach so." Margret Pfitzner schließt die Tür wieder.

„Was sollte das denn - Trainingsphase?"

„Mir ist so schnell nichts anderes eingefallen!" Obanczek kniet sich vor den Schreibtisch und schiebt eine feine Spitze in das unterste Schloss.

„Du siehst irgendwie unanständig aus", sagt Kalenberger.

„In deinem Alter darf dir so etwas nicht einmal auffallen!"

Kalenberger stellt sich hinter die Glastür und schaut Margret Pfitzner bei ihrem unruhigen Rundgang durch den Besucherraum zu.

„Voila!", sagt Obanczek und erhebt sich.

Auf den ersten Blick ist zu erkennen, dass alle vier Schubladen aufgesprungen sind.

„Wollen wir zusammen suchen?", fragt Obanczek.

„Ich vertraue dir und behalte lieber die Pfitzner im Auge." Ihr Magen hat sich noch immer nicht beruhigt.

Es dauert noch eine ganze Weile, Margret Pfitzner nähert sich der Tür, Kalenberger schüttelt den Kopf.

„Wozu hatte er eine Zahnbürste und Zahnpasta in der Schublade?"

„Margret Pfitzner?"

„Meinst du, sie haben hier zwischen Urnen und Buchsbaum ..."

„Fantasier' nicht rum, such' weiter!"

„Korrespondenz mit der Stadtverwaltung, einem Steinmetz und Schreinern. Papiertaschentücher. Sieh' da, ein Flachmann, gefüllt mit Gin. Hosenträger, Schuhputzzeug und - das könnte uns interessieren - zwei kleinere Hefter mit Kontoauszügen."

„Die nehmen wir mit!"

„Aber mir mein kleines Werkzeug als ungesetzlich vorwerfen!"

„Sonst noch was? Beeil dich, sie scheint nervös zu werden, hatte schon zweimal den Telefonhörer in der Hand."

„Das war's." Obanczek erhebt sich. „Die Kontoauszüge stecke ich in deine Tasche!"

Kalenberger macht die Tür auf, wie aus dem Boden gewachsen steht Margret Pfitzner vor ihr. „Wir haben nichts gefunden, Sie können jetzt gerne selber suchen."

Margret Pfitzner eilt zum Schreibtisch.

„Nachher einfach alle Schubladen wieder zuschieben, bis sie einrasten", sagt Obanczek.

„Und deine Fingerabdrücke?", fragt Kalenberger am Auto.

„Warum sollte jemand danach suchen? Ist doch kein Verbrechen, die eigene Schädeldecke …"

„Das reicht", sagt Kalenberger, „außerdem bist du dran, Geld in die Kaffeekasse einzuzahlen."

„Was hat das mit …?"

„Man nennt es mentales Displacement."

„Wer?"

„Ich!"

„Der Bericht aus der Pathologie ist da", sagt Obanczek, als sie wieder an ihren Schreibtischen sitzen.

„Und?"

„Selber lesen?"

„Nö, ich hab' meine Brille gerade verlegt."

„Also schön, les' ich für uns beide!"

Kalenberger steht auf, gießt die beiden Grünpflanzen auf der Fensterbank. „Vielleicht sollten wir uns mal was mit Blüten anschaffen? Würde sich sicher positiv auf deinen Arbeitseifer auswirken!"

„Auf meinen? – Ich hab meinem Therapeuten versprochen, mich nicht provozieren zu lassen."

Die Tür geht auf. Der Herr Staatsanwalt. „Hatte gerade im Haus zu tun und da dachte ich, ich schau mal bei Ihnen vorbei. Wie sieht es denn nun aus: Haben Sie Ihre Angaben für den Haftbefehl präzisiert?"

„Natürlich", sagt Obanczek.

„Und warum erfahre ich nichts davon?"

„Weil es an der Formulierung hakt."

„Ach?"

„Heißt es *stattdessen* oder eher *statt dessen*?"

„Ich werde Sie für den Orden wider den tierischen Ernst vorschlagen!"

„Danke", sagt Obanczek, „fast so gut wie eine Beförderung."

„Ich muss los", sagt der Herr Staatsanwalt. „Melden Sie sich, sobald Sie soweit sind." Er hebt die Hand zum allgemeinen Gruß.

„*So weit* oder *soweit*?" Obanczek grinst.

„Einen schönen Tag noch."

„Ebenfalls, Herr Staatsanwalt. Und den tierischen Ernst finden Sie eine Etage unter uns. Ernst Stankowski."

Der Herr Staatsanwalt schüttelt den Kopf und verlässt das Büro.

„Hast du was genommen?" Kalenberger sieht Obanczek ziemlich verwirrt an.

„Ich wollte ihn von dir ablenken."

„Warum?"

„Deine Hose ist nass und es sieht aus, als hättest du …"

„Das ist vom Gießwasser!" Kalenberger nimmt ein Handtuch aus dem Schrank, um die Hose trocken zu wischen.

„Bei den beiden Alten …" Obanczek schaut wieder in seine Akte, „… ist die Todesursache nicht mehr feststellbar. Eine Fremdeinwirkung, die zu ihrem Tod geführt hat, kann weder bestätigt noch ausgeschlossen werden."

„Hätte sowieso nicht mehr viel gebracht."

„Bei den jungen Pflegern liegt allerdings ein Ergebnis vor. Beide wurden mit Gamma-Butyrolacton betäubt …"

„Also K.o.-Tropfen!"

„… dann wurde ihnen eine tödliche Dosis Kaliumchlorid injiziert."

„Kaliumchlorid, wo kauft man das denn?"

„Ich lese ja schon vor. Der Mensch wächst mit seinen Aufgaben." Obanczek seufzt. „Kaliumchlorid wird in der Lebensmitteltechnik als Festigungsmittel und Geschmacksverstärker eingesetzt. – Soll ich wirklich alles vorlesen?"

„Ja!"

„Kaliumchlorid ist in der Europäischen Union als Lebensmittelzusatzstoff mit der Nummer E fünfhundertacht ohne Höchstmengenbeschränkung zugelassen. Es wird großtechnisch zur Herstellung von Kalidünger genutzt. Außerdem ist Kaliumchlorid Rohstoff für die Herstellung fast aller technisch genutzten Kaliumverbindungen wie Kaliumcarbonat, Kaliumhydroxid und auch der Legierung NaK."

„Ach?"

„Hör' lieber zu, statt mich zu veräppeln. Bei mir kannst du nämlich noch was lernen: Die Metallindustrie nutzt Kaliumchlorid als Härtesalz, die Emaille-Industrie nutzt es als Schwebemittel. In der Erdölindustrie dient es zur Stimulation von Lagerstätten. Als Streusalz ist es wegen der tieferen Schmelztemperatur einer Kaliumchlorid-Wasser-Mischung auch bei Temperaturen unter minus zehn Grad Celsius wirtschaftlich einsetzbar.

Kaliumchlorid ist ein Bestandteil künstlich hergestellter isotonischer Lösungen, einer Lösung mit gleichem osmotischem Druck wie das menschliche Blut. Es ist auch Bestandteil in schmerzhemmenden Zahncremes bei schmerzempfindlichen Zähnen. Im Labor wird es zu Elektrolyt- und Aufbewahrungslösung für pH-Messelektroden und Redox-Elektroden - annähernd gesättigt mit drei ... ich habe kein Lust mehr."

„Es reicht auch schon. Wer will, kann es sich also problemlos beschaffen."

„Und spritzen kann doch in so einer Seniorenresidenz fast jeder."

„Also mit Sicherheit ein Doppelmord!"

Kalenbergers Telefon klingelt. „Geh' du mal ran, ich muss weiterreiben. Wenn wir einen Föhn hätten ..."

„Obanczek." Obanczek verdreht die Augen, drückt die Mithörfunktion.

„Der Herr Staatsanwalt war gerade bei mir. Er findet ihr Verhalten äußerst unkooperativ. Sie würden ihn mit sinnloser Arbeit belästigen. Wie weit sind Sie überhaupt mit ... Außerdem wollte ich Frau Kalenberger sprechen. Aber die sitzt wohl in der Kantine und gönnt sich ..."

„Kalenberger!" Kalenberger übernimmt den Hörer.

„Wie weit sind Sie mit Ihren Ermittlungsarbeiten? Ich weiß, Sie sind noch nicht völlig wiederhergestellt, aber ..."

„Wir haben einen Doppelmord!"

„Ist das amtlich?"

„Bestätigt durch die Pathologie."

„Wer?"

„Die beiden jungen Pfleger aus der Seniorenanlage, die toten Senioren müssen noch weiter untersucht werden."

„Doppelmord also. Gute Arbeit. Gutes Team. Wenn Sie Unterstützung brauchen, melden Sie sich!" Nisalski legt auf.

„Auf einmal wieder: Gute Arbeit, gutes Team."

„Lass dich nicht von Nebensächlichkeiten beeinflussen. An K.o.-Tropfen und Reinigungsmittel kommt also fast jeder ran. Braucht man ein spezielles Wissen für die Anwendung? Wohl kaum. Also lassen wir die Spur erst einmal ins Leere laufen. Wo sind die Kontoauszüge von Harnischfeger?"

„In deiner Tasche."

„Kluge Idee. Wenn der Diebstahl auffliegt, kann dir niemand ans Bein pinkeln."

„Mit einer nassen Hose sollte man seine Argumente sehr sorgfältig wählen."

Beide lachen. Kalenberger wirft Obanczek einen Hefter mit den Kontoauszügen über den Tisch, behält selber den zweiten und beide vertiefen sich in die Zahlen.

Es dauert drei Tassen Kaffee und zwei Rosinenschnecken, die Obanczek aus der benachbarten Kantine der Oberfinanzdirektion besorgt hat, bis Obanczek sein gleichgültiges Grummeln unterbricht. „Hast du etwas Außergewöhnliches gefunden?"

„Nichts über tausend Euro, das nicht plausibel wäre. Hast du gedacht, dass Beerdigungen so teuer sind?"

„Ein Glück, dass man selber davon nichts mehr mitbekommt."

„Hier ist ein etwas merkwürdiger Zahlungseingang: Zweiundzwanzigtausend. Absender: August Euler. Hier noch einmal, ein paar Wochen später: Vierundzwanzigtausend, wieder von diesem Euler."

„Für fünfzigtausend bringt man nicht zwei Menschen um."

„Aber entsorgen kann man sie schon dafür. Wir müssen herausfinden, wer dieser August Euler ist."

„Dann stell einen Antrag zur Konteneinsicht bei der Bank und vermelde gleich, wie du zu dem Verdacht gekommen bist."

„Du kannst so was von demotivierend sein!"

Kalenberger nimmt ihre Plastikdose aus der Schublade, steckt sich ein Stück Apfel in den Mund und bietet Obanczek die Dose zum Zugreifen an.

„Gravensteiner?", fragt Obanczek.

„Weiß ich nicht. Ich hab sie gefragt, aber keine Antwort." Kalenberger stellt die Dose auf den Schreibtisch.

„Ich hab den August Euler gegoogelt", sagt Obanczek.

„Google quillt über von August Euler und wir kennen ihn nicht. Wir sind Banausen."

„Ich kenne nur den Uhu im Zoo, ob der allerdings August heißt?"

„Euler, nicht Eulen. August Euler, Erbauer der ersten deutschen Motorflugzeuge und Absolvent der ersten amtlich vorgeschriebenen, international gültigen Pilotenprüfung. Gestorben neunzehnhundertsiebenundfünfzig."

„Er ist der Erfinder und wir sind die Entdecker der ersten Überweisungen aus dem Jenseits."

„Ab ins Guinnessbuch der Rekorde und Gehaltserhöhung!"

„Hm."

„Was ist ‚Hm'?"

„Kannst du dich erinnern, dass die Nachbarin etwas von Wiedmanns Bastelleidenschaft erzählt hat? Ich hab es mir notiert." Kalenberger schaut auf ihr Tablet. Tippt mehrmals auf den Bildschirm, scheint nicht zufrieden und nimmt ihr Notizbuch. Nach wenigen Sekunden: „Aha, hier: *Einlegearbeiten und Flugzeugmodelle waren seine ganze Leidenschaft. Die ganze Werkstatt hing voll davon. Er soll sogar Patente gehabt haben.*"

„Was will uns dieser Bleistift sagen?"

„Hast du irgendein Modell in der Werkstatt gesehen?"

„Nö, wurden vielleicht schon abtransportiert."

„Aber die teuren feinmechanischen Maschinen standen noch wohlverpackt herum?"

Adél liegt auf der Couch und schaut eine Krimiwiederholung im Fernsehen. Der Arzt hat gelacht, als sie sich für eine weitere Woche krankschreiben lassen wollte. „Die Wunde ist kaum noch unter dem Mikroskop zu erkennen, das kann ich nicht machen. Obwohl Sie mir persönlich sehr sympathisch sind."

Arschloch! Ich steige doch nicht mit ihm ins Bett, nur damit ich ein paar weitere Tage von der Arbeit im Seniorenstift freigestellt bin. Das Handy klingelt. Chili!

„Ja?"

„Du, hm, mir ist so einiges durch den Kopf gegangen."

„Ist dir was zu Twitter eingefallen?"

„Ja, hm, auch. Aber eigentlich ... ich muss dich sprechen!"

„Das tust du doch gerade!"

„Nicht so. Richtig!"

„Was ist falsch an einem Telefongespräch?" Adél kann ihr Lachen kaum unterdrücken.

„Mach dich nicht lustig. Hm. Hast du Zeit?"

„Für dich doch immer."

„Kann ich zu dir kommen?"

„Ja. - Nein!"

„Dann treffen wir uns am Torhaus vom Engesohder Friedhof."

Augenstern springt auf die Couch. „Ich komm aber nicht allein", sagt Adél.

„Was ich dir zu sagen habe, hm, also, wir müssten uns schon alleine treffen."

„Keine Panik, ich bringe nur Augenstern mit, damit sie mal an die frische Luft kommt. Außerdem liebt Augenstern den Friedhof."

„Also in einer halben Stunde."

„Gebongt!"

Adél schaut erst noch den Krimi zu Ende, dann hübscht sie sich noch ein wenig auf, steckt Augenstern in Kalenbergers Augensterntasche und macht sich auf den Weg.

Chili ist noch nicht angekommen, Adél huscht zu einem schnellen Hallo in Sanders Gärtnerei. Herr

Sander lächelt, nickt mit dem Kopf und spitzt die Lippen zu einem leisen Pfiff. „Dein neues Leben bekommt dir. Du siehst richtig gut aus!"

„Danke!"

„Ist zwar nicht wichtig", sagt Herr Sander, „aber der zitternde Jüngling war mal wieder hier. Und hat mich …"

„… um ein paar Euro angehauen?"

Herr Sander nickt.

„… und Sie haben ihm nichts gegeben?"

„Nur ein bisschen Kleingeld. War sicher falsch, aber er hat mir so leidgetan."

„Beim nächsten Mal lassen Sie sich eine Quittung geben", sagt Adél, „vielleicht können Sie es als Spende beim Finanzamt abrechnen."

„Früher gab es auch schon Leute, die gebettelt haben. Das waren oft Säufer, heute sind es Drogenabhängige. Wo ist da der Unterschied? Keiner bettelt freiwillig."

„Sie haben ein gutes Herz, Herr Sander." Adél schaut durchs Schaufenster. „Ich muss los!"

„Lass dich ruhig mal wieder sehen!"

Auf der anderen Straßenseite steht Chili vor dem Torhaus des Friedhofs. Die Haare geschnitten, ein sauberes Hemd und neue Turnschuhe.

„Hallo", sagt Chili, gibt ihr die Hand, hält sie einen Augenblick zu lange fest.

„Wir suchen uns eine schöne Bank", sagt Adél, „da können wir sprechen."

„Ich möchte lieber laufen, ich bin einfach zu aufgeregt, um sitzen zu können."

Mit einem Mal ahnt Adél, was auf sie zukommt, will es aber nicht wahrhaben. „Die Tasche mit unserm Samtpfötchen ist nicht allzu leicht. Ich würde sie schon lieber …"

„Ich trag sie für dich!“ Chili nimmt Adél die Tasche aus der Hand.

„Lass sie wenigstens ein bisschen rausschauen.“ Adél beugt sich zur Tasche und zieht den Reißverschluss ein Stück weit auf, Augenstern streckt ihren Kopf heraus, sagt *Miau* zu Adél und *Grrr* zu Chili.

„Beruhige dich, er frisst dir schon nicht dein Futter weg!“

Sie laufen über die gepflegten Wege, atmen die frische Luft und genießen die Ruhe. Still beobachtet von knienden, sitzenden und stehenden Engeln aus Stein, nachdenklichen Jünglingen und aufsteigenden Tauben.

Ohne Absicht stehen sie irgendwann auf ihrem schweigsamen Rundgang vor dem Grab von Kurt Schwitters. Oder hat Chili absichtlich seine und ihre Schritte hierhergelenkt?

„Willst du mich ärgern?“, fragt Adél.

„Nein!“ Chili grinst. „Lies mal den Spruch auf dem Grabstein.“

„Den kenn ich schon: *Man kann nie wissen!*“

„Eben.“

„Was eben?“

„Man kann nie wissen!“ Chili knöpft drei Knöpfe an seinem Hemd auf und zieht einen großen Briefumschlag hervor, reicht ihn Adél. „Brauchst du jetzt nicht alles zu lesen, sind ziemlich viele Seiten. Aber das Filmprojekt ist genehmigt und wird von der Niedersächsischen Filmförderung unterstützt. Du hast eine Rolle und ein Honorarangebot.“

„Spinn mich nicht an.“

„Ehrlich, lies doch selber, wenn du mir nicht glaubst.“

Die Bäume rauschen, die Vögel singen und Adél hat einen bezahlten Job. Sie könnte die ganze Welt umarmen. Aber jetzt will sie nach Hause und für Kalenberger ein superleckeres Essen kochen. Drei Gänge, vielleicht auch vier. Und eine Flasche Sekt wird sie auch kalt stellen.

„Es wird Zeit für mich." Sie greift nach der Tasche in Chilis Hand. Chili will die Tasche nicht gleich loslassen, Adél hält es für ein Spiel, da gibt Chili plötzlich nach, und Augenstern springt aus der Tasche und ist trotz ihrer drei Beine augenblicklich in einem Gebüsch verschwunden.

„So ein Mist. Wir müssen sie einfangen. Allein findet sie sich nie zurecht!"

„Gleich, ich wollte dir nur noch etwas sagen ..." Chili greift nach Adéls Hand.

„Jetzt nicht", antwortet Adél und löst sich von Chili, „ich versuche es von dieser Seite und du gehst um das Gebüsch herum. - Miez, miez, miez!"

„Wenn er Patente im Flugzeugbau hatte, werden wir es herausfinden", sagt Kalenberger. „Du suchst dir einen Hersteller für Segelflugzeuge und ich mach mich an die Motorflugzeuge heran."

Man googelt und kämpft sich durch die angezeigten Listen.

„Ich hab's", sagt Obanczek, „DG Flugzeugbau in Bruchsal."

„Ich fang ganz oben an: Airbus, Hamburg. Wir fragen einfach nach Kornelius Wiedmann. Wenn ihm wichtige Patente gehörten, müsste ihn in der Entwicklungsabteilung doch jeder kennen."

Doch es stellt sich bei beiden Unternehmen und dann auch noch bei weiteren Anrufen heraus, dass Patente von einem Kornelius Wiedmann völlig unbekannt sind.

Kalenberger sieht Obanczek an. „Entweder waren es gar keine Patente oder wir haben einen Denkfehler gemacht."

„Aber welchen ..."

„Miez, miez, miez!" Adél steht halb im Unterholz. „Siehst du sie?", erkundigt sie sich bei Chili.

„Ich seh' gar nichts, nur Grün."

„Du musst sie locken!"

„Wie heißt sie?"

„Augenstern."

„Ich seh' die Katze. Komm, Augenstern, komm, hier gibt's Leckerlecker. Komm ... und gleich hab iiich dich!" Zweige knacken, Blätter fliegen durch die Luft, ein Eichhörnchen flüchtet in höhere Regionen der Eiche. Plötzlich eine kleinere Detonation: „Mistvieh!"

„Was ist?", fragt Adél, doch da sitzt ihr Augenstern schon auf dem Arm.

Es dauert eine Weile, bis sich Chili wieder zeigt. Er klopft Hemd und Hose ab, an seinem rechten Arm ist die Manschette aufgerissen. „Beinahe hätte ich sie packen können."

„Du Armer!" Adél macht ein mitleidendes Gesicht. „Du blutest an der Hand."

Chili strafft sich. „Das ist alles nebensächlich, ich wollte etwas viel Wichtigeres von dir wissen."

„Jetzt?" Adél setzt Augenstern in die Tasche und zieht den Reißverschluss zu. „Jetzt habe ich keine Zeit."

„Es ist aber sehr, sehr wichtig für mich." Chili stellt sich Adél in den Weg. „Adél oder vielmehr Adelheid Flick, willst du meine Frau werden?"

„Ich?"

„Ich liebe dich und wir wären ein super Team. Außerdem könnte ich besser auf dich aufpassen."

„Tut mir leid", entgegnet Adél, „aber auf mich aufpassen kann ich schon selber und außerdem bin ich vergeben."

„Vergeben? Wie heißt er?"

„Keine Panik", Adél gibt ihm einen flüchtigen Kuss auf die Wange, „es ist kein Er, sondern eine Sie." Sie spürt noch lange Chilis ungläubigen Blick in ihrem Rücken, bis sie das Torhaus des Friedhofs erreicht.

Kalenberger und Obanczek wollen noch einmal die Nachbarin von Kornelius Wiedmann befragen. Sie fahren nach Hemmingen.

„Bevor ich es vergesse", sagt Obanczek, „die Überweisungen von Euler an Harnischfeger sind geklärt. Da ist eine ganze Familie bei einem Autounfall auf der A2 ums Leben gekommen. Der Onkel hat die Bestattungskosten übernommen und mit Harnischfeger eine Zahlung in zwei Raten vereinbart. Zufällige Namensgleichheit."

„Wozu ermitteln wir eigentlich? Wir öffnen doch bloß eine taube Nuss nach der anderen."

„Warum bist du denn so ange… pessimistisch? Wir haben ein Dach überm Kopf, im Sommer ist es in unserm Büro schön warm und im Winter erfrischend kühl und mit unserm Dienstwagen machen wir gelegentlich Ausflüge in Hannovers reizvolle Umgebung. Schau nur, die Blätter verfärben sich schon, bald ist wieder Weihnachtsmarkt an der Marktkirche und Streusalz auf den Straßen."

„Fünf Tote, und wir fahren durch die Gegend, als ging's zu einem Kindergeburtstag."

„Hast du heute schon deine Pillen genommen?" Obanczek grinst.

„Arschloch!"

Sie steigen aus, müssen bei der Nachbarin gar nicht erst klingeln. Es scheint so, als hätte sie hinter der Tür auf vorbeifahrende Autofahrer gelauert und jetzt ist sie glücklich, ihren Spruch loszuwerden:

„Sie können hier nicht parken, das ist ein Privat-Grund … Ach, Sie sind das! Gibt es etwas Neues? Die Reklame wird auch noch immer in seinen Briefkasten gesteckt."

„Sie haben uns von Wiedmanns Leidenschaft für Flugmodelle berichtet …"

„Seine ganze Werkstatt hing voll mit den Modellen."

„Sie wissen nicht, wer sich die Modelle angeeignet hat?"

„Keine Ahnung. Ich war es jedenfalls nicht."

Kalenberger schnuppert. „Wirsing", sagt die Nachbarin. „Natürlich. Wir haben ganz vergessen, uns Ihren Namen zu notieren."

„Marie Vorländer."

„Dann hab ich mir von unserm letzten Gespräch noch etwas zu Herrn Wiedmanns Patenten notiert."

„Damit kennt sich Helmut besser aus. Er hat mehrmals in der Canasta-Runde geheimnisvolle Andeutungen gemacht. Aber ich interessiere mich nicht für solchen technischen Kram."

„Wie heißt dieser Helmut mit Nachnamen und wo wohnt er?"

„Helmut Zeising. Er wohnt im Weidenkamp, da können Sie zu Fuß hinlaufen, aber den Wagen können Sie nicht hier stehen lassen. Eine Telefonnummer habe ich auch. Moment, ich hol' sie rasch."

Aus dem Haus ruft der Papagei „Komm jetzt! Komm sofort!"

„Nicht nötig", sagt Kalenberger. Sie wendet sich schon zum Auto. „Grüßen Sie Erwin von uns!", ruft Obanczek über den Gartenzaun.

„Erwin war mein Mann! Der Schreihals heißt Karl, ist aber völlig harmlos. Darf ich Sie zu einem Kaffee einladen, Frau Campe hat mir da eine Geschichte erzählt ..."

„Wir sind im Dienst und dürfen leider nichts annehmen. Sonst werden wir entlassen!"

„Nicht mal einen Kaffee?"

Obanczek setzt sich ins Auto und startet den Wagen. Ein paar Straßen weiter befragt er erst sein Smartphone, dann tippt er die Adresse von Helmut Zeising in das Navi.

Sie hätten wirklich laufen können, da sie die Hausnummer aber nicht gleich finden, müssen sie die Straße mehrmals auf und ab fahren.

Als sie vor dem richtigen Haus stehen, suchen sie nach einer Klingel an der Gartenpforte. Nichts.

Kalenberger öffnet das Gartentürchen, geht zur Haustür und findet zwei Klingelschilder. Auf dem unteren steht: oben klingeln und auf dem oberen steht gar nichts.

„Was suchen Sie da?", ruft ein älterer Mann von der Straße her. Zumindest funktioniert die Nachbarschaftshilfe.

„Wir sind von der Polizei!"

„Erst Enkeltrick, dann kommen die falschen Stromableser und jetzt als Polizisten verkleidete Ganoven."

„Wir sind wirklich von der Polizei." Obanczek zieht seinen Dienstsausweis aus der Tasche und streckt ihn dem Mann entgegen.

„Bleiben Sie, wo Sie sind, ich habe ein Handy!"

„Solange er keine entsicherte Pistole hat", murmelt Obanczek und geht auf den Mann zu. Er nimmt den Ausweis, studiert ihn sehr aufmerksam. „So sehen die Dinger also aus. Man kann doch nicht vorsichtig genug sein, in dieser Straße wurde schon dreimal eingebrochen und bei Manscheids ein Grill aus dem Garten geklaut. Über dreihundert Euro hatte der gekostet."

„Wir möchten zu Herrn Zeising, Helmut Zeising."

„Da kommen Sie vergebens. Heute ist Donnerstag, da sitzt er bei irgendeinem Doktor im Wartezimmer, vielleicht ist er aber auch bei seiner Tochter in Hannover, manchmal fährt er donnerstags allerdings nach ..."

„Wir haben Dienstag", sagt Kalenberger, „und kommen einfach noch einmal wieder!"

SECHZEHN

„Wer könnte denn Interesse an exzellenten Flugmodellen haben und den Wert von Patenten in der Flugzeugbranche richtig einschätzen können?“ Kalenberger ist gefahren. Aber dann ging ihr etwas durch den Kopf und wenn sie denkt, kann sie nicht lenken. Jetzt stehen sie in einer Bushaltespur.

„Vielleicht jemand, der etwas vom Fliegen versteht?“

„Und der wäre?“

„Im Zusammenhang mit unserm Fall?“

„Ja.“

„Mir fällt nichts ein. Du bist dran. Du bist ein paar Gehaltsstufen über mir.“

„Da war doch der Zeitungsartikel über Japp Kubian. Auf einem Foto posiert er mit seinem Sohn auf einem Segelflugplatz und ausdrücklich erwähnt wird der Beruf seines Sohnes: Pilot bei der Lufthansa. Da liegt doch nahe ...“

„Ein Anruf genügt!“ Obanczek hat das Handy schon am Ohr.

Plötzlich ein ohrenbetäubendes Hupen. Der Bus ist bis auf die Stoßstange aufgefahren und Kalenberger muss den Pkw über den Bordstein aus der Parkbucht manövrieren.

„Hier Obanczek, Kripo Hannover. Mit wem spreche ich bitte? Frau Meier? Sind Sie sicher? Ich habe eine Einladung für Herrn Japp Kubian zu der Segelflugwoche in Chamonix vorliegen ... Ach, das kann nicht sein?“

Einschalten der Mithörfunktion.

„Das kann nicht sein. Sie meinen sicher seinen Sohn Lars-Walter Kubian. Er ist Segelflieger. Aber sein Vater besitzt ein kleineres Motorflugzeug und hat schon an vielen Wettbewerben erfolgreich teilgenommen. Kann ich ihm etwas ausrichten?"

„Nein danke, wir hätten ihn schon gern persönlich gesprochen."

„Herr Kubian ist sehr …"

„Wir können ihn natürlich auch vorladen, wenn es ihm lieber ist."

„Augenblick!" Es knackt in der Leitung.

„Kubian."

„Obanczek von der Kripo Hannover. Sie haben doch den Nachlass von Herrn Wiedmann verwaltet. Dazu haben wir drei Fragen: Was ist mit seinen Patenten für den Flugzeugbau passiert? Wo sind die Modelle, die in seiner Werkstatt gehangen haben? Waren Sie oder Ihr Sohn in der letzten Zeit in Australien?"

Japp Kubian lacht, natürlich nur verhalten, wie es einem angesehenen Anwalt angemessen ist. „Sie sollten sich nach Husum versetzen lassen, da können Sie dann wunderbar im Trüben fischen." Das Lachen schwillt noch einmal an und verebbt dann. „Eigentlich brauchte ich Ihnen ohne richterliche Anordnung keine Auskunft über die Hinterlassenschaften von Herrn Wiedmann geben. Aber weil Sie es sind: In seinem Nachlass befanden sich keinerlei Patentschriften und die Flugzeugmodelle hatte er schon vor längerer Zeit dem Flugzeugmuseum in Laatzen vermacht. Und ja, vor ein paar Wochen war ich mit meinem Sohn zu Flugtagen in Brisbane eingeladen. Ich habe meinen Sohn in Brisbane getroffen und wir hatten ein paar angenehme Tage. Guten Tag!"

„Guten …", weiter kommt Obanczek nicht.

Zurück im Büro. „Wollen wir eine Runde Schiffe versenken spielen?“, fragt Kalenberger.

„Okay!“

„G sieben.“

„Daneben! - B drei?“

„Angeschossen.“

„B vier?“

„Noch einmal angeschossen.“

„B fünf?“

„Ich hab überhaupt keine Lust mehr und meine Tai-Chi-Übungen hab ich auch vernachlässigt.“

„Versenkt!“, jubelt Obanczek.

„Schlag dir ein Ei drüber.“

„Warum so missgelaunt?“

„Wir haben fünf Todesfälle und nichts, aber auch gar nichts, um die Verstrickungen zu entwirren.“

„Früher warst du nicht so schnell entmutigt“, Obanczek schließt das Spiel auf seinem Bildschirm.

„Es ist doch alles zum Mäusemelken.“

„Was meinte Kubian eigentlich mit ‚Sie sollten sich nach Husum versetzen lassen‘?“

„Graue Stadt, graues Meer, da muss auch trübes graues Wasser sein.“

„Wäre ich jetzt so nicht drauf gekommen.“

„Vielleicht hängen der Brief aus Australien an Familie Strübing und die verschwundenen Patentschriften doch zusammen. Wenn wir wüssten, um welche Patente es sich handelt, könnten wir gezielter nachhaken.“

Obanczek spielt Tetris, schaltet den Bildschirm aus. „Mal versuchen, ob der gute Freund von Wiedmann zu Hause ist.“ Obanczek greift zum Telefon. Es klingelt. Er lässt es klingeln. Schließlich ist auch seine Geduld am Ende, da wird abgehoben.

„Zeising?"

„Obanczek von der Kripo Hannover. Spreche ich mit Herrn Helmut Zeising?"

„Sind die Laborergebnisse denn schon da?"

„Herr Zeising, ich bin nicht Ihr Arzt, ich bin von der Kripo Hannover und habe ein paar Fragen im Zusammenhang mit Ihrem Freund Kornelius Wiedmann."

„Kornelius ist tot."

„Frau Vorländer, die Nachbarin von Herrn Wiedmann, hat uns Ihre Adresse gegeben."

„Frau Vorländer ist eine sehr nette Frau, auch wenn sie beim Canasta manchmal mogelt. Bloß Kaffee kochen kann sie nicht."

„Nochmals zu Herrn Wiedmann."

„Kornelius ist tot! Sie sind aber schwer von Begriff."

„Herr Wiedmann soll Patente für den Flugzeugbau besessen haben. Wissen Sie etwas von den Patentschriften?"

„Kornelius? Patente für Flugzeuge? Davon hat er mir nichts erzählt."

„Danke, Herr …"

„Ich weiß bloß etwas von einem Patent bei der Bahn."

„Bei der Bahn?"

„Es ging um eine bestimmte Befestigung der Schienen an den Schwellen, hat er mir mal erklärt. Die Bahn würde eine Menge Geld sparen, das war noch zu D-Mark-Zeiten, aber das Patent dürfte längst noch nicht ausgelaufen sein. Kornelius und seine Nachkommen sollten hundert Jahre daraus ihren Nutzen ziehen. Eine Menge Geld ist da zu Weihnachten immer geflossen. Aber Kornelius hat sich nie etwas gegönnt. Er hat eine geheimnisvolle Geliebte in Südfrankreich unterstützt und den Rest hat er angespart, um sich mit ihr so ein richtig schickes Weingut zu kaufen. Deshalb hat er auch am Haus nichts mehr gemacht. Mehr weiß ich aber auch nicht, da tat Kornelius immer sehr geheimnisvoll."

„Vielen Dank, Herr Zeising, Sie haben uns sehr geholfen. Wenn wir noch Fragen haben, rufen wir Sie an oder kommen vorbei. Und wenn Ihnen noch etwas einfällt ..." Obanczek gibt Herrn Zeising seine Telefonnummer.

Kalenberger schaut Obanczek an, schlägt plötzlich die Handflächen auf die Tischplatte und springt auf. „Ich halte das nicht aus. Als ob jemand mit uns Katz und Maus spielt." Sie verharrt einen Moment, dann stürzt sie aus dem Büro.

Obanczek schüttelt den Kopf und schaltet den Bildschirm wieder an, um eine neue Runde Tetris zu spielen.

Obanczek kehrt Tetris den Rücken und Kalenberger ist noch immer nicht zurück. Daria kommt ins Büro, setzt sich auf Kalenbergers verwaisten Platz. „Wo ist sie?"

„Ich weiß nicht."

„Na schön. Ich sollte für sie eruieren, wie ein Brief von Deutschland nach Australien und von dort wieder zurück an eine bestimmte Adresse geschickt werden kann."

„Ich kann's ihr aufschreiben."

„Wenn man weiß, wie es geht, ist es ganz einfach: Seitensprungagenturen."

„Hast du das nötig?"

„Weil du nichts von mir willst."

„Ich glaube, Kalenberger hat da auch keinen Bedarf, wie ich am Rande mitbekommen habe."

„Eigentlich ist eine Seitensprungagentur eine simple Kontaktbörse. Manche decken aber bei entsprechender Vergütung auch nur einen Seitensprung, ohne einen Partner zu vermitteln. Da kann man dann von einer Sekretärin anrufen und sich verleugnen lassen, oder es gibt für den eigenen Handyanruf spezielle Hintergrundgeräusche von Bahnhöfen oder irgendeinem Flughafen. Eine solche Agentur übernimmt auch problemlos den Transfer einen Briefes von einem beliebigen Ort an eine ausgewählte Adresse."

„Also wieder ein Schritt ins Leere …"

„Tut mir leid", sagt Daria, winkt Obanczek einen Gruß zu und geht.

Doch wenige Augenblicke später stößt sie schon wieder die Tür auf. „Komm schnell …"

„Wohin?"

„Aufs Damenklo."

„Ha ha!"

„Komm schon und nimm was mit, womit du eine Klotür aufbrechen kannst."

Obanczek schaltet mit einem Griff seinen Computer aus, mit der andern Hand nimmt er ein Ledertetui aus der Schublade.

Auf der Toilette ist nur eine Tür abgeschlossen. Daria klopft an. „Marike?"

Ein Schluchzen, Schniefen.

„Marike, mach' doch bitte die Tür auf."

„Lass' mich, ich kann nicht mehr."

„Bitte", sagt Obanczek, „wir brauchen dich!"

„Ich bin mit meiner Kraft am Ende, ich schaffe das nicht mehr!"

„Bitte, mach' die Tür auf, bevor dich Kollegen finden."

„Geht einfach, geht!"

Obanczek hat sein Lederetui geöffnet und einen runden Schlüssel mit kurzem Griff herausgenommen. „Mach' du das", sagt er zu Daria, „ich warte vor der Tür."

Zwei Kolleginnen steuern gemeinsam die Toilette an. Obanczek unterrichtet sie über eine Verstopfung in den Abflussrohren und dass er den Zugang sperren soll, bis ein Klempner kommt.

Die Tür geht auf, Kalenberger kommt heraus, dahinter Daria. Kalenbergers Haare sind zerzaust, ihre Augen rot umrändert.

Daria fasst Kalenberger am Ellbogen, Kalenberger macht sich los.

Die beiden Kolleginnen im Gang sagen: „Hallo!"

Kalenberger nickt ihnen zu.

„Verdammt scharfer Cayennepfeffer", sagt Obanczek zu Kalenberger. „Ich hatte dich gewarnt!" Er dreht sich um und geht in Richtung Büro. Kalenberger und Daria folgen.

„Ich hab mir mal den Saft von einer Chili in die Augen ..." Die beiden Frauen verschwinden.

Kalenberger setzt sich im Büro ganz, ganz vorsichtig auf ihren Arbeitsstuhl. „Entschuldigt bitte", sie schaltet ihren Bildschirm ein, „da sind Gespenster aus der Vergangenheit, die manchmal aus ihren Käfigen ausbrechen."

„Marike ..."

So hat sie Obanczek noch nie genannt.

„... du kannst so nicht weiterarbeiten. Du bist noch nicht stabil genug und überforderst dich."

„Das musst du schon mir überlassen!" Wenn sich Kalenberger verkrampft, wird sie laut.

„Marike, du bist die beste Kripobeamtin, die in diesem bescheuerten Laden herumläuft ...", Daria legt

Kalenberger eine Hand auf die Schulter, „… mach dich nicht selbst kaputt!"

„Hab' ich dich um deine Meinung gefragt?"

„Nein, die bekommst du gratis! Und wenn du willst, bringe ich dich auch nach Hause."

„Mit einem kleinen Umweg über die Klinik in Wunstorf? Habt Ihr schon die Psychologen mobil gemacht? Kommen Sie gleich mit der Zwangsjacke?"

„Übertreib' nicht!"

Obanczeks Telefon klingelt. Er nimmt den Hörer ab, muss sich nicht einmal melden, nur zuhören. Er legt auf. „Unser aller Vorgesetzter, wir sollen umgehend bei ihm erscheinen."

„Also habt Ihr doch …"

„Nun hör' mir mal ganz genau zu!" Daria angelt sich einen Stuhl von der Stirnseite des Schreibtisches. „Ich werde mitgehen zu unserm Ersten Kriminalhauptkommissar. Wir werden deine kleine Entgleisung herunterspielen. Allerdings musst du uns versprechen, zum Arzt zu gehen und dir für eine Woche eine Magen-Darm-Infektion oder sonst was attestieren zu lassen."

„Wie sprichst du mit mir?"

„Kapierst du es denn nicht", Obanczek steht auf und geht zum Fenster, „Nisalski wird dich überhaupt nicht mehr an deinen Arbeitsplatz lassen, wenn wir ihn nicht beschwichtigen können."

Kalenberger schweigt und starrt auf die Tastatur vor sich.

„Wir müssen los", sagt Daria, „der Alte wartet nicht gern."

Kalenberger hebt den Kopf, schaut Daria an, dann Obanczek, stemmt ihre Hände auf die Schreibtischplatte und erhebt sich. „Ich will noch nicht aufhören, nicht jetzt!"

Nisalski kommt ohne lange Vorreden auf den Zwischenfall in der Damentoilette zu sprechen. Eine kollegiale Mitarbeiterin habe ihn informiert. Er hätte bisher über Kalenbergers Vorgeschichte und ihre psychologische Einschätzung hinweggesehen, aber nun … Er müsse ihr, so leid es ihm täte, den Fall entziehen. Immerhin fünf Tote und wer wisse schon, ob nicht …

Daria hüstelt. „Darf ich auch mal etwas sagen?"

„Bitte", meint Nisalski, „wenn Sie sich kurzfassen."

„Kalenberger ist eine unserer besten Kolleginnen. Was Ihnen von dem kleinen Vorfall zugetragen wurde, ist sicher weit übertrieben worden. Aber Frauen und Damentoilette ist eben ein heikles Thema."

Nisalski schaut Daria verunsichert an.

„Gerade im vorliegenden Fall", mischt sich Obanczek ein, „sollten wir nicht auf ihr Gespür und ihre Erfahrung verzichten. Und zu dem Vorfall: Es kann doch jedem passieren, dass er sich etwas Scharfes ins Auge reibt. Da muss Ihren Informanten eine Fehleinschätzung unterlaufen sein. Aus dem K1 waren sie jedenfalls nicht, sonst wäre ihnen das nicht passiert."

„Ich bin nicht nur für die Aufklärung der Kapitalverbrechen in dieser Stadt mitverantwortlich, ich muss mich auch um das Wohlergehen meiner Mitarbeiter kümmern." Er wendet sich direkt an Kalenberger. „Ich beurlaube Sie, bis mir ein neues psychologisches Gutachten über Ihre Einsatzmöglichkeiten vorliegt. Bitte wenden Sie sich wegen einer Terminabsprache an Frau Dr. Siebers, ich habe bereits mit ihr telefoniert. Sie wird Ihnen einen bevorzugten Termin einräumen."

Der spricht wie auf einer Pressekonferenz, geht es Kalenberger durch den Kopf, mit druckreifen Formulierungen, aber ohne innere Beziehung.

Er wendet sich an die beiden anderen Kommissare. „Frau Schmitz-Erdal wird mit Herrn Obanczek die Leitung des Falls übernehmen. Und ich untersage Ihnen beiden ausdrücklich, irgendwelche Ermittlungsergebnisse in diesem Fall an Frau Kalenberger weiterzugeben. Ausdrücklich! Frau Kalenberger soll nicht mehr mit dem Fall behelligt werden, wir dürfen sie nicht weiter belasten."

„Also wieder wir beide", sagt Daria auf dem Flur zu Obanczek.

„Und ich bin abserviert!"

„So würde ich das nicht nennen", Daria hakt sich bei Kalenberger unter, „es ist schließlich nur eine Pause und kein Rauswurf. Du legst für ein paar Tage die Beine hoch und liest ein gutes Buch, bis das Gutachten erstellt ist. Wird sicher nicht allzu lange dauern, wir rufen nachher mal bei der Siebers an. Verwöhn' dich ein bisschen und dann kehrst du wie aus dem Urlaub erholt zu uns zurück. Ich räume dann auch kommentarlos deinen Schreibtisch. Versprochen!"

„Und der Fall …"

„Vergiss den Fall. Oder traust du uns keine ordentliche Arbeit zu?"

Kalenberger sieht erst Daria und dann Obanczek an. „Nein!" Sie grinst mit Tränen in den Augen.

„Komm', wir holen rasch deine Sachen und ich fahr' dich nach Hause. Wenn du etwas brauchst, kannst du dich jederzeit melden."

„Ich hab doch Adél!"

Chili gibt keine Ruhe. Ständig klingelt Adéls Handy mit seiner Telefonnummer auf dem Display. Adél hat Tomaten gekauft für einen kleinen Snack mit

Schafskäse. Das Handy klingelt schon wieder, Adél legt es unters Sofakissen im Wohnzimmer und geht zurück in die Küche. Tomaten mit oder ohne Knoblauch? Hängt davon ab, ob Kalenberger morgen einen frühen Termin hat.

So sehr sie auch ihre Fantasie beansprucht, ein gemeinsames Leben mit Chili kann sie sich nicht vorstellen. Sicher, ein attraktiver Mann. Aber merkwürdigerweise regt sich überhaupt kein Verlangen, wenn sie an seine Umarmung denkt. Früher hat sie fast jede männliche Berührung elektrisiert. Aber heute ... nicht mal eine kleine Erregung. Einfach null Bock auf hetero! – Und was essen wir heute Abend? So ganz nebenbei hat Adél die ganzen Cocktailtomaten aufgegessen.

Warum hört dieses beknackte Handy nicht auf zu klingeln? Adél hört es, obwohl sie es mit dem dicksten Kissen abgedeckt hat. Sie hört es nicht richtig, sie ahnt es. Schließlich verliert sie die Geduld, springt ins Zimmer und nimmt das Handy ans Ohr. „Nein, keine Blumen, kein gemeinsames Abendessen, kein Kurztrip nach Venedig oder Paris!"

„Bitte hör' mir einen Augenblick zu."

„Wir sind kein Ehepaar, also behalte die hohlen Sprüche für dich."

„Twitter hat mir den Floh ins Ohr gesetzt."

„Twitter hat was?"

„Er hat dich wohl getroffen und meint, dass du seelisch sehr angeknackst warst. Du hättest so geweint, weil du dich nach Liebe sehnen würdest und jetzt auch schon so alt wärst."

„Was hast du dir denn eingeworfen?"

„Nichts! Ich hab nur gedacht, bevor du dich so einem hergelaufenen Typen an den Hals wirfst ..."

„Das hört sich aber nicht gut für mich an. Du wolltest mich aus Mitleid bumsen? Bin ich dir nicht attraktiv genug für eine ehrliche Liebe?"

„Ach, Adél, wenn überhaupt, dann Du. Ich achte und bewundere dich. Nicht viele haben so einen Charakter, sich aus dem Schlamassel zu befreien."

„Und was sagst du zu meinen Titten und meinem Hintern?"

„Ich muss jetzt Schluss machen, blöde Tante!"

„Ich dich auch!" Adél grinst, als sie auflegt. Im Spülbecken liegt noch eine Cocktailtomate. Adél lutscht sie wie ein Bonbon im Mund, bekommt einen Hustenanfall, die Wohnungstür wird aufgeschlossen. Kalenbergers Kollege. Es muss etwas passiert sein. Dann folgen Kalenberger und eine unbekannte Frau, sicher auch eine von Kalenbergers Kolleginnen.

„Sie haben mich entsorgt", sagt Kalenberger.

„Und die beiden haben dich in der Tonne gefunden?" Adél nimmt Kalenberger in die Arme.

„Wir gehen dann mal wieder", sagt Obanczek. „Sobald wir von der Siebers einen Termin haben, rufen wir kurz an. Ihr habt doch einen Balkon? Mit Fantasiebüchern könnte ich aushelfen, wenn …"

Daria wartet schon im Treppenhaus, Adél schiebt Obanczek freundlich, aber mit Nachdruck hinterher.

Kalenberger steht mitten in der Küche. „Und nun zu dir. Kaffee oder Grappa?"

„Beides!" Kalenberger stellt ihre Tasche auf die Arbeitsplatte und setzt sich. „Das war vielleicht ein beschissener Tag …"

Adél nimmt die größeren Schnapsgläser und Kalenberger berichtet.

„Ich weiß gar nicht, wie es dazu kam. Auf einmal war da kein Durchkommen mehr, kein Anfang und kein Ende, kein oben und kein unten, Gedanken wie Kartoffelpüree. Und ich sitz' mittendrin und versinke langsam in der weichen Masse."

Adél reicht Kalenberger das Schnapsglas, stößt mit ihr an: „Auf bessere Zeiten."

„Jedenfalls hat mich Nisalski freigestellt. Am liebsten hätte er mich wohl gleich gefeuert. Jetzt warte ich auf einen Termin bei der Polizeipsychologin ..." Kalenberger trinkt das Glas mit einem Zug leer. „... Dann sehen wir weiter."

„Trifft sich doch ganz gut, ich hab erst in vierzehn Tagen Drehbeginn, aber schon gestern einen Vorschuss beantragt. Mal sehen, was dabei herauskommt."

„Ich versteh' gar nicht, wie das kommen konnte. Ich hatte mich schon wieder so sicher gefühlt."

„Muss man immer alles verstehen?"

„Ich weiß nicht."

„Komm, wir setzen aus auf den Balkon. Soll ich dir dein Buch vom Nachttisch bringen?"

„Ich kann doch jetzt nicht lesen."

„Du kannst, du musst es nur versuchen. Ich setz' mich zu dir und hör' mir ein bisschen Musik auf meinem Handy an."

Es ist gemütlich auf dem Balkon, so mit Kaffee, Keksen und abends einem Campari-Soda oder einem Glas Bier. Der Sonnenschirm wandert mit dem Stand der Sonne, das Essen wird auf Kleinigkeiten beschränkt und beim Regen am dritten Tag fällt Adél ein, dass sie noch ein Scrabble-Spiel irgendwo in einer Schublade haben müssen. Es liegt dann doch nicht in der Schublade, sondern auf dem Kleiderschrank neben dem Ersatzmonitor für den Computer.

Kalenberger gewinnt, bis Adél zu etwas lockereren Spielregeln übergeht und es mit der Dudenfähigkeit der Wörter nicht mehr ganz so ernst nimmt. Wadensalbe, Marzipanbaum, Eierhaus? Bei Nierenschwein gibt Kalenberger auf. Zumindest hat Adél sie zum Lachen gebracht. Das muss mit einer Flasche Sekt gefeiert werden.

Am nächsten Tag mag keine von den beiden auf dem Balkon sitzen oder Scrabble spielen. Man braucht ein wenig Distanz. Adél legt sich im Wohnzimmer auf die Couch und Kalenberger bleibt auf dem Balkon.

Der Kühlschrank ist leer. Plötzlich haben beide Lust auf Gulaschsuppe. Misburger Straße, ein bisschen Fahrerei, doch mit jedem Meter steigert sich der Appetit. Wird dann aber doch keine Gulaschsuppe, weil sich das ungarische Restaurant weigert, ungarische Speisen anzubieten. Wird dann ein gemeinsamer Vorspeisenteller, einmal Gambas vom Grill für Adél und ein Putenbrustfilet für Kalenberger. Dazu ein Gläschen Plavac. Aber keine Kerzen und kein Stehgeiger.

„Wir sollten zusammen in Urlaub fahren", überlegt Adél, „wenn alles vorbei ist."

„Es ist nie alles vorbei", entgegnet Kalenberger. Adél bestellt sich noch einen Palatschinken mit Konfitüre, und Kalenberger wird schon wieder leicht schlecht.

„Kannst du morgen auf mich verzichten?" Später sitzen sie auf dem Balkon bei Kerzenschein und leiser Musik und nehmen das Gespräch wieder auf.

„Natürlich. Ich brauche keine Aufpasserin."

„Einen Aufpasser aber auch nicht!"

„Wen triffst du?"

„Anja aus der Seniorenresidenz."

„Kannst du …"

„Kalenberger!"

„Kannst du Anja bitte …“
„Nein!“
„Morgen schläfst du auf der Couch!“
„Tu‘ dir das lieber nicht an!“

SIEBZEHN

Langeweile ist nicht nur langweilig, vielmehr eine Folter. Kalenberger hat sich schon alle Nägel lackiert, die Haare gefärbt, die Fugen zwischen den Fliesen im Bad mit einer Zahnbürste geschrubbt und den Abstellraum neben der Küche aufgeräumt und die Ablagen neu sortiert. Ihr fehlt die Arbeit, die Konzentration, die Herausforderung. Und mit dem Einschlafen wird es auch immer schlimmer. Aber darauf kann eine Frau Dr. Siebers keine Rücksicht nehmen. Sie ruft um zehn nach acht an. Sie habe sich für Kalenberger eingesetzt und bei ihrer bewährten Therapeutin Erika Domröse einen bevorzugten Termin ausmachen können. In vierzehn, nein, sechzehn Tagen. Die genaue Uhrzeit möge sie bitte selbst erfragen.

„Aber bei mir ist doch alles in Ordnung, ich könnte morgen wieder in der Waterloostraße …"

„Liebe Frau Kalenberger, begeben Sie sich voller Vertrauen in die erfahrenen Hände Ihrer Therapeutin. Sie wird beurteilen, ob Sie wieder arbeitsfähig sind. Das kann ein Laie doch überhaupt nicht abschätzen. Was glauben Sie, wofür wir Psychologen eine halbe Ewigkeit studiert haben?"

„Um mir anschließend zu sagen, dass ich ein psychisches Wrack bin?"

„Sehen Sie, das ist Ihre laienhafte Einschätzung. Aber verurteilen Sie sich nicht schon selber, Frau Domröse wird das alles wieder einrenken. Einen schönen Tag noch!"

Kalenberger nimmt ihre Kaffeetasse und knallt sie an die Wand über der Spüle. Die Tasse ist hin, aber zumindest hält sich der Wasserschaden in Grenzen.

Adél ist unterwegs, einfach so. Wollte keine Begleitung. Ob sie sich doch heimlich mit Chili trifft? Vielleicht haben sie schon alles für ihren Umzug vorbereitet.

Kalenberger geht ins Schlafzimmer, öffnet den Teil von Adéls Kleiderschrank. Weder auf- noch ausgeräumt. Die Befürchtungen waren wohl übertrieben.

Sie geht ins Wohnzimmer, ruft Obanczek an. Obanczek berichtet von einem Fahrradausflug, dem Wochenplan der Kantine der Finanzdirektion, außerdem war die Toilette in der zweiten Etage verstopft. Vier Stunden hat der Klempner gebraucht, um den Abfluss wieder frei zu bekommen. „Und dann soll die Beleuchtung in den Fluren …"

„Ich hab verstanden. Kannst du mir bitte Daria geben?"

„Aber gern!"

„Hallo Kalenberger, wie geht es dir?"

„Ich wollte mich nur mal erkundigen, ob es Neuigkeiten gibt. Keine Einzelheiten, bloß ein bisschen was fürs Nachdenken."

„Wir haben das Kinderzimmer gestrichen", sagt Daria mit gespielter Unbefangenheit, „ach ja, beim Einparken vor dem Supermarkt …"

„Wartet, bis ich zurück bin!", droht Kalenberger.

Okay, sie wird die Fenster putzen und wenn sie rausfällt, auch nicht schlimm. Sie wird nicht mehr gebraucht.

Auf der Straße hält ein dunkler Wagen. Der Fahrer steigt aus, ein Mann in Hut und Mantel. Er geht um das Auto herum, öffnet die Beifahrertür, eine ältere Dame steigt aus, sie lächeln sich an, der Mann gibt der Frau einen Kuss, reicht ihr seinen Arm, sie gehen auf die gegenüberliegende Haustür zu und klingeln. Als sich die Tür öffnen lässt, schiebt der Mann seine Begleiterin ganz sanft am Po ins Haus.

Kalenberger lächelt. Sie denkt an die Operndiva und Kornelius und das Lächeln verschwindet. Sie müssen sich gegen alle Widrigkeiten geliebt haben und als sich ihnen endlich keine Hindernisse mehr in den Weg stellten, war Wiedmann dement, und die Diva? Ob sie wusste, dass Wiedmann in demselben Heim abgestellt war?

Kalenberger ruft Frau Scheffel an. Frau Scheffel hat keine Zeit, man verabredet sich zu einem kurzen Treffen im *Kaffeeklatsch* am Kantplatz.

Frau Scheffel hat ihre Bluse falsch zugeknöpft. Sie lacht, als sie von Kalenberger auf den Fehler aufmerksam gemacht wird.

Sie setzen sich an einen kleinen Tisch in der Ecke, Frau Scheffel beginnt, die Bluse von unten her neu zu knöpfen. „Hätte meiner Sekretärin auch auffallen können", sagt Frau Scheffel, „doch sie ist mit den Gedanken bei dem Hund, den sie vor drei oder vier Tagen aus dem Tierheim geholt hat."

Kalenberger berichtet über Augenstern und Scheffel ist angetan, sie hat selber zwei Katzen und man kommt ins Plaudern.

Plötzlich schaut Frau Scheffel auf die Uhr. Sie muss los, winkt der Bedienung.

„Ich hab noch eine Frage", sagt Kalenberger.

Frau Scheffel lächelt schon fast mitleidig. „Ich hab die Trauer um den Tod meiner Mutter gut im Griff, aber Sie scheint noch immer etwas an den Umständen zu stören."

„Ich mach's ganz kurz: Hat Ihre Mutter im Heim Kontakt zu Kornelius Wiedmann gehabt?"

„Könnte das wichtig sein?"

Kalenberger nickt und Frau Scheffel bestellt sich ein Mineralwasser.

„Durch irgendeinen Zufall muss wohl in ihrer Gegenwart der Name gefallen sein. Sie wollte ihn aufsuchen, aber das wurde in der Residenz nicht gern gesehen. Das würde Herrn Wiedmann nur beunruhigen und seine Demenz verschlimmern."

Das Mineralwasser wird gebracht.

„Was kann da schon gewesen sein." Frau Scheffel trinkt einen Schluck. „Sie wollte ihn vielleicht noch einmal sehen, aber er hat sie nicht erkannt. Damit war das Thema erledigt. Allerdings …", Frau Scheffel betrachtet ihre Fingernägel, „… ich weiß nicht, ob das mit der Liaison zu tun haben kann, aber sonst sind alle Freunde vor meiner Mutter gegangen und Pierre ist so arm wie eine Kirchenmaus. Jedenfalls bin ich mit meiner Mutter mal wieder in einen Wortwechsel geraten. Ich bin über irgendeine zusätzliche Rechnung ärgerlich geworden. Ich hab ihr wohl mal wieder vorgeworfen, ihr ganzes Geld verpulvert zu haben."

An der Theke stellt ein junger Mann seinen Coffee to go in seine Jutetasche, hängt sich die Tasche über die Schulter und zieht beim Abgang eine feuchte Kaffeespur hinter sich her.

„Diesmal hat meine Mutter die Bemerkung nicht überhört. Ich sollte mich nicht so aufspielen, sie werde schon recht bald zu einem ansehnlichen Vermögen kommen und mich sogar in meiner Firma unterstützen können. Eine Frau von dreiundachtzig mit einem Taschengeld, das ich ihr zustecken musste. Lächerlich! Allerdings gab es da noch eine auffällige Kleinigkeit. Meine Mutter war es gewohnt, unbezahlte Rechnungen zu ignorieren und irgendwo völlig ungeordnet zu sammeln. Als ich ihren Nachttisch in der Seniorenresidenz aufgeräumt habe, waren da nur noch drei Rechnungen offen, alle andern waren hinter dem Rechnungsbetrag mit einem Haken versehen und nach dem Erstellungsdatum säuberlich abgelegt. Wie sie es immer mit bezahlten Rechnungen gemacht hat. Aber wie soll sie denn in der Seniorenresidenz an Geld gekommen sein, wenn ich ihr sogar das Shampoo bezahlen musste."

„Hat Ihre Mutter etwas von Eisenbahnpatenten erwähnt?"

„Mit keinem Wort. Mit Technik kannte sie sich doch überhaupt nicht aus." Frau Scheffel steht auf. „Ich muss los." Sie gibt Kalenberger die Hand. „Aber vielen Dank, dass Sie sich so intensiv mit dem Tod meiner Mutter beschäftigen!"

Kalenberger fährt zur Seniorenresidenz. Kaum hat sie die Eingangshalle betreten, läuft ihr Bianca Thanneisen über den Weg. „Frau Kommissarin?" Ihre Miene wird sofort abweisend.

„Heute bin ich rein privat unterwegs. Meine Mutter kommt jetzt auch in ein Alter, in dem sie sich bald nicht mehr selbstständig versorgen kann. Da hab ich mir gedacht, ich schau mich hier mal um. Was ich bisher gesehen habe, hat mich doch angenehm überrascht. Man hat doch oft ein falsches Bild von einem Seniorenheim im Kopf."

Das Gesicht von Bianca Thanneisen entspannt sich. „Unsere Seniorenresidenz ist sehr gefragt. Da gibt es eine lange, lange Warteliste, aber ein bisschen kann man da sicher was machen, wenn man sich persönlich kennt."

„Es muss nicht gerade von heute auf morgen sein."

„Schauen Sie sich in Ruhe um. Ich werde eine meiner Mitarbeiterinnen rufen, sie wird Sie durchs Haus führen." Bianca Thanneisen tippt ein paar Tasten auf ihrem Handy an und wenige Augenblicke später geht die Tür der Eingangshalle auf und eine Frau im weißen Kittel tritt herein. Sie kaut noch.

„Frau Berggrün wird Sie durchs Haus begleiten", sagt Bianca Thanneisen, „ich muss mich jetzt leider verabschieden ...", und schon ist sie weg.

„Sind Sie nicht noch viel zu jung?" Frau Berggrün kaut noch immer.

„Es soll für meine ... Ach, Quatsch, ich möchte Anja sprechen. Wollte bloß keine Tannen scheu machen."

Frau Berggrün lacht, verschluckt sich, hustet, sagt: „Moment." Sie verschwindet und kurz darauf kommt eine junge Frau im Eingangsbereich auf sie zu, die sich gerade noch den weißen Kittel zuknöpft. Sie schaut Kalenberger kurz an, sieht genau hin. „Sind Sie Frau ...?"

„Kalenberger!"

„... lässt Adél unser Treffen absagen?"

„Adél weiß nichts von meinem Besuch. Ich habe überhaupt keinen Auftrag und habe mich sogar, kleinlich gesehen, widerrechtlich eingeschlichen."

„Begleiten Sie mich, ich mach dann einfach meine Zigarettenpause." Sie nimmt Kalenberger mit in den Abstellraum neben der Kellertreppe, doch sie gehen von außen um das Haus herum.

„Adél hat mir erzählt, dass Sie zum Tod der vier Leutchen ermitteln."

„Ich bin offiziell vom Fall abgezogen worden."

„Sie sind aber doch nicht hergekommen, um eine Zigarette mit mir zu rauchen?"

Kalenberger schüttelt den Kopf, Anja steckt sich ihre Zigarette mit einem Sturmfeuerzeug an.

„Ich kann einfach nicht zu Hause sitzen und Zeitschriften lesen, wenn sich immer wieder Fragen zu den Fällen in mein Bewusstsein drängen."

„Und?"

„Wenn ein immobiler Bewohner einem anderen etwas mitteilen will, geht das nur über den offiziellen Weg der Heimverwaltung?"

„Nee, nee", Anja pustet die Qualmwolke in den Abzug, „das Personal verdient nicht viel in der Altenpflege und für ein paar Euro spielt man schon mal den Übermittler privater Botschaften in schriftlicher oder mündlicher Form."

„Daraus ergibt sich noch eine Zusatzfrage: Haben Sie etwas davon gehört, dass Frau Hartwich einen solchen Dienst in Anspruch genommen hat?"

„Frau Hartwich war eine eifrige Benutzerin dieses Kommunikationsweges. Sie hatte es auf den alten Wiedmann abgesehen."

„Aber warum? Herr Wiedmann war doch geistig ziemlich weggetreten."

„Vertun Sie sich da mal nicht. Der hatte durchaus noch seine lichten Momente. Aber mit Frau Hartwich hatte ich wenig zu tun. Bis sie, nun ja, verschwunden ist, wurde sie meist von Berthold Strübing versorgt."

„Hm, den kann ich nun nicht mehr befragen."

„Wir haben uns alle ein bisschen lustig gemacht über die Liaison der alten Herrschaften. Aber da muss noch mehr gewesen sein als eine alte Liebe. Berthold hat etwas von einem Geldsegen gemunkelt, von dem er vielleicht auch profitieren könnte. Ein nie versiegender Brunnen, hat er gemeint. Aber was damit gemeint war …"

„Alte Leute erzählen viel, wenn der Tag lang ist."

„Klang damals aber nicht so. Es ging um Aktien, Beteiligungen oder Prämien, die sie zu erwarten hatte. Damit hätte sie für den Rest ihrer Tage ausgesorgt." Anja wirft die glimmende Kippe in den Gully. „Ich muss dann mal wieder an die Arbeit!"

„Noch etwas: ..." Kalenberger fasst Anja am Arm und bleibt auf der Treppe stehen. „... Hatte sie eigentlich gelegentlich Besuch, außer von ihrer Tochter?"

„Nicht, dass ich wüsste. Ich kann mich aber mal umhören. Vielleicht kann ich Adél schon etwas berichten, wenn ich sie nachher treffe."

Kalenberger gibt ihr eine Visitenkarte.

„Sagen Sie Adél bitte nichts von meinem Besuch, es soll eine Überraschung werden."

„Komische Überraschung! Aber solange sie mich nicht direkt danach fragt, werde ich nichts sagen. Belügen werde ich Adél für den Blödsinn allerdings nicht."

Anja geht zurück ins Haus und Kalenberger zu ihrem Auto.

Irgendwie hat Kalenberger ein schlechtes Gewissen, hinter Adéls Rücken Informationen in der Seniorenresidenz eingeholt zu haben. Sie macht es sich mit einem Campari und einer zufälligen Auswahl an Frauenzeitschriften auf dem Balkon gemütlich. Aber das schlechte Gewissen. Immer wieder legt sie sich neue Formulierungen zurecht, wie sie Adél ihren Besuch erklären will. Zufall, plötzliche Intuition, neue Erkenntnisse? Alles Quatsch! Kalenberger stellt eine Flasche Sekt kalt.

Nach Stunden betritt Adél mit einem fröhlichen „Hallo!" die Wohnung. Es ist schon Abend, Kalenberger muss eingenickt sein.

Adél kommt auf den Balkon, setzt sich auf den Beistelltisch. Sie schaut Kalenberger in die Augen. Ihr Blick ist keineswegs lustig und unbefangen.

„Ich weiß", sagt Kalenberger, „es war ein Fehler. Er tut mir aufrichtig leid."

„Du kannst doch tun und lassen, was du willst."

„Sei bitte nicht böse. Ich kann nicht einfach so tun, als würden mich die Toten in der Seniorenresidenz nichts mehr angehen. Da ist in meinem Kopf ein Mechanismus in Gang gekommen, der sich nicht so einfach stoppen lässt. Dieses Wenn-Dann kann ich nicht abschalten. Die Gedanken lassen sich nicht einfach überschreiben."

„Kennst du eigentlich nur deinen Beruf? Ich hab gedacht, wir wären ein Paar und die Grundlage einer Partnerschaft ist Vertrauen."

„Mir war schon klar, als ich nach Anja gefragt habe, dass ich etwas falsch mache. Ich konnte nicht zurück. Ich verspreche dir …"

„Gar nichts! Leb's einfach!"

Kalenberger steht auf. „Kommt nicht wieder vor!" Sie breitet die Arme aus.

„Setz' dich wieder hin, so leicht kommst du mir nicht davon!"

„Was kann ich denn tun?"

„Zuhören! In der Seniorenresidenz", sagt Adél, „konnte man sich erinnern, dass die Diva und der alte Mann Besuche von einer jüngeren Frau hatten. Ein paarmal. Sie ging als Enkelin durch. Also nichts Ungewöhnliches. Doch hatte sie etwas Auffälliges an sich, an das sich alle drei Pflegerinnen erinnern konnten. Alle haben sich erinnert, dass da etwas war, nur was … Ich geh' jetzt duschen, und du kannst deine Notizen nach dem ungewöhnlichen Accessoire durchsuchen."

„Würdest du es ablehnen, nach dem Duschen ein Gläschen Sekt mit mir zu trinken?“

„Der Sekt kann doch nichts dazu. Aber mach‘ so etwas bloß nicht mehr hinter meinem Rücken. Ich habe mich gerade mühsam stabilisiert. Zieh‘ mir bitte nicht den Boden unter den Füßen weg.“

Kalenberger braucht ihr Notizbüchlein nicht aufzuschlagen. Rosel war Goldschmiedin. Hat wunderschöne Armreifen gemacht. Ganz dünne und breite, mit eingravierten alten Zeichen. Rosalie Pfeiffer. Einen solch auffallenden Goldreifen könnte sie einer Freundin oder Verwandten geschenkt haben. Hat sie vielleicht selber eine Tochter?

Adél duftet nach Apfel und Honig und für ein paar Stunden kann sich Kalenberger entspannen und den Kriminalfall auf Eis legen. Ob Adél morgen bei Anja anrufen und nach dem Goldreifen als Identifizierung ... Schluss jetzt. Adél grummelt in ihrer Armbeuge, sie ist eingeschlafen.

Kalenberger wird den Anruf in der Seniorenresidenz umgehen. Sie ruft beim Standesamt an, nennt ihren Namen und ihre Abteilung bei der Kripo und fragt nach einer Tochter von Bianca Thanneisen.

„Die Frage kann ich entweder sofort beantworten oder es dauert Tage. Mal sehen, ob wir sie im Computer haben. Haben Sie einen Vornamen?“

„Nein.“

„Da haben wir sie, Bianca Thanneisen, geboren ... Interessiert Sie das?“

„Am Rande.“

„Geboren neunzehnhunderteinundsechzig.“

„Dann hat sie aber einiges für ihr Aussehen getan.“

„Wie bitte?“

„Tut nichts zur Sache!"
„Zweimal verheiratet, keine Kinder."
„Ein Kind?"
„Ich sagte: keine Kinder. Auch nicht eins!"
„Danke für Ihre Auskunft!"

Kalenberger will nachdenken. Die Müllabfuhr hat mit ihrem Krach etwas dagegen. Kaum ist der Wagen in eine andere Straße abgebogen, kommen Kinder von der Schule nach Hause. Geschrei, Gebrüll, Aggression. Kalenberger schließt das Fenster und fühlt sich sofort beengt, eingesperrt. Sie füttert Augenstern, steckt die Katze in ihre Tasche und macht sich auf den Weg zu ihrer kontemplativen Oase. Doch sie ahnt nichts Gutes, als sie in die Orli-Wald-Allee einbiegt. Die Straßenränder sind von schweren dunklen Wagen zugeparkt. Mal wieder eine Beerdigung mit Teilnahme des Hannoveraner Geburts-, Geld- und Kultur-Adels. Doch der Engesohder Friedhof ist groß und so findet Kalenberger recht bald eine Bank, die in einem kleinen grünen Rondell steht und von den Laufwegen nur in Bruchstücken einzusehen ist.

Kalenberger nimmt Augenstern auf den Schoß, Augenstern gähnt, lässt sich das Fell kraulen und schläft augenblicklich ein. Plötzlich hallen Schüsse in die andächtige Stille, Kalenberger schrickt zusammen, springt auf, Augenstern rutscht von Kalenbergers Beinen und landet auf ihren Schuhen.

Noch eine Salve. Kalenberger beruhigt sich. Wird ein Ehrensalut für den Verstorbenen gewesen sein. Sie setzt sich wieder und hebt Augenstern in ihren Schoß. Augenstern scheint dem Frieden nicht zu trauen und bleibt auf dem Sprung. Kalenberger will sie mit Fellkraulen beruhigen. Doch Augenstern bleibt skeptisch - ein paar Augenblicke lang, dann kann sie sich gegen das wohlige Gefühl doch nicht wehren und schläft ein.

Kalenberger zieht vorsichtig ihr Notizbuch aus der Tasche, schreibt groß *Hypothese* und das Datum über die Seite, nur damit schon mal ein Anfang gemacht ist.

Sie fängt mit den neuesten Erkenntnissen an, nicht nur aufzuschreiben, sondern auch in Gedanken zusammenzufügen. Schult die Konzentration.

Wiedmann könnte über die Pfleger von der Anwesenheit seiner Geliebten im Seniorenstift erfahren haben. Er will ihr einen letzten Liebesdienst erweisen und sie finanziell absichern. In einem lichten Moment überschreibt er ihr seine Patente. Eine Frage in gedachten Klammern: (Was ist bisher mit dem Erlös aus den Patenten geschehen?). Jemand erfährt von der Überschreibung und beseitigt die Operndiva, um selber an die Patente zu gelangen. (Täter Bestatter allein oder mit Hilfe?). Berthold Strübing könnte die Tat beobachtet haben und hat bei der Kripo angerufen. Bevor er sich mit einem Beamten treffen kann, verschwindet er selber von der Bildfläche. Als Wiedmann vom Tod seiner geliebten Diva hört, ahnt er die Zusammenhänge und will sich über die Pflegerin Magda Kuscherski an die Polizei wenden. (Warum nicht über seinen amtlichen Betreuer?) Zu diesem Zeitpunkt konnte Wiedmanns Demenz noch nicht so weit fortgeschritten gewesen sein, wie er seine Umgebung Glauben machen wollte. (Selbstschutz). Bevor er seine Angelegenheiten neu ordnen kann, wird er umgebracht. Ebenso Magda Kuscherski. Sie wusste, warum Wiedmann sterben musste und wollte mit ihrem Wissen zur Polizei gehen. Oder hat sie den Täter erpresst?

(Hauptverdächtiger: Bestatter Harnischfeger). Hat Harnischfeger vier Menschen umgebracht, um sich finanziell zu sanieren? Dann müsste er aber richtig pleite gewesen sein oder größere Ausgaben standen an. Kann ein Bestatter überhaupt pleitegehen? Pervers, er bringt die Leutchen um und verdient noch an ihren Beerdigungen. Wenn er sich wenigstens erhängt hätte. Aber nein, er muss sich in ihrer Gegenwart eine Kugel ... Thanneisen könnte die natürliche Komplizin von Harnischfeger gewesen sein. Oder jemand vom Pflegepersonal. In solch einem Altenheim hören und sehen Pfleger doch alles. Und was sie nicht selbst mitbekommen, wird ihnen in der Kaffeepause zugetragen. Eine Spritze ist schnell gesetzt und den Rest muss Harnischfeger entsorgen. Dann wäre die plötzlich auftauchende Unbekannte nur ein Ablenkungsmanöver. Man müsste jeden Pfleger und jede Pflegerin einzeln befragen. (Obanczek oder Daria werden es wohl kaum für sie erledigen). Warum hat sich eigentlich der Bestatter erschossen? Er war noch nicht reif. Eine Kurzschlusshandlung? Oder wollte er jemanden mit seinem Tod schützen? Dann sollte sie herausfinden, ob Harnischfeger unter den Pflegerinnen eine Favoritin hatte. Wird nicht leicht sein, die Geliebte ausfindig zu machen. Thanneisen hätte es doch bestimmt herausbekommen und nicht einfach akzeptiert. Hätte, würde, wäre ... und jetzt beginnt es auch noch zu regnen. Kalenberger kann nicht weiterdenken, sie muss handeln: Augenstern in die Tasche, Tasche zu und dann eiligen Schrittes nach Hause.

Bis zum Torhaus des Friedhofs schafft sie es gerade noch, dann entladen sich die Regenwolken. Teilnehmer der Beerdigung flüchten sich ebenfalls unter das schützende Dach. Je später sie kommen, umso nasser sind sie, zuletzt kommen die vier Männer mit den weißen Handschuhen. Einer der Männer ist allerdings eine Frau.

Als der Regen etwas nachlässt, geht Kalenberger als eine der Ersten los. Es macht ihr Spaß, den Regen auf der Haut zu spüren und die Tropfen auf der Zunge zu schmecken. Augenstern mauzt. Kalenberger zieht den Reißverschluss soweit auf, dass Augenstern den Kopf herausstrecken kann. Doch der Katze gefällt der Regen überhaupt nicht, sie zieht sich wieder ins Innere zurück.

„Ich geh' morgen wieder arbeiten!", verkündet Adél. Sie hat sich die Haare gewaschen und ein Handtuch turbanähnlich um den Kopf gewickelt. Augenstern hat nur einen Blick riskiert und ist in die Küche geflüchtet.

„Wo?", fragt Kalenberger.

„In der Seniorenresidenz", antwortet Adél, „sie haben mehrere Ausfälle und Thanneisen sucht händeringend nach Personal."

„Du hast doch deinen Vorschuss von den Filmarbeiten."

„So viel war das nun auch nicht, und ich brauche auch mal wieder neue Klamotten."

„Du kannst überall arbeiten, nur bitte nicht in der Seniorenresidenz. Kann sein, dass der Mörder noch frei herumläuft. Du hast deine Nase in viele Angelegenheiten gesteckt, das könnte sehr abträglich für deine Gesundheit sein."

„Du siehst das alles immer so eng. Hast du eventuell Angst um mich?"

„Ja!"

„Wie schön. Ich glaub', du liebst mich wirklich!"

„Ja, aber Schluss jetzt mit dem Gesäusel. Ich bin pitschenass und muss unter die Dusche."

„Wozu, wenn du schon nass bist!"

Im Bademantel geht Kalenberger ins Wohnzimmer. Adél schaut irgendeine Soap. Plötzlich schaltet sie das Fernsehgerät mit der Fernbedienung ab und wendet sich an Kalenberger. „Du hast mich also so richtig lieb?"

„Ja!" Kalenberger kann ein Gähnen nur mühsam unterdrücken.
„So mit allem Drum und Dran?"
„Fang' nicht schon wieder an, alles zu hinterfragen."
„Lass uns ein Fest feiern, weil wir uns lieben."
„Ich glaub', im Kühlschrank steht noch eine Flasche Sekt. Oder auf dem Balkon."
„Ein richtiges Fest mit unseren Freunden."
Kalenberger überlegt einen Augenblick, lächelt. „So ein richtiges Fest haben wir noch nie zusammen gefeiert."
„Ich weiß auch, was wir feiern!" Adél schießt wie eine Rakete hoch in Luft und nimmt Kalenberger in die Arme. „Unsere Verlobung!"
„Unsere was?"
„Oder willst du gleich heiraten?"
„Verlobung? Muss ich mir überlegen. Vielleicht im neuen Jahr?"
„Bis dahin können wir schon längst wieder getrennt sein. Wir feiern am nächsten Wochenende!"
„Du hast es aber eilig. Man sieht doch noch gar nichts."
„Was? … Ach so, du, du Blondchen!" Adél kuschelt sich ganz eng an Kalenberger. „Aber schön wär's doch schon."
„Schluss jetzt mit dem Blödsinn. Kannst du die Einladungen übernehmen?"
„Wenn du mir deine Adressen gibst …"
„Lass mal, Obanczek und Daria lade ich persönlich ein."

„Wo warst du denn in Urlaub?", fragt Petra vom Empfang. „Na, Karibik kann's nicht gewesen sein, du siehst eher aus wie der Kalkfelsen auf Rügen."

„Blass ist modern“, sagt Kalenberger, „braun ist proll!“

Obanczek sieht aus, als habe er eine Geistererscheinung, als Kalenberger das Büro betritt. Nur Daria scheint sich nach einem kurzen Zögern ehrlich zu freuen. „Du bist zurück, dann soll ich mich also wieder verziehen. Aber schön, dass du da bist.“

„Bleib ruhig sitzen“, Kalenberger legt ihr eine Hand auf die Schulter, „ich möchte euch beide nur zu einer kleinen Feier bei mir einladen. Nichts Großes, einfach mal wieder nett zusammensitzen.“

„Ohne Hintergedanken?“, fragt Obanczek.

„Kein Wort zu den Toten in der Seniorenresidenz. Versprochen. Wie weit seid ihr denn?“

„Also doch“, stellt Obanczek fest.

„War nur ein Scherz. Ihr kommt doch?“

„Wann und wie spät?“, fragt Obanczek.

„Das weiß ich jetzt selber nicht. Ich rufe an.“

„Hört sich gut an“, sagt Daria. „Und die Seniorenresidenz kannst du vergessen. Die Akte liegt längst wieder bei Nisalski auf dem Schreibtisch, aber ganz unten im Stapel.“

Ist das nun Hartnäckigkeit oder Starrsinn: Kalenberger will noch nicht aufgeben. Jeder unaufgeklärte Mord ist ein Sieg für die falsche Seite. Es gibt nicht mehr viele Kollegen, die eine persönliche Befindlichkeit mit einem Fall verbinden, die Technokraten sind überall auf dem Vormarsch.

Bianca Thanneisen sitzt in ihrem abgedunkelten Büro. Sie leidet unter Migräne, Kalenberger soll doch bitte nicht so laut sprechen.

„Sie haben Glück, dass Sie mich überhaupt noch erwischt haben. In zwei Stunden muss ich aufbrechen zu einem Wochenendseminar nach Dresden.“

Kalenberger flüstert. „Ich bin auch gleich wieder weg. Es will mir nur nicht in den Kopf hinein, dass es eventuell eine andere Frau in Markus Harnischfegers Leben gegeben haben könnte, von der Sie nichts gewusst haben."

„Wir waren doch kein Ehepaar", murmelt Bianca Thanneisen, „jeder hatte seine Freiheiten. Ich habe ihn jedenfalls nie betrogen."

„Aber er Sie?"

„Ich habe ihm vertraut. Selbst als ich die Abrechnung eines Hotels für ein Wochenende in Prag fand, habe ich alle Ahnungen verdrängt und seiner Erklärung geglaubt, er habe sich mit einem Geschäftspartner getroffen. Sie planten gemeinsam, ein Krematorium in Tschechien zu bauen. Meine beste Freundin hat auch immer wieder Andeutungen gemacht, aber ich habe sie nicht erkennen wollen. Bis sie mich eines Tages ins Auto gezerrt hat und mit mir nach Neuwarmbüchen gefahren ist. Wir haben auf der gegenüberliegenden Seite vom Bestattungsinstitut geparkt, und da haben sich die Ahnungen bestätigt. Ich wusste sofort, dass ich keine Konkurrenz für sie war. Ich musste mich entscheiden, entweder die Wahrheit und Trennung von Markus oder Augen zu und weiter wie bisher. Ich habe mich für Letzteres entschieden. Ich kann nicht gut allein sein."

„Sie haben Margret Pfitzner also nur einmal gesehen?"

„Na ja, ich bin noch ein paarmal rausgefahren und hab sie vom Auto aus beobachtet. Ich muss schon sagen: Alle Achtung, dass sich Markus so was hat leisten können. Da schwang auch ein bisschen Neid bei mir mit. Wir Frauen über vierzig werden doch nur noch in der männlichen Mottenkiste fündig."

„Kann es sein, dass sich Margret Pfitzner in die Seniorenresidenz hat einschleichen können, ohne dass Sie etwas davon mitbekommen haben?"

„Möglich, aber sehr, sehr unwahrscheinlich. Meine Mitarbeiter behaupten, ich sehe alles und würde immer zum unpassenden Zeitpunkt auftauchen. Ob sie aber den Mut gehabt hat, mir zu begegnen und sei es auch nur zufällig? Ehrlich! Sie hatte doch eine Auseinandersetzung mit mir gar nicht nötig."

„Wieder eine Spur, die ins Nichts führt …" Kalenberger verabschiedet sich.

Kalenberger sitzt kaum im Auto, da ruft Anja an. In der Frühstückspause wurde sie von einer Kollegin angesprochen. Ihr sei etwas zur Unbekannten eingefallen, die von der Kripo gesucht wird. Sie sei gediegen gekleidet gewesen, auffallend waren nur ihre Schuhe. Superschick und superteuer. Ein Hauch von Riemchen und hohen Hacken. Wahrscheinlich von Prada, Jonathan Kelsey oder sogar Manolo Blahnik. Sie könne sich auch gern direkt mit der Kollegin …

„Ja danke", sagt Kalenberger, „ich steh' nicht auf teure Schuhe, für mich müssen sie bequem sein." Was immer Anja mit der Bemerkung auch anfangen soll, Kalenberger ist sauer. Vor ihrem Gespräch mit Thanneisen hätte der Hinweis mit den wahnsinnig teuren Schuhen direkt zu Harnischfegers Geliebten geführt. Aber so wäre sie doch bestimmt nicht das Risiko eingegangen, in der Seniorenresidenz Bianca Thanneisen in die Arme zu laufen. Wer könnte dann die heimliche Besucherin gewesen sein? Kalenberger muss noch Scampis und Pinot Grigio für das morgige Fest besorgen. Am Montag hat sie dann den Termin bei der Psychotherapeutin. Vielleicht noch ein kleiner Salat als

Vorspeise? Halt. Was hat Thanneisen gesagt? *In zwei Stunden muss ich aufbrechen zu einem Wochenendseminar nach Dresden*. Dann ist sie also doch nicht ständig in der Seniorenresidenz und Margret Pfitzner kommt als Täterin wieder in Betracht. Harnischfeger könnte ihr mitgeteilt haben, wann Thanneisen nicht vor Ort ist. Sie vielleicht sogar eingesetzt haben.

Kein Salat, Kalenberger muss telefonieren. Sie ruft Anja an, Anja sagt: „Ach schade!"

„Warum?"

„Ich hab gedacht, die Feier fällt aus, weil Sie anrufen."

„Ganz bestimmt nicht. Adél freut sich schon sehr auf Ihr Kommen und ich natürlich auch."

„Soll ich etwas mitbringen?"

„Nur eine Frage: Die Diva und der alte Mann hatten mehrmals Besuch von einer jüngeren Frau. Kann sich vielleicht eine Ihrer Kolleginnen erinnern, wann das genau war? Ein Datum wäre sehr hilfreich."

„Sie lassen wohl nie locker?"

„Ich kann die Gedanken einfach nicht abschütteln."

„Ich rufe zurück."

Jetzt der Salat. Vielleicht mit ein paar Scheibchen Trüffel? Dünne Parmesanscheiben tun es auch. Aber keine Oliven. Cocktailtomaten? Dann aber auch ein guter Balsamico.

Das Handy klingelt, als Kalenberger ihre Tüten zum Auto trägt und keine Hand frei hat. Sie stellt die Tüten in den Kofferraum. Ruft dann die angezeigte Nummer zurück. Anja.

„Moment, ich reiche Sie mal weiter. Meine Kollegin Sara kann sich an etwas erinnern."

„Ja?"

„Spreche ich mit Sara?"

„Ja?"

„Sie können sich an die Besucherin erinnern, die Frau Hartwich aufgesucht hat?"

„Ja."

„Und?"

„War nur drei- oder viermal. Einmal wäre ich fast in sie hineingelaufen, als ich im Zimmer der Diva die Bettwäsche wechseln wollte."

„Wann war das?"

„Am vierzehnten Mai."

„Das wissen Sie so genau? Mit solch einem Gedächtnis könnten Sie …"

„Mein Gedächtnis ist nicht so besonders. Ich weiß bloß, dass ich mir bei dem Zusammentreffen den Fuß verknackst habe und das an meinem Geburtstag."

„Das bringt uns schon sehr viel weiter."

Ob sie Sara auch zu der kleinen Feier einladen soll? Kalenberger kann es Adél vorschlagen, entscheiden muss Adél. „Vielen Dank!"

„Moment! Ganz sicher habe ich sie dann noch mal am zweiundzwanzigsten Mai gesehen. An dem Tag hat meine Schwester standesamtlich geheiratet. Ob sie da allerdings aus dem Zimmer der Diva oder Wiedmanns Zimmer kam, weiß ich nicht mehr. Die Frau, nicht meine Schwester."

„Und die Schuhe?"

„Schwarze Panthertupfen auf weißem Grund, und schwarze Absätze – ganz bestimmt Manolo Blahniks."

„Sie sind ein Schatz."

„Sagen Sie das mal meinem Freund!"

Kalenberger beendet das Gespräch und entschließt sich zu einem Vorspeisensalat mit Trüffel und Parmesan. Sie hat noch nichts erreicht, aber da ist dieses Gefühl, dieses Prickeln, auf dem richtigen Weg zu sein.

Noch ein Schritt und aller Ärger könnte sich gelohnt haben.

An der Kasse lässt der genannte Preis ihre Hand ums Portemonnaie verkrampfen. Doch Adél und die Gäste sind es ihr wert.

Als sie sich wieder in ihren Autositz zurücklehnt, denkt sie kurz nach. Wenn alles wirklich so abgelaufen ist, wie sie denkt, überführen sie vielleicht eine Mörderin. Aber die ganzen kriminellen Machenschaften, der Betrug und das Ausnutzen der alten Menschen hören damit nicht auf. Menschen werden entmündigt und ausgenommen. In Pflegeeinrichtungen, Altenheimen oder Seniorenresidenzen, egal, wie sie heißen. Gott bewahre uns vor Blitz, Hagelschlag und kriminellen Betreuern.

Kalenberger atmet tief durch, ruft dann Bianca Thanneisen an. Frau Hedegaard nimmt das Gespräch an. Frau Thanneisen sei bereits auf dem Weg nach Dresden. Sie mache sich große Sorgen um sie, ihr Gesundheitszustand hätte eigentlich keine Reise zugelassen.

Kalenberger fragt Frau Hedegaard nach den beiden Daten, die ihr von der Pflegerin Sara übermittelt wurden.

Frau Hedegaard braucht einen Augenblick, irgendwo klirrt Geschirr. „Nein", sagt Frau Hedegaard im Hintergrund, „Sie haben heute keine Post. Leider." Weiterhin warten. Schließlich Kratzgeräusche des Telefonhörers auf der Schreibtischplatte. „Ich kann den Terminkalender vom letzten Jahr nicht finden. Da müssen wir wohl warten, bis Frau Thanneisen zurückgekehrt ist. Sie wird bestimmt wissen …"

„Es ist eilig. Sehr eilig. Vielleicht ist sogar jemand in Gefahr."

„Ist das eine offizielle Information?"

„Natürlich, solange Sie die Information für sich behalten."

„Ich kann Frau Thanneisen nicht erreichen. Sie wird mich anrufen, sobald sie im Hotel eingecheckt hat. Dann frage ich sie nach den Daten."

Kalenberger gibt Frau Hedegaard ihre Handynummer. „Rufen Sie mich bitte sofort an. Zu jeder Tages- oder Nachtzeit."

„Nachts schlafe ich", sagt Frau Hedegaard und für Sekunden entsteht so etwas wie Sympathie zwischen den beiden Frauen.

„Richten Sie Frau Thanneisen bitte meine besten Genesungswünsche aus", sagt Kalenberger.

Sie sitzt im Auto und hält für einen Augenblick das Handy in der Hand, ohne es abzuschalten. Sie starrt aus dem Autofenster auf die gelb gestrichene Fassade der Residenz. Da ist dieses Zögern vor dem letzten Schritt, unsicher, erschöpft und irgendwie auch abstoßend. Ein Fall, der keine strahlenden Sieger kennen wird, wird bald gelöst werden oder nie.

Adél empfängt sie mit einem strahlenden Lächeln. „Alle haben zugesagt. Anja hat gerade angerufen und gefragt, ob wir Sara auch einladen wollten. Eine Kollegin aus der Residenz. Du hast doch nichts dagegen?"

„Anja ist wirklich eine gute Freundin."

„Ich hab auch schon das meiste vorbereitet und der Nachtisch steht im Kühlschrank. Selbstgemacht!"

„Mousse au Chocolat oder Crème brûlée?"

„Ganz leckeren Wackelpudding, zwei Sorten: Himbeer und Waldmeister. Mit Vanillesoße. Aber die musst du machen, sonst gibt es Klümpchensoße!"

Tischläufer auf den Tisch, Blüten in kleine Vasen, ein Kerzenleuchter, Geschirr und Besteck. Mehrmals wird die Zahl der erwarteten Gäste gegen die vorhandenen Sitzgelegenheiten aufgerechnet. Es wird knapp, man wird sehen, ob es reicht.

Kalenberger hat sich einen langen Rock mit Rosenornamenten angezogen, dazu eine weiße Bluse. Sie stellt die Gläser für den Begrüßungsdrink bereit. Adél läuft noch immer in ihren Hausklamotten herum, als es schon an der Haustür klingelt. „Obanczek!", flüstert Kalenberger nach einem Blick durch den Spion. Adél verschwindet im Badezimmer.

Nach und nach trudeln auch die anderen Gäste ein. Daria, Chili, Petra vom Empfang, Anja kommt zusammen mit Sara, auch Herr Sander von der Friedhofsgärtnerei erscheint mit einem Strauß bunter Gartenblumen.

Man prostet sich zu, bedankt sich für die Einladung und gegenläufig fürs Kommen. Endlich ist auch Adél fertig. Weiße Hose, weißes T-Shirt, weiße Turnschuhe. Man setzt sich zum Essen an den Tisch. Bei der Vorspeise berichtet Obanczek, wie seine Mutter mal eine Trüffel weggeworfen hat, weil sie die Trüffel für eine verschrumpelte Kartoffel hielt. Ihr Mann hatte sie von einem Arbeitskollegen für viel Geld erworben. Herr Sander berichtet, dass er am liebsten Erbsensuppe mit Mettwurst isst. Dann kommt Adél mit ihrem Wackelpudding groß heraus. Er sorgt für Heiterkeit und viele erzählte Erinnerungen aus der Kindheit. Zum Schluss gibt es dann noch eine Grappa, man löst die Tafelformation auf und kleine Gesprächsrunden entstehen. Der Tisch wird abgeräumt, Anja und Sara fassen mit an und bald ist alles in Spülmaschine und Abwaschbecken verstaut und man ist bereit für eine zweite Grappa, bevor man zu Pinot Grigio und Jever Pils übergeht. Obanczek hatte ein wenig Schwierigkeiten mit den Scampis, gibt er zu, und braucht noch eine Grappa.

Als die erste Runde der Gespräche abflaut und mehr geschwiegen als geredet wird, Adél plötzlich auf. Sie möchte mit einer Überraschung zur Unterhaltung beitragen. Sie bittet um ein paar Augenblicke Geduld und Anja um ihre Hilfe.

Die beiden verschwinden im Schlafzimmer. Die Nachbarin Lotte Rohrbach erscheint noch, einer ihrer Zwillinge hat randaliert und den anderen inspiriert. Hat eine Weile gedauert, bis die Drohung von Hausarrest und Fernsehverbot zu ihnen durchgedrungen ist. Ob Kalenberger ihr vielleicht noch einen kleinen Salat anbieten könnte, die Auseinandersetzung wäre ihr auf den Magen geschlagen.

Kalenberger nimmt Lotte mit in die Küche. Als die beiden zurückkehren, geht gerade die Schlafzimmertür auf, Anja schlüpft heraus, tippt sich verschwörerisch mit dem Finger gegen die Lippen und steckt eine CD in den Player. „Le sacre du printemps", verkündet sie, „von Igor Strawinski und jetzt Ruhe bitte!" Sie geht ein paar Schritte zurück und stößt die Schlafzimmertür ganz auf.

Gemessenen Schrittes erscheint eine schwarze Gestalt, den Körper vollständig in einen schwarzen Anzug gehüllt. Hauchzart und blickdicht. Kein Stückchen Haut ist zu sehen, selbst Augen, Mund und Nase sind unter dem schwarzen Stoff verborgen. Zwei große schwarze Flügel auf dem Rücken formen die Figur eines gefallenen Engels.

Die Musik steigert sich in einen Rausch. Die Gestalt steigt über einen Stuhl auf den Tisch.

„Für meine Marike, die mit zweitem Vornamen Anna heißt!" Adél breitet ihre Flügel aus, die Männer im Raum zählen sicher nicht die Federn, haben sie die Flügel überhaupt schon bemerkt?

Adél scheint über der Tischplatte zu schweben:

Oh Du, Geliebte meiner 27 Sinne, ich liebe Dir!
Du, Deiner, Dich Dir, ich Dir, Du mir, – – wir?
Das gehört beiläufig nicht hierher!
Wer bist Du, ungezähltes Frauenzimmer, Du bist, bist Du?
Die Leute sagen, Du wärest.
Laß sie sagen, sie wissen nicht, wie der Kirchturm steht.
Du trägst den Hut auf Deinen Füßen und wanderst auf die Hände,
Auf den Händen wanderst Du.
Halloh, Deine roten Kleider, in weiße Falten zersägt,
Rot liebe ich Anna Blume, rot liebe ich Dir.
Du, Deiner, Dich Dir, ich Dir, Du mir, – – wir?
Das gehört beiläufig in die kalte Glut!
Anna Blume, rote Anna Blume, wie sagen die Leute?
Preisfrage:
1. Anna Blume hat ein Vogel,
2. Anna Blume ist rot.
3. Welche Farbe hat der Vogel?
Blau ist die Farbe Deines gelben Haares,
Rot ist die Farbe Deines grünen Vogels.
Du schlichtes Mädchen im Alltagskleid,
Du liebes grünes Tier, ich liebe Dir!
Du Deiner Dich Dir, ich Dir, Du mir, – – wir!
Das gehört beiläufig in die – – Glutenkiste.
Anna Blume, Anna, A – – N – – N – – A!
Ich träufle Deinen Namen.
Dein Name tropft wie weiches Rindertalg.
Weißt Du es Anna, weißt Du es schon,
Man kann Dich auch von hinten lesen.

Und Du, Du Herrlichste von allen,
Du bist von hinten, wie von vorne:
A – – – N – – – N – – – A.
Rindertalg träufelt STREICHELN über meinen Rücken.
Anna Blume,
Du tropfes Tier,
Ich – – – -liebe – – – -Dir! [1]

Adél rutscht ein wenig auf dem Stoff ihres Kostüms, kniet sich vor Kalenberger auf die Tischplatte, breitet die Arme aus, für Anja das Zeichen, den CD-Spieler auszuschalten.

„Oh, Marike Anna, willst du meine Frau werden?"

Augenblicklich herrscht atemlose Stille im Raum. Mit dem Anlass für die Festlichkeit hat von den Gästen wohl keiner gerechnet.

Kalenberger muss schlucken, bevor sie antworten kann, aber dann mit klarer fester Stimme: „Ja, ich will. Aber küssen werde ich dich nicht durch den Stoff."

„Daran soll's nicht scheitern!" Adél springt auf, streift die Flügel ab, schält sich blitzschnell aus dem schwarzen Anzug und lässt sich nackt in Kalenbergers Arme fallen.

Erst ein Aufschrei der Verwunderung unter den Gästen, dann unsicheres Lachen und schließlich wird applaudiert. Zaghaft erst, doch als Kalenberger Adél zum Schlafzimmer trägt, ist der Beifall laut und herzlich.

Adél schlüpft ins Schlafzimmer, Kalenberger setzt sich in eine Couchecke zu den anderen.

---

[1] Kurt Schwitters: Anna Blume und ich © 1965, 1987, 1996, 2004, 2005 by Arche Literatur Verlag AG, Zürich-Hamburg

„Meinen herzlichen Glückwunsch!" Petra greift nach Kalenbergers Hand und drückt sie.

„Solltet ihr irgendwann mal kein Interesse mehr aneinander haben", bemerkt Obanczek, „stelle ich mich gern ..."

„Vergiss es", erwidert Kalenberger, „bei deinen unregelmäßigen Arbeitszeiten findest du doch nie eine attraktive Partnerin."

„Aber du ..."

In diesem Augenblick klingelt Kalenbergers Handy. Frau Thanneisen, sie musste wegen einer Überbelegung das Hotel wechseln.

Kalenberger geht auf den Balkon. Thanneisen hat nicht viel Zeit, möchte noch was essen und die Küche des Hotels schließt in zwanzig Minuten. Sie hat nachgesehen: An den fraglichen Terminen war sie nicht in der Seniorenresidenz. Um den vierzehnten Mai herum war sie eine Woche krank und genau am zweiundzwanzigsten war sie auswärts zu einer Familienfeier.

„Sie haben mir sehr geholfen."

„Das hoffe ich", sagt Thanneisen, „ich fühle mich doch sehr unter Druck."

Es wird nach anfänglicher Befangenheit noch eine lustige Verlobungsparty, die sich merkwürdigerweise um verpatzte Hochzeitsfeiern dreht.

„Soweit ist es noch lange nicht", sagt Kalenberger.

„Wir sind uns noch nicht einig, wer bei der Trauung das Kleid und wer den Anzug trägt", sagt Adél. Sie trägt wieder ihr weißes Outfit.

Herr Sander gähnt als Erster hinter vorgehaltener Hand, aber es ist wie ein Zeichen, dass die Gäste nach und nach aufbrechen, um dem eigenen Bett zuzueilen.

„Danke für die Einladung", sagt Obanczek, „und die Feier war eine richtige Überraschung." Er drückt Kalenberger einen Kuss auf ihre rechte Wange, schüttelt Adél die Hand, wird verlegen, als sie ihm ihre Wange zum Küssen hinhält, da reckt sie sich zu ihm hoch und küsst ihn mit einem Schmatzer.

„Du musst noch einen Augenblick bleiben", flüstert Kalenberger Obanczek zu, „ich habe noch etwas mit dir zu besprechen." Sie setzt sich auf die Couch und tatscht mit der flachen Hand einladend neben sich.

Obanczek scheint die Einladung nicht zu passen.

Kalenberger duldet keinen Widerspruch. „Wir treffen uns morgen um zehn vor dem Bestattungsinstitut in Neuwarmbüchen."

„Morgen?"

„Ich bin sicher, dass wir morgen den Fall lösen werden. Und ich werde dafür sorgen, dass der Täter pünktlich zur Stelle ist." Dann dauert es noch eine gute halbe Stunde, bis Kalenberger ihren Kollegen über ihre Ermittlungsergebnisse informiert hat. Als sich Obanczek endgültig verabschiedet, hat Adél bereits die Küche aufgeräumt.

Kalenberger hält mit ihrem Wagen gegenüber des Bestattungsinstitutes, steigt aus und geht zu Obanczeks Privatwagen, der direkt vor ihr parkt.

„Da rührt sich nichts", sagt Obanczek. „Ich komme in Teufels Küche, wenn Nisalski herausbekommt, was ich mit dir hier veranstalte."

„Du bist ein Weichei, riskier' doch mal was auf eigene Faust." Kalenberger dreht sich um, geht über die Straße auf das Bestattungsinstitut zu. Obanczek kommt eilig hinterher, vergisst aber nicht, die Türsicherung seines Autos klicken zu lassen.

Durch das Schaufenster ist nichts zu erkennen, beschauliche Ruhe, wie an Allerheiligen und Buß- und Bettag zusammen.

Kalenberger klopft mit dem Fingerknöchel gegen das Glas der Tür. Einmal, zweimal ... dann wird im hinteren Bereich des Ausstellungsraums eine Tür geöffnet. Margret Pfitzner in einem extrem kurzen Kleid, schmucklos. Der Stein ihres dezenten Ringes am linken Ringfinger funkelt, als sie die Tür aufschließt.

„Guten Morgen“, sagt Kalenberger. Obanczek murmelt etwas Ähnliches und drängt sich hinter Kalenberger in den Ausstellungsraum.

„Ich habe nicht viel Zeit“, sagt Margret Pfitzner. „Ich muss zum Reitturnier in Langenhagen. Man erwartet mich.“

„Wir sind schnell wieder weg“, sagt Kalenberger. „Können wir uns einen Augenblick setzen?“

Margret Pfitzner weist auf die Besucherecke.

Kalenberger setzt sich, Obanczek bleibt lieber stehen. „Die Indizien sprechen dafür, dass Sie Berthold Strübing und Magda Kuscherski umgebracht haben und an der Ermordung von Claudia Hartwich und Kornelius Wiedmann zumindest beteiligt waren, vermutlich sogar Auftraggeberin.“

„Lächerlich!“, sagt Margret Pfitzner. „Sie haben nichts in der Hand und versuchen es mal mit der Überrumpelungsmethode. Wenn Sie mich jetzt bitte entschuldigen würden, in Langenhagen wartet man auf mich, mir soll die Ehrenmitgliedschaft im Verein angetragen werden.“

„Zentraler Punkt sind Wiedmanns Patente. Sie sind ein Vermögen wert. Davon hatte Claudia Hartwich Berthold Strübing berichtet und irgendwie ist Ihr Chef und Verehrer Markus Harnischfeger an die

Information gelangt. Sie werden darüber gesprochen haben, als es dem Bestattungsinstitut an die Existenz ging. Sie wurden gierig nach dem Vermögen und Harnischfeger hat Ihnen aus der Hand gefressen."

„Könnten Sie sich bitte ein wenig beeilen!"

„Sie haben sich als Besucherin in der Seniorenresidenz eingeschlichen und auf die Suche nach den Patentschriften gemacht."

„Tolle Idee. Wochenlang hat mich diese Thanneisen beobachtet. Unauffällig, wie sie meinte. Sie hätte mich doch sofort erkannt, wenn ich …"

„Für Harnischfeger war es kein Problem herauszufinden, wann sich Bianca Thanneisen nicht im Haus befindet. Zuerst haben Sie sich wohl an Kornelius Wiedmann herangemacht. Kein Problem für eine Frau Ihres Formats. Er ist Ihnen bestimmt auf den Leim gegangen. Aber dann mussten Sie feststellen, dass er die Patentschriften nicht mehr hatte. Sie waren zur finanziellen Absicherung ihres Aufenthalts in der Seniorenresidenz in Besitz von Frau Hartwig übergegangen. Wie viel waren denn die Patente wert? Hunderttausend, zweihunderttausend, noch mehr? Nicht bei einmaliger, sondern jährlicher Auszahlung. Ein verlockendes Geschäft. Aufgeben kam für Sie nicht infrage, Sie haben Ihr Interesse auf Claudia Hartwich verlagert. Kein Problem, sich ins Vertrauen der einsamen, alten Frau einzuschleichen. Es hat sicher nicht lange gedauert, bis Sie erfahren haben, dass Claudia Hartwich im Besitz der Patente war. Auch Berthold Strübing hat sie davon erzählt, er wusste aber nichts damit anzufangen. Sie haben nach den Patenten gesucht, wurden von Strübing überrascht und mussten eine spontane Ausrede finden, um sich mit den Schriften zu verdrücken. Es wird

Ihnen nicht schwer gefallen sein, ihn ein wenig zu verwirren."

„Dauert Ihr Märchen noch lange?"

„Ist gleich zu Ende. Sie haben mit Harnischfeger überlegt, dass eine lebende Claudia Hartwich eine tickende Zeitbombe für sie sein würde. Sie brauchte bloß nach den Patenten zu suchen oder von ihrem Lieblingspfleger suchen zu lassen. So haben sie wahrscheinlich mit Ihrem Geliebten beschlossen, diese Gefahr ein für alle Mal zu beseitigen. Kissen aufs Gesicht, halbe Minute abwarten und das Problem war gelöst. Wer hat ihr denn das Kissen aufs Gesicht gedrückt, Sie oder Harnischfeger?"

„Sie spinnen doch!"

„Plötzlich erfährt Ihr Freund Harnischfeger bei einem Besuch in der Residenz, dass Berthold Strübing der plötzliche Tod von Claudia Hartwich nicht geheuer vorkam. Er wollte sich an die Polizei wenden, und das war sein Todesurteil. Haben Sie ihn auf ein Bier oder eine Cola eingeladen? Berthold Strübing fühlte sich geschmeichelt und kam überhaupt nicht auf die Idee, dass Ihr Interesse nicht in erster Linie seinem charmanten Wesen galt. Erst die K.o.-Tropfen, dann abschleppen ins bereitstehende Auto und die tödliche Spritze war dann kein Problem mehr."

„So, und jetzt machen wir Feierabend!"

„Ganz genau. Die Demenz hat von Kornelius Wiedmann immer stärker Besitz ergriffen, doch Sie haben seine lichten Momente unterschätzt. Im Gegensatz zu Magda Kuscherski. Sie kannte ihren Patienten besser und als er immer wieder von Claudia Hartwich und den Patenten anfing, wollte sie auf Nummer sicher gehen und hat mich angerufen, um sich mit mir zu verabreden."

„Wenn Ihre Schauergeschichte auch nur einen Kern von Wahrheit hat, dann wäre für mich Bianca Thanneisen die verdächtige Person. Sie hätte sich nicht einzuschleichen brauchen und mit Harnischfeger war sie auch seit längerer Zeit befreundet."

„Stimmt. Nur Thanneisen konnte ihm nicht bieten, was Sie ihm geben konnten. Er wird Ihnen hörig gewesen sein. Außerdem hat Bianca Thanneisen sichere Alibis für die Tatzeiten."

„Ach, und ich nicht?"

„Nein!"

„Dann will ich Ihnen mal etwas sagen. Ich war niemals in der Seniorenresidenz, auch nicht in Abwesenheit von Frau Thanneisen. Ich habe mit der ganzen Sache nichts zu tun!"

„Ihre Anwesenheit können wir belegen. Vielleicht erinnern Sie sich: Als Sie am vierzehnten Mai aus dem Zimmer von Claudia Hartwich traten, sind Sie direkt in eine Pflegerin hineingelaufen. Und Ihr Besuch bei Herrn Wiedmann am zweiundzwanzigsten ist auch sicher belegt. Wissen Sie, was Sie verraten hat? Ihr Faible für sündhaft teure Schuhe. Es bleibt ihnen also nicht mehr viel Spielraum für Ausflüchte."

Jetzt kommt Obanczeks abgesprochener Part. „Die direkte Tatbeteiligung können wir nicht belegen, aber wir können dem Staatsanwalt Indizien liefern, die alle Zweifel ausräumen."

„Haben Sie Ihren Staatsanwalt auch aus der Seniorenresidenz?"

„Frau Pfitzner", Obanczek wird ganz leise, „wir lassen uns nicht auf der Nase herumtanzen. Ich erwarte jeden Augenblick einen Anruf des diensthabenden Staatsanwalts ..." Obanczeks Handy klingelt. Kalenberger musste nur unbemerkt den Anrufknopf auf ihrem Handy betätigen. Obanczek nimmt nicht ab. „Der Staatsanwalt wird uns eine Hausdurchsuchung freigeben und wir werden Ihre Wohnung auf den Kopf stellen, Schließfächer, Banksafes und andere Verstecke untersuchen, wir werden das Unterste nach oben krempeln und das Hinterste nach vorn. Und ich versichere Ihnen: Wir werden die Patentschriften finden."

Margret Pfitzner schaut ihn an, dann Marike Kalenberger. Sie seufzt. „Bitte seien Sie vorsichtig mit meinen Schuhen. – Die Patentschriften liegen im Kleiderschrank unter den T-Shirts. Harnischfeger hatte Bedenken, sie in seinem Tresor aufzubewahren. Dieser Schwächling! Nur große Versprechungen vom gemeinsamen, sorgenfreien Leben. Aber wenn er dafür etwas tun musste, ist er fast kollabiert. So eine Lusche. Ich musste ihm sogar helfen, die Pfleger in die Särge zu legen, weil ihm schlecht geworden ist. Er hat die K.o.-Tropfen und das Kaliumchlorid besorgt, dann kamen ihm Bedenken über Bedenken. Aber ich wollte nicht, dass die lukrativen Patente dem amtlichen Betreuer in die Hände fielen. Können wir jetzt bitte gehen?" Margret Pfitzner erhebt sich schwer.

„Und sein Selbstmord?", fragt Kalenberger.

„Er war sich sicher, dass die ganze Sache nach Ihrem Besuch auffliegen würde und der Ruf seines Bestattungsinstituts über drei Generationen ging ihm über alles. Damals hätte noch alles gut werden können. Alles!"

Kalenberger geht voraus zur Tür, hält die Tür auf, Obanczek hat Margret Pfitzner am Arm gefasst und schiebt sie zur Tür hinaus.

Kalenberger zaubert ein feines Lächeln auf ihr Gesicht und sieht Margret Pfitzner direkt in die Augen. „Ihre Manolo Blahniks können Sie jetzt getrost in die Altkleidersammlung geben. In den nächsten fünfzehn, zwanzig Jahren werden Sie kaum Verwendung dafür finden.“

Keine Chance für Angehörige - Versagt das Betreuungsrecht?

... Die Diskussion um die Betreuung älterer und hilfsbedürftiger Menschen reißt nicht ab, seit die Zahl der Betreuungen mit der Einführung des Betreuungsrechts 1992 von zunächst 420.000 auf inzwischen fast 1,3 Millionen gestiegen ist. Gestiegen sind aber auch die Fälle von Missbrauch in der Betreuung alter und psychisch kranker Menschen. Von bis zu 300.000 Fällen pro Jahr ist da bereits die Rede. Die Betreuer geraten immer mehr ins Kreuzfeuer der Kritik, weil sie sich scheinbar Befugnisse anmaßen, die zu einer Entrechtung und Entmündigung hilfsbedürftiger Menschen führen.

Deshalb stellt sich die Frage, wie es zu dieser Macht der Betreuer kommen kann, und was den Missbrauch erleichtert.

Das Betreuungsrecht von 1992 sollte eigentlich eine gute Sache sein. Denn mit seiner Einführung wollte man das alte Vormundschaftsrecht abschaffen. Wer unter Vormundschaft stand, verlor seine Geschäftsfähigkeit und auch das Recht zu wählen. Das blieb deutlich hinter dem freiheitlichen Anspruch des Grundgesetzes zurück. Außerdem hatten Vormundschaften meist den Charakter der Sammelvormundschaften, d.h. ein Vertreter einer Sozialbehörde oder auch ein Anwalt konnte bis zu 200 Mündel und mehr betreuen.

Auch das wollte man mit dem Betreuungsrecht ändern. Die Betreuung sollte persönlich sein, und der oder die Betreute sollten sich weiterhin selbst bestimmen können. Der Betreuer sollte die Angelegenheiten des Betreuten so besorgen, wie es dessen Wohl entspricht.

Doch angesichts steigender Betreuungs- und Missbrauchsfälle muss man zu dem Schluss kommen, dass das Gesetz versagt. Denn mit der persönlichen Betreuung ist eine Privatisierung sozialstaatlicher Aufgaben verbunden. Die kann aber in Zeiten knapper Kassen nur geleistet werden, wenn die Aufgabe der Betreuung auf viele Schultern verteilt wird. Insofern werden Kompetenzen, die eigentlich nur der Staat hat, Privatpersonen übertragen: Sozialpädagogen, Krankenschwestern, Anwälten oder sozial engagierten Ehrenamtlern, die allerdings weder speziell für die Betreuung ausgebildet und qualifiziert sind, noch im Rahmen einer Dienstaufsicht kontrolliert werden.

Die Kompetenzen sind so weitreichend, dass private Betreuer den Betreuten die Geschäftsfähigkeit entziehen, dadurch Häuser verkaufen, Konten sperren und die Unterbringung in Heimen verfügen können, ohne dass der Betreute und seine Angehörigen darauf einen Einfluss haben.

Familien älterer und hilfsbedürftiger Menschen geraten unter die privatisierte Obervormundschaft des Staates, denn wenn ein Familienmitglied rechtlich betreut wird, hat das meistens auch eine Auswirkung auf die Rechts- und Finanzverhältnisse der Familien. Und sie erfahren nicht selten von einer Betreuung des Vaters, der Mutter oder des Sohnes erst, wenn der Betreuer vor der Tür steht.

Das Betreuungsrecht führt zu einer Entwertung der Familie, der man spätestens seit der 2. Betreuungsrechtsänderungsnovelle von 2005 misstraut, die Pflege und Betreuung ihrer Angehörigen eigenständig und ohne den delegierten Eingriff des Staates regeln zu können. Gleichzeitig wurden Regelungen im Rahmen des Betreuungsrechts geschaffen, die die persönliche Betreuung fragwürdig machen, denn um davon leben zu können, muss ein Betreuer für mindestens 40 - 50 Betreute zuständig sein können, was einem Rückfall in die alte Sammelvormundschaft ähnlich ist.

Eine rechtliche Betreuung ist dazu noch begrenzt. Sie beinhaltet keine Pflege der Betreuten. Deshalb geschieht es immer häufiger, dass hilfsbedürftige Menschen zwar ‚unter' Betreuung stehen, die die Angehörigen nicht leisten dürfen, die Pflege aber trotzdem von den Angehörigen übernommen werden muss und soll. Für die Angehörigen bedeutet das zum Teil eine Fürsorge bis an die Belastungsgrenze, deren Latte das Betreuungsrecht noch einmal höher gesetzt hat, ohne dass sie eine Möglichkeit der Beschwerde haben. Vorsorgevollmachten und Betreuungsverfügungen, in denen man für den Fall der eigenen Hilfsbedürftigkeit einen Bevollmächtigten bestimmen kann, helfen ebenfalls nur bedingt. Denn ein Richter kann der Entscheidung des Vollmachtgebers auch widersprechen. Dennoch sind sie derzeit der einzige Weg, um sich vor einem Gesetz zu schützen, das sonst automatisch auf jeden Bürger angewendet und weiterhin dazu führen kann, dass Menschen entmündigt werden. Der Begriff der Entmündigung ist also keineswegs aus dem deutschen Vokabular gestrichen.

HSM - Bonner Initiative gegen Gewalt im Alter

Wesemanns 4. Fall

Merkwürdige Dinge erschüttern die Kleingartenkolonie „Grüne Bohne“ an Töneböns Teichen. Der Knochen eines menschlichen Zehs taucht auf und verschwindet wieder. Kleingärtnerulk? In einigen Parzellen bricht ungewöhnlicher Wohlstand aus. Niemand scheint misstrauisch zu werden. Wesemann muss zu Spaten, Harke und Gießkanne greifen, um undercover zu ermitteln und wird fündig ...

Günter v. Lonski. Teufelskralle
288 Seiten. Paperback. ISBN 978-3-8271-9418-3
E-Book 978-3-8271-9629-3 (Pdf)
978-3-8271-9829-7 (Epub)

Hannovers Schützenfest. Alles jubelt, alles lacht, nur einer kann nicht mehr mitfeiern, denn er liegt am Ihme-Ufer und rührt sich nicht mehr. Arne Sonneveld, einer der diesjährigen Bruchmeister. Als Anlageberater hat er sich beruflich nicht nur Freunde gemacht. Kommissarin Marike Kalenberger muss an den Tatort. Und plötzlich steckt sie mittendrin im Geflecht von Schützenehre, geschäftlichen Mauscheleien, Neid, Eifersucht und alkoholisch bedingten Bewusstseinsstörungen.

Günter v. Lonski. Mord auf dem Schützenfest
288 Seiten. Paperback. ISBN 978-3-8271-9451-0
E-Book 978-3-8271-9611-8 (Pdf)
978-3-8271-9811-2 (Epub)

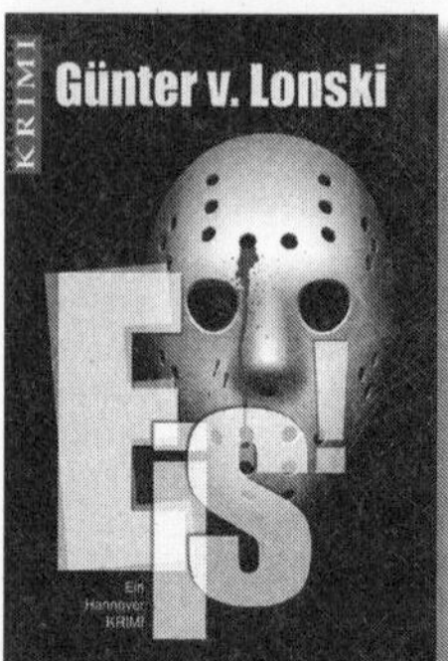

Eine Schießerei am Steintor. Fast zeitgleich ein Überfall mit Geiselnahme am Raschplatz. Kommissarin Kalenberger muss hin, gerät in die Schusslinie und wird arbeitsunfähig. Da verschwindet Pia, die beste Freundin ihrer Tochter. Pia wollte nach Hannover und hat angeblich den Mann ihres Lebens kennengelernt. Der Mann wird brutal ermordet. Kalenberger ermittelt nur widerwillig. Doch dabei gerät sie immer tiefer in die Loverboy-Szene. Sie bringt sich in tödliche Gefahr.

Günter v. Lonski. Eis
296 Seiten. Paperback. ISBN 978-3-8271-9455-8
E-Book 978-3-8271-9620-0 (Pdf)
978-3-8271-9820-4 (Epub)

Weitere Spannung pur ...

Eine Wiese mit Wasserbüffeln und eine tote Frau: Was zunächst wie ein tragischer Unfall wirkt, bekommt beim zweiten Blick das Potential für einen raffinierten Mord. Die Polizei beginnt zu ermitteln. Auf der Landpartie, einer Messe rund ums Bückeburger Schloss, sammelt man wichtige Infos. Seltsame Vorgänge am Tatort geben den Ermittlern harte Nüsse zu knacken. Als das Dunkel sich lichtet, scheint auch der Tod der Frau geklärt. Aber ist dies tatsächlich die Wahrheit?

Regine Mädje. Spuren im Sumpf
400 Seiten. Paperback. ISBN 978-3-8271-9420-6
E-Book 978-3-8271-9631-6 (Pdf)
978-3-8271-9831-0 (Epub)

Die Gunst der Stunde wollten sie ausnutzen, das schnelle Geld verdienen, doch nun geht alles schief. Was sollen sie tun, wenn das Baby stirbt? Der Schauspieler Till Vogel kam zum Gastauftritt in die Provinz. Noch vor dem ersten Auftritt wurde sein Sohn entführt. Sarah und Elena hatten sich seit Tagen auf ihr Interview für die Schülerzeitung mit Till Vogel vorbereitet. Deshalb wollen sie helfen und merken nicht, wie nah sie den Entführern bei ihren Nachforschungen gekommen sind.

Sabine Hartmann. Eiskalt verzockt
240 Seiten. Paperback. ISBN 978-3-8271-9570-8
E-Book 978-3-8271-9636-1 (Pdf)
978-3-8271-9836-5 (Epub)

Die verzweifelte Mutter einer verschwundenen Schülerin beauftragt Iris Bender mit der Suche. Iris entdeckt das Mädchen. Mit dem nächsten Auftrag hat sie jedoch weniger Glück. Sie sucht einen Ex-Lover und findet eine Leiche. Kommissar Moll verdächtigt sie. Kofi Kayi glaubt an ihre Unschuld, denn er ist dem Toten bereits einmal begegnet. Hat er sich mit Rechtsextremisten angelegt? Kann Kofi verhindern, dass es weitere Tote gibt?

Sabine Hartmann. Abgeräumt oder niemand lügt für sich allein
392 Seiten. Paperback. ISBN 978-3-8271-9459-6
E-Book 978-3-8271-9633-0 (Pdf)
978-3-8271-9833-4 (Epub)

Weitere Spannung pur ...

Blutiger Oktober. In der Innenstadt von Hannover werden menschliche Blutlachen entdeckt. Es fehlen jedoch die Opfer, niemand wird vermisst. Tarek Neumann, ein ehemaliger Zielfahnder des LKA, wird auf den Fall angesetzt. Der durch private Krisen und dienstliche Entgleisungen gebrandmarkte Mittvierziger wurde aus disziplinarischen Gründen zum Zentralen Verkehrsdienst versetzt. Jetzt scheint er der einzige Hoffnungsträger zur Lösung dieses Falles zu sein.

Björn Brocks. Abnorm
400 Seiten. Paperback. ISBN 978-3-8271-9452-7
E-Book 978-3-8271-9610-1 (Pdf)
978-3-8271-9810-5 (Epub)

Die Beweggründe für die Versetzung aus der Hauptstadt nach Minden möchte Kommissar Rosenbaum nicht jedem erklären. Er will nur gute Arbeit leisten und auf andere Gedanken kommen. In Berlin hatte er die schlimmsten Verbrechen zu klären, doch Sexualverbrechen an Minderjährigen gehörten bislang nicht zu seinem Arbeitsfeld. Und nun ausgerechnet ein solcher erster Fall. Rasch scheint der Täter gefasst, doch es waren nur Indizien und der „Mörderische Feldzug" geht weiter ...

Andrea Gerecke. Mörderischer Feldzug
328 Seiten. Paperback. ISBN 978-3-8271-9410-7
E-Book 978-3-8271-9609-5 (Pdf)
978-3-8271-9809-9 (Epub)

Das Ende einer Geburtstagsfeier: Ein Schock, denn eine Teilnehmerin der Party lebt nicht mehr. Die Tote liegt in der Wohnung ihrer Freundin Laura Feldmann. Laura aber ist verschwunden. Falls sie noch lebt, verfügt sie über Wissen, das ihre tote Freundin nicht mehr preisgeben kann. Bestürzende Nachrichten scheinen Chefermittler Morlock zu bestätigen, dass Laura lebt. Damit verbunden ist eine furchtbare Gewissheit: Ihr bleiben nur drei Tage, bevor auch sie sterben muss …

Horst Friedrichs. Opferwissen
344 Seiten. Paperback. ISBN 978-3-8271-9541-8
E-Book 978-3-8271-9617-0 (Pdf)
978-3-8271-9817-4 (Epub)

Weitere Spannung pur ...

www.niemeyer-buch.de